东游西荡

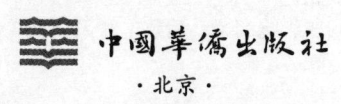

袁 林/著

中国华侨出版社
·北京·

图书在版编目（CIP）数据

东游西荡 / 袁林著. — 北京：中国华侨出版社，2021.4
　　ISBN 978-7-5113-8168-2

　　Ⅰ.①东… Ⅱ.①袁… Ⅲ.①游记—作品集—中国—当代 Ⅳ.①I267.4

　　中国版本图书馆CIP数据核字(2021)第051249号

东游西荡

著　　者：袁　林
责任编辑：高文喆
封面设计：邢海燕
经　　销：新华书店
开　　本：880mm×1230mm　1/32
印　　张：8.5
字　　数：164千字
印　　刷：河北盛世彩捷印刷有限公司
版　　次：2021年4月第1版　2021年4月第1次印刷
书　　号：ISBN 978-7-5113-8168-2
定　　价：42.00元

中国华侨出版社　北京市朝阳区西坝河东里77号楼底商5号 邮编:100028
法律顾问：陈鹰律师事务所
发 行 部：(010)64013086　　　传　真：(010)64018116
网　　址：www.oveaschin.com　　E-mail：oveaschin@sina.com

版权所有，侵权必究
图书如出现印装质量问题影响阅读，请致电联系调换（021-64386496）。

把所有的烦恼都放下吧，哪怕为了片刻的安宁，
一如回到母亲腹中的胎儿，自然地伸展生命。
把所有的不快都丢掉吧，哪怕为了片刻对春天的感动，
为了花草在短暂生命之歌的赞颂。
把所有给别人的以及别人给予的负担都卸下吧，
哪怕只为体会跟着感觉走，让冥冥之中老天注定。

让人和其他世间万物的所有欲望都暂停吧，
哪怕只为聆听自然之音，让世间充满和谐的旋律。
如同秋天果实的清香，冬日的一抹暖阳，
春天的一股和煦微风，夏日的阵阵惊雷鸣响。
让快乐的种子在心中发芽、生长，
让那些污秽的恶浊的死水浸润肥沃的土壤，
让恶之花在严冬怒放，
如同千百束红罂粟在荒野中发出绚丽的光芒。

在这一刻我们豪情万丈，是赫拉克勒斯被上苍赋予无穷的勇气，
是安泰汲取了大地的能量。
让曼珠沙华的祈祷称心如意，
让维纳斯浴水带给渴望的姑娘以美丽，
让番红花在牧野中为相爱的人绽放，
让英雄的亡灵在金穗花下安息。

目录

上篇 / 001

西行二万五千里 …………………………………001

下篇 / 090

东行三万里 …………………………………090

后记 / 263

上篇

西行二万五千里

（一）

2015年暑假的美国之行是很早就定下来的事，从3月拿到邀请函，4月开始申请签证，6月底订机票，每一步都需要努力加耐心，也学到了很多东西。

7月7日下午4点25分，从北京飞往美国达拉斯的美航AA88带着我和儿子起飞了。抛开所有的烦恼与羁绊，我落荒而逃了，逃到天边，逃到地球的另一边，没有人认识，没有人打扰，彻底地与今天的种种凡尘做一暂时的了断，这是何等的开心与洒脱。

经过13个多小时的漫长飞行，当地时间17点到达达拉斯沃斯堡机场（Dallas Ft. Worth International），徜徉在到处说着"鸟语"的白人、黑人之间，感觉一切都陌生而又新鲜。经过层层检查，从达拉斯入关，一个多小时后又乘坐AA1075前往得州的埃尔帕索（El Paso）。埃尔帕索是美国西南部一座较大的城市，与墨西哥接壤，时间上比达拉斯要晚一个小时。当地时间19点43分到达，夕阳照在光秃秃的机场上，感觉在我人生中闻名40多年的这个美帝国主义加头号发达资本主义国家多少有点令人失望。

出口见到孩子他妈，总算放了心。孩子妈在新墨西哥州立大学（New Mexico State University）做访问学者，来美国已经有半年时间，英语当然比我强点，也算了解当地情况，只是有本无车，因此找了同一学校的一个研修生来接我们。小伙子叫赫尔曼（Herman），是个墨西哥裔的阳光大男孩，自己有辆七八成新的二手皮卡，为人随和，英语非常好，对当地情况也熟悉。本来一切蛮好，没想到取行李时却出了问题。赫尔曼领我们到行李托运处取我托运的三件大行李，在输送转盘边等了很久也只找到两件，一直等到人走光了还差一件，只得到行李服务中心查找。经过一番比手画脚，行李服务中心的工作人员查询后回复说行李还在达拉斯，让我们留下电话和地址，明天他们会负责送到家。瞧瞧这服务态度，真是没的说。

行李多了用皮卡运输最合适，孩子妈说小伙子对自己这辆车很满意，经常会帮同学或者老师运个东西拉个货什么的。因为他们在机场等了我们很久，加上取行李耽搁了时间，都还没吃晚饭，于是决定路上吃点东西，算是答谢人家帮忙的意思。为迁就热心小伙儿，路上找了家墨西哥快餐店，店里边不小，晚上9点多了，人依然很多。坐在一起考虑到不出声似乎不礼貌，壮着胆跟小伙儿转了几句我学了几十年的英语，结果几乎每句都要把重点词大声重复一两遍，实在不行就绞尽脑汁地再换种说法，总之是沟通愉快了。了解到像赫尔曼这样的年轻人一般都是夜猫子，学习或者娱乐，闹到凌晨一两点睡是常事，也就没什么不安了。回到位于新墨西哥州的拉斯克鲁塞斯（Las Cruces）的家，已经是当地时间晚上10点多了。

拉斯克鲁塞斯被当地的中国人称为"拉村"，地处美国南部的沙漠地区，地广人稀，除了随处可见的尖顶标志的小教堂外，建筑多以独户有小院的平房为主，房屋矮小而简单，看起来更像电影的童话布景。街道两边的夹竹桃花枝繁茂，街角点缀着几棵高大的棕榈树和几丛吐着骨朵的硕大仙人掌。蓝天、白云、红土、绿草、汽车、小屋，还有无处不在的高温和热水一样洒在皮肤上的灼烫阳光，是在我后来走过美国西部许多地方后留下的最深印象。

丢失的行李一直没有送过来，几天后经过多次联系，结果只能是登记详细的物品清单，据说在继续寻找，如果找不到，最终会给予赔偿。唉，出来时亲人买的以为在美国买不到的各种调料，我精心挑选的礼物，我网购的帐篷，还有那个千挑万选的大行李箱，简直心痛得无法呼吸。既然有行李托运单据为什么也没人核对一下，是不是为了节省人力开支呀。至今回国两个月了，还没处理完赔偿事宜。

上高中的孩子就是知道珍惜时间，到"拉村"第三天就问出游计划，奔这个来的嘛。我心里混乱一团，只得搪塞说，先倒倒时差，再找找行李，还要翻翻攻略，买买东西，哪能说走就走。没想到一而二，二而三，一晃蹲了十来天，孩子天天催着出发，到后来干脆跟家长赌气，白天闷在房里做作业，整天无精打采的。其实我和孩儿他妈哪天也没闲着：到新墨西哥州立大学图书馆查资料、找攻略、下载地图，是跟团还是自驾，买二手车还是租车，买电话卡还是导航，等行李处理结果还是抛开一切奔向自由世界之间动摇，纠结啊，还要填写丢失物品清单，盼着突然通知我箱子找到了，到底要不要再买个帐篷啊？

在美国，没有汽车是不行的。某天儿子实在无聊，叫我跟他到周边大一点儿的市场去逛逛。问好了路，手里拿着手机导航，上午11点步行向山谷购物中心（Valley Mall）进发。远处高耸的落基山，衬着山顶的朵朵白云，秀美壮丽，路上偶然碰到的行人都会主动和我们打招呼或点头微笑。由于初来乍到，道路不熟，手机导航显示骑车13分钟的路程，我们走了近50分钟，发现中间有一条高速路不知道绕到哪儿才能穿过去，阳光逐渐灼热，让人无法忍受，只好改道进了一家沃尔玛（Wal-Mart）。超市很大，转了一圈也算不虚此行了。咬牙40多分钟走回来，第二天皮肤通红一片，苦不堪言，这才理解美国人为什么爱喝可乐：冰块加可乐是解暑降温的最佳饮品，尤其在美国南部，我是有亲身体会的。美国人把自行车当成是健身器材而不是代步工具，街上见不到出租车，至于公交汽车，在无遮拦的路边等车可是需要耐心与毅力的。

不得已，经过多方调研与实地考察加谈判，从一家夫妻店花了3400美元买了一辆2002年出厂跑了15万多英里[①]的白色本田思域（Honda Civic），车外观还行。买二手车在美国很常见，而且许多大的汽车销售公司都有二手车售卖，小店比大店便宜不少，但不像大店有保障。店老板是一对墨西哥裔夫妇，男的会修车，女人家看店，看起来还算诚实，跟我们说这辆日本车很好。我们说要开着它出远门不知道车行不行，老板拍着胸脯说No problem（没有问题），让我们尽管去开。美国公路上跑的汽车有几个特点：一是皮卡、房车、跑车多；二是旧车多新车少，多破的车只要能动都允许上路；三是大排量车多，低于1.8L排量的小排量车少；四是牌照五颜六色不统一，而且或前或后只挂一个。街上跑着的美国车与日韩车几乎各占一半，日本车在美国有着良好的声誉，美国人认为日本车比本土车更省油、更耐用。我们选日系车却只是为了好再出手，尽管心理更倾向于大众、奥迪和道奇，也不得不为今后考虑，将来孩子妈回国卖车，日本车比其他品牌的车应该更容易出手。大规模汽车卖场的美国人的谈判风格很有意思，热情有礼而不急不躁。开始先是由店员接待，不厌其烦地领你看车，等谈到一定火候，换上级跟你谈，一番纸上谈兵讨价还价，当你

[①] 1英里：1英里 ≈ 1.609千米。

认为已经基本敲定时，上级会说："请等一下。"你以为他去替你办手续那就错了，其实他是去请示经理，回来后告诉你，你说的价格是不行的，然后会再给你一个最终报价。这会让国人认为是浪费时间，花了两三个钟头，跟一个做不了主的人瞎耽误工夫，最终只是练习了口语和沟通。美国人讲的是耐心，而中国人更注重效率。在耗完所有耐心之后，我们商量，就这样吧，赶紧结束就好。小店就直接得多了，之所以最终选了一家小店，也是因为店老板能做主，没有那么多条条框框，自己的买卖不是这种玩法。

（二）

有了车就是方便，先去沃尔玛买个菜，顺便把导航切回来，再到拉斯克鲁赛斯的旅游局了解一下当地的旅游信息，花85美元买了张美国国家公园的年票，查谷歌（Google）到当地的小公园（Young Park）以及史前轨道国家纪念碑遗址（Prehistoric Trackways National Monument）小转。18日一早，驱车80多英里，到离"拉村"约一小时车程的白沙公园（White Sands National Park）。白沙公园位于美国西南部内陆地区，在拉村的东北方向，是附近一个很有名的公园。进入公园后不远，满眼白色，山丘是白的，公路是白的，间或点缀着针叶灌木，蓝天白沙相互映衬，展现出另类的荒凉之美。像盐一样细软的白沙，放在嘴里尝尝没有咸味，很是奇特。我们约了另外两家中国人一起来玩，带着借来的滑沙板，一次次走上沙丘再叫喊着滑下来，喘着粗气却身心放松。由于来得早，人还不是很多，不到12点，在太阳的炙烤下，我们撤退了。

周日驱车去参加了风琴山（Organ Mountain）国家公园一个徒步登山活动，在墨西哥裔向导的带领下走了近两个小时的山路。出发前他发给每个人一个小硬纸板、一张白纸和一小支铅笔，开始不晓得干什么用，后来才知道是要我们记下或画下看到的花草树叶。向导在一个休息点给大家讲了这里的环境和动植物，随手折下一片草叶放在白纸与硬纸板之间，教人们怎样用铅笔拓下草叶的印记。没想到还真有一位大胡子、拄登山杖的人沿路画个不停，很像一个生物学家。

山上有松鼠和野兔出没，我还发现了许多非常小的鸟悬停、飞过，询问向导小鸟的名字，回答叫蜜鸟（Honey Birds），我怀疑它就是我们所说的蜂鸟，小激动了一下，最后我邀请向导跟我合影留念。

转天到得克萨斯州（Texas）的埃尔帕索转了转，听说有中国和韩国购物城，但可能是规模不大，都没能找到。顺便到机场又问了问丢行李的事，没结果。埃尔帕索的奥特莱斯（Outlets）小有名气，据说新墨西哥州的物价是最低的，加上吃的东西免税，此外还有一些针对游客的退税政策，可以说是我等穷人的购物天堂。在这里意外地碰到了几个中国的访学人员，才从黄石回来不久，刚好取取经。说起二手车跑长途怕出问题，修车事小，耽误行程事大，终究不敢冒险，也坚定了我们租车出游的决心。

美国的租车业非常发达，各大机场都有大租车公司的柜台，各城市也几乎都有租车公司，如恩特普赖斯（ENTERPRISE）、安飞士（AVIS）、道乐（DOLLAR）、赫兹（HERTZ）、爱路莫（ALAMO）等。车多以新车为主，跑两三年就淘汰，新车车况好，麻烦少，大概更经济吧。由于对自己的二手车没信心，最终还是决定租一辆，这一决定后来看还是英明的。出租的车一般分为经济型车型（Economy）、标准型车型（Standard）、全尺寸车型（Full-size）、运动型多用途车型（SUV）、豪华型车型（Luxury）等几种，价格从低到高根据租车的日期长短也有所不同，时间越长，相对价格越低。根据回国时间，初步决定租车三周，估计大部分时间都要用来跑路。考虑到孩子妈是那种有驾照没上过路的那种，指望不上，这一路长短是我开，不能太委屈自己。最终订了全尺寸型级车，心想如果到时候找不到旅馆，就得在这车上将就了。

关于出行路线，儿子想看看美国的繁华大城市，而孩儿他妈和我更趋向于西部著名的几大公园。由于出行时间有限，美国国土面积比较大，短短一个月的美国之旅不可能东西兼顾，只好做儿子的工作：人生路漫漫，东部留待下次见。考虑此次出游以美国西部为主，从"拉村"出发往北经过科罗拉多大峡谷、盐湖城，直到黄石国家公园，再向西南下，从旧金山经1号公路到洛杉矶，最后从拉斯维加斯返回，整个行程是逆时针一圈，几乎覆盖了美国最有名的景点与城市，方案最终得到了儿子的认可。孩子一直抱怨前期时间抓得不够紧，恨不得立刻出发，可我心里却对前途不定因素多有茫然，事到临头爱咋咋地吧。

7月20日下午5点在当地提车，1.8L排量雪佛兰三箱迈锐宝（Malibu），2015年新车，刚跑了7800英里，时尚舒适，满油，非常满意。在美国我还没见过一辆手动挡车，包括公交车，看来国内购车的观点也要向前看了。办手续、买保险、查车况、签字走着。据说为方便中国游客，国内驾照在美国许多州是可以用的，为保险起见还是办一个英文公证放心，其实还真没人查。也有人说持国内本的出了事就有麻烦，也管不了那么多了，立马到沃尔玛采购，顺便熟悉一下座驾。哪里跌倒了，哪里爬起来，花近50美元买了一个四人帐篷，还买了气垫、充气泵、面包、鸡蛋和水果等一应物什。在这里多说两句，美国的水果、蔬菜多是硬邦邦的，不好吃也不好熟，靠近墨西哥地区的多从墨西哥进口，比起国内来口感差得远，唯一例外的是樱桃，紫红的果实个大味甜，到现在还有点想念。美国果蔬都是绿色无公害食品，吃起来放心。万事俱备，一夜休息，7月21日上午9点整，我们出发了。

（三）

从拉斯克鲁赛斯沿25号公路北上，倒40号公路，向第一站科罗拉多大峡谷进发，这是经过反复考虑后的路线，我们的邻居———位叫唐娜（Donna）的美国单身老太太听说我们出去玩的计划后，还热心地为我们查地图找资料，规划了行车线路，虽然最终没按她的线路行驶，想起来也时常感念她的热情。往北开出几十英里要经过一个安检站，叫边检可能更恰当。据说从南往北等于正式进入美国腹地，检查一下是不是有墨西哥人或其他从南边来的人携带毒品或其他违禁物品，回来往南走不用检查。边检警察穿着制服牵着狗，腰上别着武器，有的头戴钢盔手上端枪。跟国内不同，受检人员最好待在车里，摇下车窗把护照等证件递出去，别下车或做其他动作，不然就不太好说话了。检查也看对象，不是全都要查，一般看看护照对对照片，刷一下上面的条码就放行了。这个小站我来回经过了三次。

随着不断北进，路上车辆不断减少，路边的风景却绝不单调。西南部以沙漠地貌为主，看到

道路两边到处是一丛丛的不知名的针叶草本植物,不禁感叹它们生命力的顽强。灰黑的公路一会儿笔直,一会儿上下起伏,又一会儿盘山蜿蜒,两旁是大片红色的沙丘、岩石,远处的山像被刀切过一般整齐地排列,映衬在蓝天白云下格外壮丽。跟着导航的指挥,在25号与40号公路交接处有一条小路,也没留心是几号公路,现在查地图感觉像6号公路,两边是大片深浅不一的草地,那种蓝天、白云、草原、远山的感觉尤其强烈,风光旖旎。途中经过了一个叫盖洛普(Gallup)的地方,不知道跟著名的调查公司有没有关系,只当是那个公司所在地给儿子普及了一下知识,也不寂寞。从盖洛普再往西不远就出了新墨西哥州,进入亚利桑那州(Arizona)。晚上7点,到达亚利桑那州的旗杆市(Flagstaff)的预订旅馆,一天下来跑了530英里约8个小时,外边依然阳光普照。

美国网络发达,许多东西都可以网上预订,方便得很。网上订票、订旅馆要比到柜台订便宜,所以中午吃饭时就用手机订了旅馆,每晚50多美元,加上税也就60多美元,干净、宽敞,两张大床,设施完备。妻子愿意一早就订下晚上的落脚点,晚了怕便宜没占上,甚至旅店满员,找不到住宿的地方,而我却感觉路上不确定因素太多,比如道路不熟,不知道路有多长,中间有可能临时停下来看看,车也不敢保证不出问题,不知道几点才能到达,所以觉得随遇而安更好。由于意见不同,整个行程都是矛盾不断,让人头疼。由于妻子的手机网络不太争气,有些地方就算有心也可能无力。办好入住手续,特意跟前台聊了下,问了问明天去大峡谷国家公园(Grand Canyon National Park)的事,也没有听太清楚,能确定的是经这里去大峡谷的人很多,从弗莱格斯塔夫到大峡谷有1个小时的车程,已是很近了,也算安了心。

第二天,途经核桃谷国家公园,手里有国家公园的年票,错过了可惜,所以决定去看一下。顺着路标下了道不久是山间土路,两边是高大的松柏，林间的松香弥漫在清晨的斑驳阳光中，不见一个人影。本以为这一段一下就会过去，没承想曲曲弯弯没有尽头。林中似乎刚刚下过雨，路况令人担心，路面泥泞而沟壑纵横，有时不得不下车探查一番，看看是否能够通过。儿子是悲观主义者，说咱们掉头吧，路已走出来很远，我心有不甘，说再看看，心里直后悔当初为什么不租一辆越野，何至于担心车托了底。想着前路漫漫，此后不知道还会遇到什么。在经过了最难走的一段后，路逐渐变得平坦，放下心来的同时，对美国国家公园的路狠狠地批判了一番。拐上沥青路不久，便看到了服务中心，停好车进到里边，跟前台工作人员说了几句才搞明白，原来还有一条标准的公路，我们是超了个近道，却多花了近一倍的时间，跟谁说理去。前台是位30多岁穿土黄色制服的女士，满脸含笑，说话声调像在唱歌。大厅的玻璃幕墙后是一个宽阔的峡谷，远远看见不知是哪个地质年代的奇特岩层，走下去应该要两个小时，没敢多做停留，匆匆看了几眼，拿了几张宣传页后，我们又赶紧上路了。

由89号转64号公路又走了1个小时，等赶到大峡谷国家公园东门，已经近中午12点了。进了门，绕了大约十几英里山路，沿途多有观景点，红色的巨大裂缝已几次显现，恢宏的峰谷如同被某位天神刀凿斧刻般令人激动，儿子却表现出一如既往的冷静持重。到了公园的南门，人一下子多了起来，可以分辨出除了美国人外，还有欧洲人，操着西班牙语的墨西哥人，亚洲面孔的韩国人、日本人，当然还有说普通话的中国香港人和拖家带口的内地人等。终于找到了些国内旅游景点的感觉。找停车位放车，进服务中心降降温，略做休整后，决定乘免费穿梭巴士转一下主要景区。

根据红、黄、蓝、紫四种不同颜色公园大巴分几种运行线路，红线是南缘西边主要景点线路。从蓝线倒红线，中途可以在各站点随时上下。在摩哈夫观景点（Mohave Point）下车凭栏远眺，本打算看一眼就走，见许多人绕过护栏走了下去，得知这里是一个步行点，于是决定下去走走看。一家人顶着灼热的阳光曲折下行，不断超过别人，也不断被别人超过，跟着别人轻快地向前，也听着别人喘着粗气与自己擦肩而过。渐行渐远却感觉永远走不到尽头，红色的峡谷无限伸展，不时有松鼠勇敢地跳到人们的脚边觅食或竖直身体左顾右盼，吸引人们驻足、拍照。体力在不断流逝，低头看看，有些绝望，咬牙坚持走到一个休息点，也算对自己有了个交代，喝了口美国的自来水，洗了把脸，回吧。回去的路更为艰难，几度停歇，历时两个多钟头，终于又回到了上面，精疲力竭。年轻就是好，儿子第一个回到崖顶，看几个美国姑娘在崖边摆pose，对美国姑娘的勇敢惊讶得无话可说。继续坐环路大巴，没看到传说中坐直升机飞越大峡谷及泛舟科罗拉多河的地点，反正也没那个冒险的打算，在马瑟点（Mather Point）做最后停留后开始回行。

返回南门已经是6点多，游客中心已关门，又累又饿，想起还没订旅馆，赶快到门口寻找。得知南门的旅馆已订满，家里的就开始抱怨，去露营吧。美国多数公园的露营点是先到先得的，南门的露营点没找到，不敢耽搁，直接又杀向东门，途中正好在一个观景点赶上看大峡谷的日落，夕阳把红色洒满天空、峰谷、树梢和草地，大峡谷在山峰的阴影下黝黑荒凉而壮美。拍几张照，缓和一下家庭气氛，继续一路向东，翻山越岭，天色黯淡下来，林中偶尔有角鹿和羚羊出没。直到导航提示出了东门，也没找到附近的露营点，可能是车开得有点儿快，没找到明显路标。飞蛾撞得前挡玻璃啪啪响，留下大小不一的灰色印记，真担心哪个顽固的家伙会把车玻璃撞破。

导航显示已经过了东入口七八英里，前面越来越荒凉，天空已经完全黑了下来，天上的星星格外明亮，路边偶尔会掠过一排简陋的残破薄板木房，黑乎乎一片不见有人的迹象，应该是无人管理的露营地吧。在停着一辆轿车和一辆房车的一排木板棚前停了下来，想问问是否可以露营。打开车门，风呼呼的，吹得我一哆嗦，没想到这里的风这么大,毕竟是山区啊。找到一位像是美国土著或是墨西哥裔的中年妇女问了一下,她大概意思说这里是路边纪念品的摊位,她们晚上就住在这里,没水、没电、没厕所,她指了指身后的四面透风的板棚说这个可以支帐篷,也可以睡在她们的摊位木板上。风大,实在不好将就,黑灯瞎火的也无法搭帐篷。后无退路,汽油也即将耗尽,只得继续向前,先找到有人的地方再说。没想到我们的旅行计划刚展开就遇到困难,今后的路还长,世事难料,不知道还会碰到什么。

好在美国的加油站无处不在,向东十七八英里,在雪弗龙(Chevron)加满油,在旁边的小店买了点东西填饱肚子后,考虑是不是在车上凑合一宿,问了一下附近最近的旅馆,决定还是去看一眼。走出一段,顺着一个广告牌的指引,来到一家较大的汽车旅馆,一打听客房全满,外边可以给房车提供收费露营点,没奈何掉头走人。最近的城市就是56英里外的弗拉格斯塔夫(Glagstaff),看看表已经是晚上9点多,眼前黑乎乎一片,一咬牙一跺脚,不想走回头路还得走回头路,走着。还管什么超不超速,七八十迈车速在车大灯照射的高速路标线间迂回婉转,感觉像是在游戏赛车,揪心加刺激,一个小时不到又跑回了早晨出发的旅馆。眼前的灯光明亮又温暖。跟前台商量了一下,还按昨天的标准再住一晚,只是原来的房间已住了人,又换了一间。安顿好一看时间还不到10点,想来是向西跨了时区了吧,一切还好。

(四)

太阳照常升起。7月23日起来退房后,临时决定先到昨天错过的亚利桑那大学去看看。向南不到两英里,在一个不起眼的地方立着一块牌子写着"Northern Arizona University"(北亚利桑那大学),北亚利桑那大学与亚利桑那州立大学虽然同在一州，也同为公立大学，但不是一所大学，在全美排名183名，学科排名更高一些，2012年全美最佳工程学院之一。美国的大学是没有围墙的大学，没有太多的高楼大厦，不知道从哪里开始到哪里结束。途中路边一个运动场绿草茵茵，一帮穿着白色T恤和运动短裤的学生在老师的带领下快速跑过，快乐阳光。穿过马路，散落分布着依坡地而建的欧式斜顶房，想来是学生公寓吧。走马观花一圈后，第三次从89号公路北上，从今天起，我们将在犹他州（Utah）完成一个小的逆时针环绕。三个多小时后到达佩吉市（Page）附近的马蹄湾（Horseshoe Bend）。马蹄湾是预定要到的一站，12点左右，还没看见景区标志，却发现许多车拐进了左侧的一个小岔路口后纷纷停车，觉得有必要一探究竟。下车就看到了绛紫色的标牌和前面的一大片沙地，还好没有错过。没想到这个景区没有边界和围墙，是免费的，路边有个戴草帽穿制服的女工作人员在向周围一圈人讲解着什么。正午的阳光洒在前面的一片黄沙上，沿着不宽的沙道翻过一个沙丘，步行半个小时，就站到了马蹄湾的崖顶。向下看去，一个巨大的圆形天坑，底下一条碧水环绕流过。从崖顶垂直向下俯瞰谷底，一弯幽蓝奔腾不息，美得惊心动魄。许多人都站在崖边把手机或自拍架举得高高的，摆着姿势。真佩服老外的胆量，趁机鼓动儿子也站了上去。说实话，只有自己后背被谷底的阴风吹过，才能体会到什么叫玩的就是心跳。昨天的体力消耗还没有恢复，一个半小时的徒步沙地行累得腿脚发软，到处热火朝天，赶紧钻进汽车向羚羊峡谷（Antelope Canyon）进发。

　　不久发现路边一个沃尔玛连锁店，毫不犹豫下道，增加补给。之前做功课知道羚羊谷分为上羚羊谷和下羚羊谷，不属于国家公园，是州里允许印第安原住民自行收费的州立公园。先找到了上羚羊谷，入口的小简易房里一个女人和一个十六七岁的孩子在收费。在交了21美元后，车被放行，进到一个圈起的不大的园子里不知道要看什么。远处十几个原住民坐在凉棚下有说有笑，旁边停着几辆敞篷的观光车。问了一下才知道，每人要再收30美元，他们负责把人拉到地方并负责讲解。突然有种上当的感觉，一下没了兴致，时间不多，退费走人。走到一个摄影点，看了一下说明，需要提供记者证也要交钱，只得遗憾放弃。路上来回过了两次有三个高大烟筒的地方，不知道是个什么工厂，在不远的地方找到了下羚羊谷，出示国家公园的年票后令人惊讶地放行了。匆匆走进服务中心，透过后面的玻璃墙可以看到后面一条蓝色的大河，许多白色的游艇停靠在岸边，才明白要想深入游览是需要交费乘船的了。我的热情已经耗尽，给孩子买了几张明信片后果断离开了。

下午3点多继续西进，从98号转160号公路向180多英里外的纳瓦霍部落纪念碑山谷公园（Monument Valley Navajo Tribal Park）进发。转163号公路进入犹他州空旷的原野，满眼的红色，几丛高大的山岩突兀耸立，脑子里不时闪现电影《阿甘正传》中阿甘机械奔跑的身影以及那张木讷沉思的面孔，后面是长长的追随者队伍，据说拍摄阿甘长跑的镜头就是在这附近取的景。历时三个多钟头，到达纳瓦霍部落纪念碑山谷时已是近晚上7点。服务中心还在营业，孩子妈说进去问一下，我和孩子上了观景台。远处几处高大山岩孤独耸立，夕阳把天空中块块灰黑的云染上了红色，映照在荒原上的几丛山峰顶上，成为凝固的画卷，深深印刻在注视着它的人们心中。随着时间的流逝，山峰的颜色不断加深，太阳终于隐没不见，人们慢慢散开，几位摄影师在默默地收拾专业摄影器材。孩子妈出来告诉我，旅馆已满，但是还有露营位，露营区有水、有厕所、可以洗澡，她当机立断交了24美元订了一个。也好，体验一下吧。在露营点停好车，立刻选地，第一次搭帐篷，边干边琢磨，想起我丢的那个帐篷直叹气，千挑万选从网上购的液压自动帐篷，自己还一次没用过，比这个美国的东西先进多了，中国的制造业还真不是其他国家可以比的。忙活了半天，总算大功告成，等把气垫充完气搬进帐篷，天也完全黑了下来。看着坡下各种颜色的帐篷，心里还真有点小激动。

早晨6点被冻醒，再也睡不着，钻出帐篷看了看，天已经放亮了，拍了几张日出的纪念碑山，东瞧瞧西看看。7点多催着一家人赶紧起床，洗漱一下，好歹吃点东西垫一垫，收拾东西起程。从191号公路一路向北，中午抵达拱门国家公园（Arches National Park）。经过繁华的拱门公园小镇，跨过科罗拉多河不远找到游客中心。拱门国家公园的游客中心坐落在一个小山坳里，边上是宛如一块巨石般直上直下的高山，半山腰跑着各种车辆，让人替他们捏一把汗，我们不会也要上去吧。在中心了解行车线路，没有退路，即刻上山。拱门公园是非常有特点的一个公园，巨大的红色山岩造型奇特，有的像人，有的像物，用孩儿他妈的话，整个一个荒废的原始地带，是美国科幻片的最佳取景地，而我却感觉它像宇宙中无人星球的表面，也许火星上就是这样吧，我相信科幻灵感从来都是有现实依据的，不然美国人怎么会把科幻电影拍得那么真实。沿主路向里行驶一段，经过平衡石（Balanced Rock）在第一个岔路向东，步行20分钟，走到双拱门的北拱门下，后面是深深的峭壁，风在巨大半圆的石门间穿行，站在阴影里喘着粗气抬头看着那恢宏的拱柱，不得不感慨造物的奇妙与自然的鬼斧神工。遥望南拱门方向的小道，无心再去攀爬，返回取车，继续深入，在下一个路口右转，到精致拱门下观景点（Lower Delicate Arch Viewpoint）看了一眼精致拱门。指示牌说到跟前

还要走1.5英里，只能步行，来回两个多小时，阳光狂晒加上体力不支，三个人两个拒绝再爬，只得放弃。有心杀贼无力回天，远远地在精致拱门上观景点（Upper Delicate Arch Viewpoint）再看一眼这个犹他州的地标，心有不甘也无可奈何，回来后还遗憾了许久，几回梦里站在拱门脚下，震撼莫名，越是得不到的才是最好的。

继续向前到露营地，景观拱门（Landscape Arch）也需要走着去，想来景观拱门不会比精致拱门壮观，至此完成任务原路返回。回到入口已是下午3点多，在公园小镇里打尖，小镇旅馆很多但价格较贵，下一站还远，所以决定回头到最近的小镇Moab（莫何布）落脚。莫何布马路宽阔，人烟稀少，所订的旅店是路边的一大排平房，名字已不记得，只记得一个粗壮的大胡子主管一人全权负责，带着一条大狗跑前跑后。听说我们带孩子，要我们加10美元要一间两张床的Queen（王后）级房间，高声大气地跟我们大声谈判，大手把桌子拍得啪啪响，还不时爆发出一声大笑。好在房间宽敞，还提供免费早餐。真见识了美国西部人民粗犷的一面。

（五）

7月25日早晨，吃过美国大叔的自制小蛋糕和热咖啡，我们继续北上。从191号公路倒313号公路向西直奔峡谷地国家公园（Canyonlands National Park），途经死马点州立公园，没有进入，转到142号公路南下，10点多就到达峡谷地国家公园。在服务中心了解了一下，峡谷地面积较大，格林里弗河与科罗拉多河在其间交汇，峡谷纵横，规模宏伟。驱车深入其间，感觉树木较多反而减弱了它的气势。主路不算太长，只是根据提示到上拱顶（Upheavaldome）看了一个疑似陨石坑，到巴克峡谷观景台（Buckcanyon Overlook）看巨型地裂，到大观景点观景台（Grandviewpoint Overlook）看广阔低谷，气势非凡。没见到河流大川，也没有花费太多的时间。12点退出公园北上，经70号公路转24号公路，直奔圆顶国家公园（Capitol Reef National Park）。沿途高大的山岩不断涌现，颜色由红转黄又由黄转成灰黑，再由灰黑转成白色，最后到达圆顶又还原成西部的标志色——红色。下午2点多进入公园，公园内的公路不宽，但起伏很大，每个公园的山岩都有自己独特的风格，难以尽述。几个老外把手伸出车窗边走边拍，懒得下车，我们也乐得跟在后面边走边看。回到入口看一眼表4点30分，真有些纠结，继续前行，路远人稀难以确定投宿时间，就此落脚又觉得有点糟蹋时间。总算孩子妈的手机有了信号，一番搜索订到了一个叫里奇菲尔德（Richfield）的小城的一家旅馆。明知道绕了远，算算比起旅馆的住宿费还是多跑些道划算，不是还多看了风景了嘛。

放弃12号景观路沿24号公路北上，翻山越岭，不知何时道路两边已换成了满满的绿色。眼前一片碧绿的湖水，几只野鸭在水中悠闲地嬉戏，茂密的绿草与夕阳映衬的蓝天连接在一起，远处一群黑牛或立或卧，自由地享受生活。停车停车，一定要下去走走，让青草盖过脚面，再呼吸一口带着潮湿气息的空气，感受一下这自然的静谧。看惯了荒野山石，突然看到眼前的一幕怎能不让人驻足流连。最是难得，这一空间竟然没有一个人影，不由有种良辰美景只为我一人的感觉。后来翻地图认为那儿应该叫鱼湖（Fish Lake）。6点多，翻过一座高山，眼前豁然开朗，下面大片大片的绿色牧草田，田间有大型的喷灌架喷洒出长长的水线，远处路边零星点缀着几幢尖顶白色小屋，宛如世外桃源，导航显示目的地就在前面了。拐进右边一条公路，前行约2英里，限速牌逐渐增多，路边间隔分布着由独立栅栏围起的修剪整齐的草地院落，大树掩映下是造型各异的房屋。路上不见人影，偶尔传来几声懒懒的狗吠，才感觉这不是画，而是活生生的现实。不对呀，这是美国乡村，难道在里奇菲尔德要住在乡间别墅，还别说，那样也不错，可这里也太冷清了，还饿着肚子，找个麦当劳也好啊。越看越不对头，风景固然好，可不能当饭吃，我等世俗之人，还是要到世俗的人群中心里才更踏实。于是掉头回到刚才的主路，想找个人问一下，好容易找到个人，啰唆了半天，给我们指挥得一头雾水。美国人民为表达热情从来不吝惜时间，这是我对美国西部人的最大感受。没办法，给订的旅馆打电话吧。妻子的英语沟通能力时灵时不灵，没想到旅馆找来个会说中文的，总算搞清楚了，原来叫这个名字的地方，同样街区地址的有三处，我们不应该进村，而是要继续往前走。任谁也不会想到还会有这种事，废话少说，赶紧的。没想到越是着急越是出岔子，进入一个繁华小城，刚松口气，没多久却被导航指挥出了城，上了70号公路，再看路牌是通往拉斯维加斯（Las Vegas），现在可不想去那里，但上了高速哪里还能回头，心里郁闷，天已擦黑。天无绝人之路，前行了一会儿，突然发现高速路中间的隔离带有时是连通的，可能是给修路或拖车作业的预留口，砂石地上没种植物，比主路要低洼一些，只是路口有禁止掉头的警示牌。不管三七二十一，黑灯瞎火看不见我，在下一个口踩刹车、掉头。孩儿他妈嘟囔着"让交警抓住你，那儿登记的可是我的名字……"真缺乏一点儿共同进退的默契，不搭理她，下道进城，总算找对了地方。旅馆很干净，办公室的墙上贴着布莱斯峡谷国家公园和宰恩国家公园的宣传画。前台老板是会说中国话的亚洲面孔，一打听姓胡，中国台湾人，立时感觉有些亲切。聊了几句，说是这两年国内到这里的人不少，都是组团经过这里要去布莱斯（Bryce）和宰恩（Zion）的，我们自己能一路走到这里已经很不错了，听得我心里还满自豪的。胡老板挺照顾，开始给我们一个二楼房间，听说我们东西多不好搬，即刻给换了一个一楼房间，里面很大，还有一个套间，适合孩子多的一家人住，只是房间霉味较重。安顿好东西，三人决定到刚才路上看到的一个沃尔玛逛逛，买点吃的。

别看街道上人不多,沃尔玛里人却不少,几家大商店紧挨着沃尔玛,前面的广场停满了各种车辆。一天下来别人不知道,我已经是很累了,就是不困,电视里美国的肥皂剧不时爆出一阵笑声,不知所云。

7月26日早晨起来,收拾停当已经9点多,走118号经89号再转12号公路,原计划两个小时到达布莱斯峡谷国家公园(Bryce Canyon National Park),中间因为孩子吃坏肚子,不得不停下来解决,耽误了不少时间。出门旅行我最担心的有两件事,一是车坏在半道上,二就是有人闹病,两件事都是要延误行程的。还好儿子跑了两回肚,在后座上躺了一道,到了公园已好了很多,不然真担心身体不做主,玩不尽兴。进了服务中心,又是中午12点多了。公园里有免费穿梭巴士,往返运行,各景点有的适合在去程参观,有的适合回程参观,下车后需要徒步浏览。布莱斯峡谷是石林地貌,在巨大的峡谷区里有无数的红色人型石柱屹立其中,形态各异,庄严肃穆,儿子说像兵马俑。日出日落,高低错落的石柱在阳光的照射下投出长短不一的影子,光怪陆离而静谧。

传说有一个印第安远古部落由于得罪了天神而受到诅咒,所有人被一夜之间都变成了石头。公园免费发放的宣传报纸的题目叫"The Hoodoo"(不祥的人或不幸的人),"Hoodoo"源自"Voodoo"(巫毒),指被诅咒的人,则更为恰当。记得当年有一款著名的显卡就用的这个名字,可是让我惦记了一阵子。神化赋予了峡谷神秘色彩,使人心生敬畏。公园峡谷区主要有布莱斯观景点(Bryce Point)、日出观景点(Sunrise Point)、日落观景点(Sunset

Point）、灵感点（Inspiration Point）等几个大的观测点，见许多人在日落点下车，我们也随着人流穿过马路，一番急行到了峡谷护栏边。探头观望，下面广阔的红色峡谷中石柱层层罗列，引人遐想，护栏边有小道迂回曲折向下。见有许多人顺着小路走向谷底，不禁心痒，问了一下孩子身体不济，他妈也懒得挪动，只说去看一下拍几张照片就回，一个人走了下去，没想到来回就是两个小时。在右边层层折折一路下行，时而有胆大的松鼠走到脚前，憨憨地张望。走到谷底，两棵参天松树笔直向上，很是奇特，眼前的红色石壁扭曲翻转，在阳光下明暗相间，想来可能上羚羊谷也是这样的风景吧。从谷底向上看去，红色石柱挺拔高耸，直刺云天，上面只留下蓝色的一线。前面还有路，不好让上面的人久等，只得回转，回去的攀爬要费力许多，在阳光高温下实在是一种考验，还好最终我通过了。喘着粗气直说下面如何如何美妙，多半是故意说给儿子听的，他却表现的不以为然，我知道，他还是会在心里想象一下的吧。

想继续坐大巴到下一个观测点，一家人朝来时的方向走了半天却怎么也找不到原来的大巴站点。树木高大，小路高低起伏，林中有小木屋或住宿点间杂其间，绕来绕去绕不明白，又饿又累汗热难耐。问了几个游客都不太清楚，好容易找到一个工作人员，那高个园丁足足给我们说了20多分钟的各种可能，就是没说清楚明确的路径，真佩服美国人民的耐心与热情，赶紧Thank you（谢谢）、Bye-bye（再见），另谋出路。花了一个多小时才终于绕出了那片小树林，还直嘱咐孩子，以后多记道，能省多少时间啊。坐上穿梭巴士，再不愿轻易下车，回来时只在灵感点找了找灵感，在布莱斯点想象了一下峡谷的日出和日落。由于离宰恩不是很远，决定继续西行。

/ 上篇 /

（六）

　　从89号向南再转9号公路向西，记得盘山越岭，穿过一个长长的隧道，离入口就不远了。一个小时车程，下午5点到达宰恩国家公园。进门直奔游客中心询问露营点，结果园内全满，不出所料被孩儿他妈一通埋怨，只得出门寻找。问了两家，因为游客较多，都已满员，焦虑。在一个大片露营点边有一家旅馆，妻子进去半天，出来多云转晴，说是很巧，刚好有人退了一个露营点位，最后一个，有水、有公厕、能洗澡，立马交了40美元拿下。我心里苦笑，这比住旅馆也没便宜多少，可谁让这是在园区外边呢。露营区在旅馆旁边的一大片区域，高低起伏的坡地上有遮天蔽日高大的树木点缀其间，树木与土坡间分散着众多的房车、皮卡、小车和帐篷。驱车进入营区一通绕行，终于在一片房车与帐篷边缘找到了一小块空地，后面是几棵叶子像杨树的大树枝繁叶茂，树后一面墙上有位置编号。6点多，天已擦黑，停好车立刻全家动员支帐篷，旁边位置一对年轻的夫妇带着一个十二三岁的女孩已经开始埋锅造饭。三人长着亚洲面孔，一开口居然是中国人，一问才知道一家三口是上海人，已经出来了十几天，明天要去大峡谷。有了共同语言，聊得亲热，上海一家人露营经验丰富，装备齐全，主动地借我们火种和木炭，见我们物资匮乏，最后干脆让我去他的炉架上，用他们的锡盘烧烤。在一束手电光下，坐在木条凳上，美国方便面加炭火烤肠，吃也香甜，睡却难眠——没想到这里的昼夜温差很大，白天华氏90多度①，晚上还不到华氏40度，穿

---

① 1华氏度：美国使用的温度单位，华氏度和摄氏度的关系为华氏度＝摄氏度×1.8+32。

上长衣服再裹两层床单，照样冻得哆嗦，真后悔买的帐篷是带透气孔的单帐。

　　早晨起来，洗漱完毕，在冷风中好歹吃了点东西。等收拾停当已是上午9点，当阳光穿过树叶洒在身上，长袖衣裤也就穿不住了。旁边的上海一家人刚好也要出发了，与他们友好作别，转出露营点，我们再次驶向不远的公园入口。想想人生的际遇就是这样，偶然相遇又必然分开，去继续各自的生活，就像两条不平行的直线，向前延伸、交叉而后是越行越远，可能我们再也不会见到那对上海夫妇和那个懂事的略带腼腆的女孩了。

　　"Zion"据说源于希伯来语，意为神圣安详之地，是由某位摩门教徒命名的，也有人把它译作犹太人的避难所，恰如其名，宰恩国家公园（Zion National Park）的早晨的空气清新，绿树成荫，比看过的其他地方多了更多的绿色，维尔京河（Virgin River）贯穿南北，水不疾不徐地流淌，像一位少女在安静地想着心事。公园里的穿梭巴士不大但较长，是不多见的两截连接，方便转弯。在入口不远的站点排队上车，跟儿子说了几句，回头一看不见了孩子他妈，也不着急，可能她在后面一节挂车上，主要景点都在一条往返线路上，最终还要回到出发点，总会找得到。在某一站下车，沿着河水走一走，两边风景秀丽，顺着一架木桥边的小路下到水边，看清澈河水带着天上的白云流向远方，心绪浮动无依，竟有些茫然。是儿子的话语打破了短暂的宁静，回到现实，于是重新抖擞精神，向上走过小桥，顺着山间小径一探究竟。无暇深入，不久回头，继续登车前行。在穿梭巴士的最后一站西那瓦瓦神庙（Temple of Sinawava）下车，随着人流徒步到峡口，向前就是地标图片所在的地方，在两侧高大的峡谷间是蜿蜒的溪流与浅滩，男女老少挂着杖提着鞋徜徉其间，不知所往。已入宝山岂可空手而回，抬脚下水，让冰凉的河水浸透鞋袜，这种情调让儿子惊讶了一下，他可没舍得拿自己的耐克洒脱，光脚走到一段浅滩就不肯再走。我说那你就等一下，我到前面去看一看。看着前面的男男女女一路向前，我也不甘示弱，深一脚浅一脚地向峡谷更深处寻找记忆中的图片场景。水流随着峡谷的宽窄不断变换，脚底是大小不一的鹅卵石，顺着崖壁向前，水时深时浅，深时可以没过大腿，有几个孩子干脆把上半身也泡进水里游了起来。感觉走了很远，直到见到山壁间有一挂细长的瀑布从高处垂落，怕儿子等得着急，只能回转。来回一个小时，对儿子狠夸了一番峡谷如何美丽，不去后悔，说得儿子心动，借了我的鞋也走了下去。坐在岸边的一个大树枝上边等儿子，边看着各种肤色、各种年纪的人说着各种语言从我眼前经过，这一等又是一个多小时，等得再也坐不住时，才看见他一步步蹚了回来，说过了小瀑布更精彩，这不气人嘛。后来翻资料了解到，宰恩峡谷（Zion Canyon）往返全程要超过9英里，我们也只是走了很小的一部分。和孩儿他妈会合后下午1点出园，至此，在犹他州的逆时针绕圈景点结束，在整个更大一圈的旅行线路中，我们也只是走过了一小部分，下一步我们将途经盐湖城向大提顿国家公园进发。

（七）

沿15号公路北上307英里，路边沙漠、草地、麦田交替变换，历时四个多小时，当眼前出现高楼大桥时，盐湖城（Salt Lake City）到了。盐湖城是犹他州首府和最大的城市，人口超过100万，2002年举办过冬奥会。记得上初中时有一篇英文课文，说盐湖城若干年前发生了大规模蝗灾，所有的农作物及其他植物都面临灭顶之灾，在尝试了各种措施无效后，人们绝望了。这时从湖边飞来大批的海鸥，一举消灭了蝗灾，挽救了城市也挽救了生活在这个城市的人民，人们为了纪念并表达感激之情，专门建起了一尊海鸥雕像，后人就把这座城市称作海鸥之城。

在高高的竿顶上一支洁白色海鸥展翅昂头迎来阳光送走夕阳，这是我对这座城市的想象。离城区还很远我就伸长了脖子找海鸥雕像，可惜没看到。之前在网上预订了旅馆，下了高速直奔目的地，孩子他妈说在盐湖城有很多中餐馆，国人评价较高，可以去吃一顿，于是一放好行李就出门寻找。看了几家名字不太感冒，最后选了川香园（Szechuan Garden）。下午6点多天还亮，里面人不是很多，中间是十几张典型的中式圆桌，老板和服务员都是中国人。点了个鱼、炒牛肉、炒河粉，主食孩子要了一大碗面，我要了一份饺子。菜上得很快，味道也还不错，只是跟国内的有所不同。这时来了两桌来美国玩的中国游客，一个可能是导游的女子招呼人们坐下并张罗着点菜，大人孩子们一通忙乱，餐厅立马热闹了起来。我们在旁边听边吃，既有几分亲切又有点烦躁。中餐馆也是要给小费的，账单上直接算了服务费，女老板还特意说了一声，免得刚来的中国人不懂规矩。付款时跟她聊了两句，得知她是东北人，来美国已经十几年了。问她哪里好玩，说了几句后她还豪爽地出门指给我行车路线。本想吃完饭去摩门大教堂转一圈，出门不远却走错了路，改到几家大超市转了转。

7月28日，根据计划，我们要在盐湖城主要参观州政府及摩门大教堂两个地方，然后去大盐湖看看。犹他州议会大厦（Utah State Capitol）是拜占庭式圆顶建筑，建在山坡的一片开阔广场上，从广场边可以俯瞰下面的中心城区及教堂的尖顶。地面是一片片修剪整齐的草地，湛蓝的天空下，白色的建筑矗立在大片的翠绿草坪上，如同白宫的翻版。州政府议会大楼始建于20世纪初，1978年列入美国国家史迹名录。美国的许多政府大楼都是对外开放的，而且犹他州政府是全美唯一不需要安检的州政府。大楼内部装修华丽，走上高高的台阶进入正门，楼内墙壁、地面是由精细打磨的白色大理石构成，里面随处可见犹他州历史人物雕塑，大厅中心穹顶绘有巨型彩色壁画，日复一日地向游人讲述着这个州的历史。中心大厅的台阶上,一名中国女导游在向一群中国游客讲解着,不远处还有一群美国的中学生围在一名金发碧眼的美女老师身边。在二楼两间敞开的门里,是政府开会议事的地方,一排排油亮的黄褐色的座椅高低错落环绕排列,会议厅侧上面墙壁上也绘有20世纪会议场景的壁画。三楼是工作人员办公的地方,不对外开放,真是办公、浏览两不误,下到一楼是它的游客中心,可以自由取阅免费的犹他州地图及景点宣传材料。犹他州在美国属于较穷的州,政府承担着对外宣传及吸引游客的职能,这种务实的做法是不是也值得我们学习呢。

摩门教堂(Mormon temple)在政府大楼对面的山坡下,距离很近,围着教堂广场转了一圈也找不到停车位,只得先放下老婆孩子,自己回政府大楼广场停车。耶稣基督后期圣徒教会(The Church of Jesus Christ of Latter-day Saints),即摩门教全称。早期翻译为耶稣基督末世圣徒教会,是美国第四大宗教团体,全球信徒1500万,其中1/3以上在美国本土。盐湖城是摩门教的总部所在地,全城有56%的人信摩门教,摩门教会掌握着城市经济命脉,从教堂周边大量建筑都标有"Jesus(耶稣)"可见一斑。可能人们对摩门教更多的了解是它的一夫多妻制,2013年这一制度在犹他州基本合法化。有一位摩门教的名人叫威拉德·米特·罗姆尼,他可是非常有名,曾担任过2002年冬奥会主席,2003年任马萨诸塞州州长,他还作为共和党候选人在2008年、2012年两次参加了美国总统选举,不过2015年罗姆尼宣布不再参与竞选2016年总统。他还曾经亲

笔写过一本自传叫《无可致歉》，来阐释自己的生活及政治理念。

盐湖城的教堂是世界最大的摩门教堂，由一组建筑组成，最主要是教堂物品陈列区与会议办公区两大建筑。物品陈列区有典型的尖顶圆柱的哥特式教堂，气势雄伟，陈列大厅则有着各种实物、模型、壁画、雕塑及多媒体演示厅，服务中心有提供各种语言讲解的虔诚信徒。

在服务台前站了一下，没想到里面一个穿红色制服裙装、黑发黄肤的年轻漂亮姑娘，微笑着用英语问我从哪里来，是否需要帮助。听说我从中国来，她笑着问我是否听说过摩门教。聊了一下才知道，她从香港来，是摩门信徒，大学毕业后主动申请来这里服务。之后就说起了摩门教的一些教义，见我问得仔细，还送了我一本经书，是简体中文版的。

大厅里参观时还遇到一位年轻的澳门姑娘，热情地主动与我们打招呼，交谈中我问她父母是否赞成她来这里传教，她说父母很支持，因为他们也是教徒。顺便问她去大盐湖的路，她说不太知道，因为她们要在这里传教一年，虽说在这里住了半年多，还从没有出去过，她倒可以帮我们问一下。我们回说不用了，真心谢谢她的单纯与友善。

园子很大，里面还不时有穿着红色制服裙的各种肤色的年轻的美丽姑娘走过或解答人们的提问，我注意到她们裙子上衣的胸口处都有各自国家的国旗标志，她们是来自世界各地的传教士。

院子里的演出大厅定时为来自各地的信徒或游客们演奏音乐，在外面排队等了20分钟才放行。里面的舞台布景规模宏大，突出了宗教气氛，幕布前灯光一会儿红得庄严，一会儿又蓝得肃穆，一会儿又绿得让人向往。下午1点演出正式开始，台下已坐满观众，一位老年的信徒走到观众前做了一番开场说明，就听懂了欢迎到来和不许拍照几句。演出的主角只有一位穿灰色西装的中年人，他彬彬有礼地鞠躬并简单说了几句后开始弹奏管风琴，曲目大概是一些赞美神的圣曲，时而气势磅礴，时而恬淡平和，时而高昂激愤，时而婉转低回，一个人奏响千军万马，赢得了大片掌声。不过，终究一个人的演出太过单调，中场休息时我们随着许多人走了出来。

穿过院子到马路对面是教堂的大会议堂，走进大厅，马上有服务人员迎上前来引导参观。这里的服务人员与对面的不同，年龄普遍偏大，接待我们的是一位年龄约50岁的金发戴眼镜老太太，体态丰满，涂着红唇，穿戴整齐，胸前贴有教会标志，举止优雅，面带笑容。

正值中午午饭时间，跟别人交代了一声，她就与我们走在了一起，令人感动。她先热情地询问我们来自哪里，是否了解摩门教，并带我们参观了千人会议大厅，之后乘电梯到屋顶平台，从上面可以俯览对面的教堂的主体建筑以及尖顶后面的盐湖城。平台面积很大，屋顶高低错落，后面一大片黑色花岗岩是打磨的一群人物画像，美国大婶说这上面有世界各地的著名信徒。地面有一块块草坪，大小不一的水池相互勾连，水顺着水道从后面一路向前，在建筑的前面从顶楼沿下面的玻璃幕墙奔流而下，在会议堂前面形成了一道人工瀑布，散落在下面黑色的水池中。水声哗哗，细碎的水花弥散在空气中给经过的人们带去一丝清凉。老太太夫妇都在这里服务，孩子妈好奇，特意问了一下，她们是志愿者，没有收入。

（八）

下午2点多，步行去取车，突然发现山坡的小路两边，在绿树掩映下的别墅房样式不一，格外漂亮引人遐想，能有一幢这样的房子会怎样，早晨起来穿着背心短裤，脖子上搭一条白色的手巾，在树荫下的人行路上慢跑，偶然抬手擦一下汗，回来修剪院子里的小花小草，再到后边冲洗一下汽车……驱车向西去寻找大盐湖（Great Salt Lake），因为走错路耽误了不少时间，家里人有点悲观，我力排众议，最终走上了正确的道路。盐湖人员稀少，湖湾停着众多的游艇，发现进门收费，果断掉头，在一个大型纪念品售卖中心边停车。这里有一大片沙地，前面的大盐湖一望无际。大盐湖面积4660平方公里，是北美最大的内陆咸水湖。湖水清澈蔚蓝，把天空蒙上了一层水汽，成群的海鸥从头顶展翅盘旋掠过，优雅圣洁，透明的水与半透明的天在远处的小岛边连接在一起，界线分明，湖面无船，静水无波。走下去，沙地是黄褐色，比其他地方的沙子颜色深了许多，被盐碱浸泡过的沙地越往里走越硬，鞋踩在上面咔咔作响。往前走，令人惊讶地发现沙地上不时可见海鸟的尸体，或丰满洁白或干瘪灰败，平添了一丝沉重，不知道它们为什么会死去。之前听说大盐湖是臭湖，实际真没有其他异味，赤脚走进水里，让温热的水没过膝盖，蘸一下手指，放在嘴里舔舔盐湖的味道，直起腰来看远处一个孩子在快乐地奔跑，有种"问苍茫大地谁主沉浮"的意境。在游客礼品中心略做休息，4点继续北上。

沿15号、89号、26号公路一路向北，经爱达荷州（Idaho）入怀俄明州（Wyoming），随着太阳的降低，高温渐消，沿途风光无限好，山野只是近黄昏。路上半天看不见一辆车，心里有点发毛，这前不着村后不着店的地方，老天保佑我的迈锐宝别出问题，再就是别走岔了路。咬牙瞪眼掐大腿，加足马力冲向前。天渐渐黑了下来，西边的天空还有一片亮色，地面上黄色的分道标记在车灯的照射下越来越醒目。内人的手机信号不给力一直没信号，毫无办法，还不知道到哪里落脚，只能走一步看一步了。地图上显示的是星谷牧场，冷冷清清没有人家，再往前阿尔派恩（Alpine）也是人丁不旺，拐进道边的一个汽车旅店，在木篱笆里停着三四辆车却不见一个人影，是啥子情况嘛，转了一圈也没找到办公室，难道是自己先住进去，店家晚上来收钱，走近一看门都上着锁，搞不懂，边上的大招牌上倒是有电话，不知道是手机信号不行还是其他原因，总之没打通，罢了，接着前走。

路上的景色奇特又美丽，汽车在长长的山道上爬行，两边的景物模糊难辨，前边天空却是一片亮灰，我们宛如飞向黎明的太阳车，冲破阴霾一往无前，一直冲向顶端，而后又呼啸着被抛向黑暗，却永远难于抵达底岸。车里谁也不说话，看着窗外想着各自的心事。

9点30分，前边的车多了起来，灯光照亮了前边的小镇，应该是霍巴克（Hoback），淡定。一条不宽的小路两边，商店旅馆一家挨一家，这时车穿过了一个羚羊角搭起的一座拱门，因为之前看过杰克逊小镇的介绍，没想到这里也有，真有点不敢相信这是真的羚羊角。走走停停地问了两家，结果旅店全满，在一家旅馆边的侧墙上有提供中餐的霓虹灯在闪烁，决定先去吃一顿，问问情况再说。进门见大厅的一角有三个伙计围坐在沙发上边择菜边聊着，往里看一张张桌子上倒扣着一把把椅子，餐馆已经打烊了。一个体形偏瘦像是管事的人迎上来，操着上海普通话问有什么事，听我们说明来意后他主动说帮我们去旁边的旅馆问问还有没有房间。等了一会儿他回来说很遗憾没有空房了，他告诉我们这个月份来这里的人特别多，都是要去大提顿（Grand Teton）和黄石（Yellowstone）玩的，前边的杰克逊（Jackson）和威尔逊（Wilson）找旅馆更是没戏，不过这里的旅店很多，不到两英里就有好几家，他让我们到前面再去问问。上海人很热情，说起话来让人感觉很真诚，拔凉拔凉的心也得到了点温暖，直到前边房屋渐少依然没有结果。这时候政治宣传鼓舞士气尤为重要，于是对车里的一大一小说，这还不到10点，再回去找找，左边的不是还没问过嘛，不着急。于是掉头放慢

029

车速，一点点看过去，还是一无所获。眼看10点已过，只得放低姿态跟娘儿俩说，实在不行咱们就在车上凑合一夜，那谁谁谁一家出去玩不也这样吗，当初租这个全尺寸型车，不就有这个打算嘛，咱们找一家加油站，旁边有24小时售货店，只要有水，有厕所就行。加油站倒是找到了，可一问售货小店12点关门，没办法，记得前面还有一家必胜客（Pizza Hut），也许晚上不关门吧。必胜客门前停着不少车，不远处还有一排，还是远一点好，太亮了睡不着。打开后备厢，就着东南西北风填填肚子，把所有的衣服都套上，被单铺盖归"老弱妇孺"，座椅放倒，打开手机电子书，还别说，真是别有风味，三人都有点小兴奋。

　　可惜好景不长，车里一会儿就显得憋闷，把车窗打开一道缝，冷风就一下子灌进来，只好再摇上去。迷迷糊糊睡到半夜，往后一看，比萨店已是一片漆黑，前挡玻璃上结了一层霜，换个姿势缩缩身子又睡一会儿。身上冷得不行，着车打开暖风，看一眼表才早晨4点，外边还很黑，里边两个倒是吃得饱睡得着，没有一点儿动静，反正也睡不着，索性换挡赶路。车窗内侧的霜半天也下不去，用手擦擦还有点模糊，想想白天开冷风，晚上开暖风，这种倒腾法还真没经历过。前边依然是山路，清晨的景色却截然不同，路上空无一人，两边的树林笼罩着白雾，一条大河不知何时开始伴随着我们走了很远，黑色的河水泛着灰色的浪花顺流而下，撞击在河道中的岩石上不断改变着方向，发出巨大的响声，河面上弥漫着一层白雾，不知是仙境还是更像地狱中的场景，真想停下来细细玩味一番，两岸水声响不住，汽车已过万重山，回不得头了。天光渐亮，远处一团团雾气升腾飘荡如同走在火山上。6点多钟，在四边都有羚羊角拱门的中心公园边停了下来，杰克逊小镇到了，实在困得不行，在车上又趴了会儿。

（九）

小镇风景秀丽可惜无暇多看，8点多继续前进，左边的大提顿山高大雄伟，主峰4198米，三棱锥体的山顶上一小片积雪给山峰平添了几许魅力，据说主峰大提顿山就是派拉蒙公司所拍电影的片头画面。半小时后我们进入大提顿国家公园（Grand Teton National Park）南门穆斯入口（Moose Entrance Station）。小路两边长满了没膝高的黄绿的草木，在阳光下散发着潮湿的芳香。又前行了很长的一段才找到游客中心，不远处，绿树掩映下的珍妮湖（Jenny Lake）湛蓝、静谧。有人说游大提顿可以当成是黄石的一个铺垫，可实际上还是有很大区别的，如果说大提顿是一位安静美丽的姑娘，黄石则是一位任性冲动的帅小伙。大提顿的景点主要分布在东西两线组成的南北长、东西窄的一个环线，东边景点相对集中。由于开始就到了东边的服务中心，进去参观了一下，儿子盖了个旅游纪念邮戳，跟工作人员打听了一下露营点的事。不出所料，珍妮湖区的露营点已满，工作人员让我们去北边看看。之前看攻略，只有坐船才能领略珍妮湖的美，但是有前车之鉴，听媳妇儿的没错，先去找住宿的地方。从珍妮湖南交叉路口经过大教堂群峰（Cathedral Group Turnout）、珍妮湖北交叉路口、山景岔道，再向前就是信号山山庄（Signal Mountain Lodge），问了一下管理人员露营点情况，结果还是没有，不气馁继续向前。此处已是杰克逊湖（Jackson Lake）湖区，杰克逊湖要比珍妮湖大了十几倍，远处是高大的信号山（Signal Mountain）。巨大的湖面清澈无波，蓝色的湖水倒映着的信号山的雪山峰顶，圣洁而悠远。在杰克逊湖大坝（Jackson Lake Dam）人们纷纷弃车步行，一条大坝把蛇河（Snake River）与杰克逊湖分隔开来，随着人群走上大坝，看湖水经过闸门轰鸣着奔腾而下,气势壮观,下游不远处河边几个老外在挥竿垂钓分外悠闲。从大坝的另一边走回来,则是湖光山色,岸边挺拔的绿松树直插水面,湖水拍打着白石堤岸,纤尘不染。

在最北边的景点俯瞰柳树平原(Willow Flats Overlook)以北的杰克逊湖旅馆,我们终于找到了露营位,由于是先到先得,立刻标名挂号支帐篷,再回到无人值守的小服务站填好信息,把21美元封进信封后放进小木箱。一块石头落了地,孩儿他妈也有了兴致,掉头回珍妮湖北上码头,下午1点,每人交了19美元后坐上一艘带顶的游艇。船上有个美国小伙导游边走边讲,和想象的一样,珍妮和杰克逊原来是一对恋人,和想象不一样的是珍妮湖并不大,一个小时的行程也略显无聊,有些不值。儿子不失时机地跳出来大放厥词,诋毁我的决策,我予以回击道,这不是有导游全程讲解嘛,美国人工贵,再有可能咱来的时间不对,一早来看可能就感觉不同呢。由于时间还早,估摸着公园不是很大,于是继续逆时针往东线景点绕行。孩子妈换到后座睡觉,苦命的孩子爹领着孩子边行边看,东线不乏亮点但也只是走马观花,感觉是围着大山绕了一圈,等回到露营点天已黑了下来,夜里依然寒冷。

7月30日早起出公园北口,沿89号公路一路向北,黄石国家公园(Yellowstone National Park)是此次自驾游最北边一站。黄石国家公园占地面积8983平方公里,是世界面积最大的国家公园之一,也是世界上最大的火山口之一。园内有大小10000多个喷泉和间歇泉,公园随处可见在冒着白色蒸汽的大小不一的泉口,附近空中弥漫着浓重的硫化物的气味，整个公园像是在燃烧。该公园还是北美最大的林区之一，森林覆盖率达80%，其余大部分是草原，植被繁茂，有超过1800种的植物。公园河湖密布，有290多个瀑布，河湖面积占公园的5%，最大的黄石湖面积352平方公里，是北美高海拔地区最大的湖。黄石还是美国最大的野生动物栖息地，野生动物众多，光是鸟类就有300多种。最早听说黄石好像是在《动物世界》里，至今还能回想起赵忠祥那充满磁性的声音。黄石，等着我。

（十）

从大提顿北口到黄石南入口22.5英里，约半小时车程，两个公园之间没有明显的间隔，如同一个整体。清早入园，顺着刘易斯河（Lewis River）向北，道路两边树木高大。不久在一个小土坡边见人们纷纷停车，禁不住好奇也停车爬上去，突然，一道瀑布轰鸣直下浪花飞溅挂在眼前，周围的人们举起相机纷纷拍照，不由挤到最前面的岩石上细细观看。呆立良久，回身往下走时见一个瘦身老外手拿着三脚架，肩背摄影包一声不吭地在下边等着我，心里一阵不安说了句"Sorry（抱歉）"，老外笑了一下说没关系。

从南入口到最近的乡村游客中心约21英里，又是半小时。黄石的浏览路线大致是一个"8"字形，东西两条线路风景不同，西线相对集中，以各种喷泉为主，东线则是山地草原风光，野生动物较多。经过刘易斯湖向北，在西拇指湖（West Thumb）西侧进入"8"字形主线路，黄石，我们来了。原计划东西分两天绕行，没承想计划赶不上变化，多走了不少重复路。向东17英里是第一个重要的景点老忠实泉（Old Faithful），它是一个定时喷发的大型喷泉。老实泉不老实，从老远已能看到高大的白色烟柱，由于道路不熟，跟在一溜车后边好不容易到了停车场，放下车都不知道往哪儿跑，好不容易到了跟前，观看的人们已经开始退场，老实泉也老实了，心里这个别扭，我安慰大家，明儿咱们再来。到服务中心一看，柜台上写着准确的喷发时间是上午10点10分，眼下已是10点20分，问了一下露营点的事，满员。

往北边走边看，别人停车咱也停，泉眼各异，美丑不一，只记得牵牛花、黑泉和颜料锅，正午12点见前边一处白雾缭绕的所在路边人车无数，似有所感，也择地停车。兴许前面走累了，懒婆娘不愿下车，不管她，我拉着儿子随人流走上一座木桥，下面的清黑河水翻着白色的浪花，水底黄绿黑色相间，两岸草色青青，煞是好看。顺着木栈道上坡，眼前豁然开朗，在大片白色与土黄色的钙化地面间，有或大或小的众多泉眼向上蒸腾着水汽，果然是最著名的大棱镜温泉（Grand Prismatic Spring）。沿栈道前行，先要经过一个巨大的天蓝色热泉细刨花间歇泉（Excelsior Geyser Crater），圆形的水面从外向内颜色逐渐加深，中心却翻滚着白色的水花，走进漫散的大团雾气中，宛如仙境。前边的大棱镜面积更大，颜色则更为丰富：灰白的背景下从外到内可以明显地分出红、橙、黄、绿、蓝色的色彩过渡，就连中心的蓝色也呈现出由浅到深的不同变化，所以大棱镜也叫"彩虹泉"，据说整个黄石公园也因此而得名，还有人把它称作"上帝的眼睛"。

事实上棱镜泉的颜色多变，是由于富含矿物质的水中生活着的藻类和含色素的细菌等微生物，在阳光下呈现出不同的颜色，随季节变换，微生物体内的叶绿素和类胡萝卜素的比例还会有所改变，因此不同的季节大棱镜的颜色也会有变化，不过我们是无缘得见了。从栈道上是难以看到棱镜的全貌，从后面的山上应该视角更佳，雾霭朦胧下是含有何种情感的一只眼睛啊，我是没法去仔细探究了。唯一不美的是行走途中被两只大苍蝇一条胳膊上叮了一个大包，立时又红又硬又痒又疼，毒法厉害，十几天才消肿，至今还有痕迹。黄石的苍蝇竟然会叮人，当时不知道为什么，后来想到黄石有野牛，怀疑是大名鼎鼎的牛虻，现实就是这么残酷，叫你美。

北行16英里在麦迪逊（Madison）区没有找到露营位和旅馆，再向东北14英里的诺里斯（Norris）已到了"8"字线路左线的中间；为找落脚点东行12英里走"8"字的中间一横到峡谷区，没有露营位。已是下午2点，没办法，先找餐厅吃饭，休整一下。吃完饭，孩子妈不死心又到旁边的旅馆去问，我和孩子没进去。左等不出来右等不出来，一出来却语出惊人，说旅馆订到了，不在这里，是在老实泉，明天一早正好可以看喷泉。我忙问价钱，回答说加上税120多美元，加上税和服务费一晚超过130美元，媳妇见我言语不善，只说那前台帮忙联系了半天，不好意思不要，就这还是别人刚退的。话不投机半句多，上车走人。油箱告急，到加油站一看，标准型号的汽油4.7多美元1加仑①，比国内油价都高了，之前就听说这个州油价高，果然如此。美国自驾游没有过路费，油费则成了一项主要开支，一路行来都是找最便宜的，哪怕多跑点路，这次是加的最贵的一次。

向南一点到黄石大峡谷去看上瀑布（Upper Falls）和下瀑布（Lower Falls），下车徒步回折而下，到峡谷半山腰的艺术家观赏点（Artist Point）远看上瀑布飞流直挂，山谷如画，下到谷底近观下瀑布奔腾垂落，轰鸣着汇入黄石河，活色生香。4点30分，跟儿子商量了一下，决定北上，逆时针绕行"8"字的

---

① 加仑：美制容积单位。1加仑约等于3.785升。

上边一圈。从峡谷区到罗斯福（Roosevelt）是19英里的一派草原风光，精致而美丽，沿途多见成群的野牛在高高的草丛中低头吃草或奔跑嬉戏，偶尔有一只大摇大摆地横穿马路，这时前边的汽车往往一辆挨着一辆地停在路边拍照。从较远塔（Tower Junction）往东行驶一段，拉玛谷（Lamar Valley）据说是拍摄经典Windows桌面的地方，两边都差不多，也不知道哪儿是，再往东是黄石的东北门了，就此掉头向西。我们又一次迎着太阳，顺着盘山公路上升下降，两边是险峻的高山或峡谷，眼前不断重复着从光明到黑暗，从黑暗再到光明的过程，直射瞳孔的夕阳会霎时变为一片昏黑，而刚刚适应了阴影中的景物，却再次冲入炫目的万丈光芒。

  从罗斯福向西北18英里就到了最北边的猛犸温泉（Mammoth Hot Springs）景区，这里有黄石另一大名泉——猛犸间歇泉。近看猛犸热泉，山坡上的山石一团团呈阶梯形向下展开，两边的底色是红色，中间部分的岩石从上到下或黄绿或纯白，像一大片瀑布奔流而下，气势非凡。没看到鼓荡涌出的泉眼，只是有几股水流从上面逐级而下。从木栈道走下来刚要离开，看人们都向一个方向快步走去，绕过一片遮挡的小坡，见远远的在白色的灰石黄草间，在一缕烟柱边，有两只黄褐色的鹿时而仰头看看靠近的游客，时而低头觅食，把一圈白色的屁股朝向游人。直到它们走远，人们才逐渐散去。

  从猛犸热泉向北5英里就是黄石的北出口，向南21英里则是诺里斯景区，也是上下半圈的分界点。已经是晚上7点，我们驱车向南开始进入黄石西线，其间，有一段维修道路，是没有沥青的渣土路，较为难行，还要被交警指挥着让行对面的车辆，耽误了不少时间。从一个又一个不知名的小湖边行过，傍晚黑绿的湖水映着岸边高低错落的挺拔松树，树木如同在上下两边延伸生长，真实而自然。经过麦迪逊（Madison）时，天已完全黑了下来，车在大树遮蔽的山路上疾驰不见天光，我不时问问儿子，到哪儿了，到哪儿了，心中焦急，却也不敢在路上太放肆。进入老忠实泉景区时，在小道上绕来绕去还走错了路，等到了旅馆区已经10点多钟。算算一天下来，在黄石跑了200多英里的路，上半圈算是绕完了。没想到住宿点是一个三层的木楼，一楼的餐厅人声鼎沸，里面是宽敞明亮的住宿办公大厅，充满现代元素。楼内所有的支撑梁柱、屋顶、楼梯扶手，全部是剥树皮刷过明漆的粗大的树干，楼道、楼梯以及屋内的所有用具，除了照明用的马灯、白纱窗帘和棉制被褥外，也全都由木材制成，明亮的黄色使得房屋整体风格统一，特色鲜明。屋里有点小，只能放下一张双人床、一张小木桌和一把藤椅，楼层内有共用的卫生间及浴室。虽然不是典型的小木屋，但也能找到点儿感觉。

（十一）

7月31日早晨8点30分退了房，儿子说在前台看到老实泉9点20分喷发，步行到景区服务中心一看，今儿服务台写的喷发的时间是10点14分，不禁埋怨儿子怎么看的时间。还有一个小时，浪费时间要不得，算一下从这里到西拇指来回40英里，于是决定先到附近去看看是否能订到露营位。出发以后才意识到，平路上一小时跑四五十英里没问题，可在山路上，到处限速，有的地方要求时速才二三十英里，结果没有空位，白跑一趟不说，还紧紧张张差一点儿又错过老实泉喷发。老实泉有负所望，不但没有想象中的壮观，而且时间很短，整个过程也就三四分钟，为了它竟来回跑了三

趟。回到服务中心看了一眼，柜台上牌子写着喷发时间在11点15分，孩儿妈和我突然意识到这个不老实的家伙大约1小时喷发一次，可叹我们为了它还在这儿耽搁了一宿，自己之前没了解清楚，嘴上埋怨儿子之前为什么不看清楚，心里却知道他有点儿冤。

看完老实泉不得不再次南下，过西拇指奔南出口，在距出口11英里的刘易斯湖边的刘易斯湖露营地，终于找到了没有标名的柱子，立马放车占位搭帐篷，看着后面慢慢开过还没找到位置的车，心里窃喜，真不错，铁制的灶炉边还有不少别人留下的大木柴。这一路上露营的几次，除了买了个打火机，还真没买过劈柴，直到回拉村，我还剩下一段半片圆木，没用完也没舍得扔掉。

下山后填单登记自助交钱，呼吸一口湖边的空气，好山好水好阳光。今天的任务主要是逆时针绕"8"字的下半圈，第一站是西拇指湖景区。西拇指景区主要是看黄石湖（Yellowstone Lake），黄石湖海拔2356米，面积352平方公里，是美国最大的高山湖泊，湖的最深处达118米，它是整个黄石活火山口的中心。沿着木栈道走在湖边，湖面广阔湖水碧蓝，远处蓝天白云下，青山错落峰顶银白，湖边有大小不一的热泉冒着热气，甚至在近岸的湖水里有白色砂锅咕嘟嘟翻滚着蓝色的水花。黄石湖宛如仙境，纤尘不染，美得令人窒息。回到停车场，一辆大轿子车刚刚停稳，一男导游举着小旗子撇着京腔对一拥而下的老少妇孺们大喊着："40分钟，我们在这里停留40分钟。"浪漫很远，现实却近在眼前。从西拇指往西北到钓鱼桥21英里，一路在水边行去，满眼湖光山色树木丛林。途中经过桥湾（Bridge Bay）有一路分两湖的景致，黄石湖区更像江南水乡，钓鱼桥（Fishing Bridge）横跨黄石河，河湖相接中有小岛，小岛上草木茂盛，平静的水面像一面镜子映照着岛上的绿树青草，黄绿缤纷色彩妖娆。再向东不远就是公园的东出口，而从钓鱼桥顺着黄石河北上，经过上瀑布到峡谷区是16英里，不长，但却用了不少时间，记得还看了赭石泉（Ochre Springs），到泥火山（Mud Volcano）看黑龙嘴和泥沸泉，到硫磺泉（Sulphur Spring）看硫磺泉，过海登山谷（Hayden Valley）看九曲十八弯的海登溪谷的野生牛群，感觉两边的画面到处可以做Windows的桌面。下午5点多到达峡谷村，整个黄石"8"字线路已完成绕行。

到纪念品店转了转，买了一大一小两个睡袋，没办法，实在需要这东西。不再北上，就此向西穿过"8"字中间一横，从诺里斯向南，再次绕行左半圈经麦迪逊、老忠实、西拇指，回到刘易斯湖的露营点，这一天算下来开行了近150英里。旁边紧挨着的露营位有四位美国姑娘围着长条木板桌大声说笑，后边是一顶橘黄色的帐篷，前边停着一辆黑色中型吉普，闺蜜出游啊。一会儿见夕阳西下，几个人开始打开后备厢忙活起来，还别说，各种做饭的气炉、劈柴、餐具、蔬菜、面包、调料一应俱全。我这里也开始点火烧水，当炉灶的木柴熊熊燃烧起来，旁边的青春美少女组合已经开始吃了起来。我曾亲眼见过在什么地方的一个加油站，也是两个美国姑娘开了辆敞篷吉普，不知道车出了什么故障，其中一位直接钻到车下修车，女汉子啊，真是令我等中国的大老爷们感慨万千。我亲手操刀的土豆烧焦了，带皮的玉米成了黑炭棒，但是胡萝卜加洋白菜的疙瘩汤还是得到一致认可，加料烤肉肠还是蛮好的喽。两个睡袋归老婆孩子，我自己则床单薄被齐上身，虽然还是冷得哆嗦，但还可以忍受，条件改善了许多嘛。

太阳出来了，洗脸水还是冰凉刺骨。找地方做了口热水，随便垫了点东西，看一眼对面帐篷，四个懒姑娘还没起。今天是8月1日，一晃出来10天了，我们也要和黄石说再见了。7点30分拔营起寨，根据儿子建议的路程安排，要再走西部精华区，从西门出黄石。记着某个攻略，作者出黄石时来了个二游大棱镜，我们也决定再去看一下这个黄石的标志。从各种烟柱边一一掠过，远远地又看了一眼老实泉，向前再向前。途中有一大片黑色的树干林，已经过了几次，每次经过这里都会有一种苍凉悲壮的感觉，我怀疑它们是被火山喷发所害，也许已经在此屹立了成千上万年。大片的地面寸草不生，黄白色的沙石地几条黑褐的水沟流过，远处孔洞冒着缕缕白烟，树干没有树皮却是根根直立向天，默默地诉说着生命过后什么才是永恒。早晨的大棱镜温泉上空水雾漫空，刨花、棱镜泉碧水半遮半掩不愿显露自己的真容，表现出矜持或冷漠不群的一面，令人略感惆怅。孩子妈上次没看，但愿也能满意。向黄石圣境做了最后的告别后，驱车北上，从麦迪逊沿麦迪逊河向西进入蒙大拿州（Montana）。

（十二）

出西门近9点，见入口处大小车辆排得老长在等待入园，两溜摩托党皮衣皮裤绢帕包头亮着大灯轰鸣着从身旁驶过。停下来啃了几口干粮，下一站是西南边加州的优胜美地国家公园（Yosemite National Park），从这里到优胜美地大约830英里，开车要12~14个小时，今天无论如何是到不了了，能走多远走多远吧。

前面的西黄石（West Yellowstone）是蒙大拿州西南角的一个小镇，穿过西黄石沿20号公路向西，两旁风景秀丽，如果划入公园区也不会觉得逊色。今天的任务就是赶路，经爱达荷州在内华达州（Nevada）上80号公路向西行驶。80号公路高端大气上档次，山连山，水不连水，两边山驰石走景物变换，天上风云际会、光影奇诡。除了加了一次油，基本上就连吃东西都没下车，我们一刻不停在路上。下午经过埃尔科（Elko）附近，孩子妈趁着手机有信号订了里诺（Reno）的旅馆。天空的云多了起来，最后聚集成一个大大圆圆的铅灰色的鬼脸，一束光从一只眼中射向一边的山顶，瞪视着凡尘，而后光束分成两道、三道，冷冷地看向了我们，不知有什么神示。转过一座山后鬼脸不见了，天少有的阴沉起来，天光暗淡，远处雾蒙蒙一片，没想到在这盛夏的美国西部地区也会有雾，前路漫漫，真有点雾色苍茫天地间，何处是家园的感觉，这时候最容易多愁善感，最容易想起点什么，比如侃侃翻唱的那首《芬芳之旅》：

> 我会穿过田野，穿过村庄，
> 穿过开满鲜花的山岗，
> 我会遇见你在人海茫茫，
> 我会牵你的手，穿过热闹的街巷。
>
> 我会穿过时空，穿过无常，
> 穿过生命散发的芬芳，
> 我会陪着你在人海茫茫，
> 我会拥抱着你，穿过地久天长。
>
> 我们此时此刻，微笑着，
> 感受着幸福溢满的对方，
> 我们此时此刻，幸福着，
> 拥有着，无比绚烂的时光。
> ……

歌曲婉转而感伤，女歌手略带沙哑的嗓音传递的不是幸福，而是迷惘和悲凉。

半小时后，我们走出了雾区，转过山来就是霞光万丈，夕阳穿过云层，把金灿灿的光辉斜洒在山坡上，洒在原野的荒草上，噢，美国是另一种调调，约翰·丹佛（John Denver）有一首《乡村路带我回家》则温暖了许多：

简直是天堂啊!
兰岭山,谢纳多阿河,
那里的生命年代久远,比树木古老,
比群山年轻,像和风一样慢慢生长。
乡村路,带我回家,
到我生长的地方——西弗吉尼亚,山峦妈妈,
乡村路,带我回家。

我的全部记忆都围绕着她,
矿工的情人,没见过大海的人儿,
天空灰蒙蒙的昏暗一片,
月光朦朦胧胧,我的眼泪汪汪。
乡村路,带我回家。
到我生长的地方——西弗吉尼亚,山峦妈妈,
乡村路,带我回家。

早晨她把我呼唤,
无线电广播使我想起遥远的家乡,
驱车沿路而下
我感到我本应昨天就回家,昨天就回家。
乡村路,带我回家,
到我生长的地方——西弗吉尼亚,山峦妈妈,
乡村路,带我回家。
……

约翰·丹佛的歌唱的可是东部的西弗吉尼亚山(West Virginia

Mountain），不知道那边是什么样儿。

时间仿佛真的会倒流。也许是跨了时区，光线还强。不过天终究还是渐渐黑了下来，西边天空的云块红黑相间，一束金光像孙猴子的金箍棒直插地面。周围黑得凝重，红得鲜艳夺目。路边的风景却是越发奇特，左边山下一会儿是白蒙蒙的一片，一会儿又像个大湖黑乎乎一团，右边则是一会儿白一会儿红的，不知道是什么，令人惊奇莫名，真希望有机会白天再走一回看清楚。前边的汽车尾灯闪着红色，道路越来越窄，还在爬山，风也大了起来，扬起的沙粒拍打得车窗噼啪作响，真担心别有什么大点儿的石子砸坏了玻璃。急弯也越来越多，左边是山石峭壁，右边是悬崖深渊，令人担心，车前灯照得路面上两条黄色的标记线扭曲向前变化多端，除了西边天上那一抹亮色，四周已被黑暗重重包围，前边路况不明，生怕一步走错便无法回头。我表面冷静心里却越来越紧张，旁边两位也都坐直了身子瞪大眼睛，一声不吱看着前边。好在经过一段战战兢兢的路程后，车开始下山，风小了很多，前边的路灯也多了起来，我知道终于要到目的地了。80号公路是给我留下最深印象的一条美国公路。里诺是一个不小的城市，订得那家旅馆还不错，房屋干净明亮，两张大床，基本设施齐全。前台主事的是一个说着流利美国英语的亚洲面孔，因为还有人陆续办手续，没有多交谈，等办好手续搬完东西，已是当地时间9点多。一算今天跑了700多英里，开了近12小时的车，对我个人来讲真是痛并快乐着。

（十三）

第二天早晨吃了旅馆提供的免费早餐后，在旁边的计算机上查了下路线和住宿信息，没什么收获，只得退房起程。从这里到优胜美地有153英里，两个多小时的车程，顺580号公路、395号公路一路南下，在托帕兹湖（Topaz Lake）附近进入加利福尼亚州（California）。山路起伏，再翻过一座山，眼前蓦然出现了一个大湖，极目远望，天蓝色的湖水与蓝天相接，中间隔着几道长短不一的白云，像宽窄不一的丝带舒展飘舞，在阳光下被染上了金灰的色彩。等我一手把方向盘一手举起相机时，已经错过了最好角度，儿子查地图说这个湖叫莫诺湖（Mono Lake）。前行没多久，前边车速越来越慢，到最后竟然堵车停了下来。烈日当空，心浮气躁，很长时间挪到了前边才发现已到了地方，入口处有穿着制服的工作人员在指挥车辆放行。12点多才入东门，没承想里面还有很长的路要走，不过这时的风景已是山清水秀，跟园外大不相同，不时有人在路边停车拍照。优胜美地占地面积2849平方公里，是美国首个国家公园，气候属于地中海气候和高原山地气候，野生动植物品种多样，这从土伦草甸游客中心陈列的动植物标本可见一斑。

　　游客中心在一个大石头山附近，光线昏暗的里面小而拥挤，问了游园路线和露营点的情况，匆忙上车。又往前走了不远，终于找到了宽敞平坦营地（Porcupine Flat Campground），听说有空位我们很是高兴，交钱办手续后拐进路边一片松树林，坑坑洼洼的土路上杂有石块和积水，真怕我的迈锐宝托了底，光知道收钱也不修修道，这比其他公园可是差远了。

　　露营区的入口有专人值守负责分配位置，一个瘦高的管事在填单登记完后特意叮嘱我们要放好食物，晚上不要乱走以防遭到动物袭击。孩儿他妈笑着对我们说：你知道老外刚才说什么了，他说碰上熊要大声尖叫，把它吓跑。不是应该躺倒装死吗，看来在黄石没见到的狼和黑熊这里真有可能遇到呢，有点兴奋又有点担心，那家伙从远处看看还行，不过最好还是不要走到跟前来。

　　开车找到那个A区1号有点儿傻眼，林间一大片空地，空地上有一堆堆的马粪和马蹄印，里边水龙头边有一个铁水槽，空气中弥漫着一股青草与粪臊味，道边停着一辆大房车而不见其他帐篷或车辆。这也太不像话了吧，没法洗澡没有炉灶不说，这味实在让人受不了。孩子妈说我去找他们给换一下吧，便一个人走下去，可过了好半天也没回来，没办法我让孩子去找找看。

正等得心焦，一阵嗒嗒马蹄伴着丁零丁零声走了上来，三四匹马上骑着两女一男，戴着宽檐圆帽穿着牛仔装，像是印第安土著走了过来。看得出来，她们见到我们也有点儿惊讶，问我怎么会在这里。我跟她们解释说我在找露营点，这里是不是A1。听我这么说她们笑着告诉我这里不是我要找的地方，这是她们养马的地方，露营点在下面另一个方向。这才心下明了，谢过道别后把车挪到一个大点的平地，等儿子回来赶紧一起往回走，没走多远碰上了孩子妈，她说开始迷了路，后来才找到，跟那人又解释半天为什么要换地方，总算是换到了B区一个位置。

我说看看再说吧，一起往回找，等看到了零零散散的房车和帐篷，心说这才是个露营区的样子嘛。其实我们原来的位置离入口不远，大树遮盖下一片空地干净清爽，阳光从松树的树叶间洒落在小草上，地上散落着褐色的松塔，一只小松鼠在一根倒伏的树干下好奇地看着新来的闯入者，不时耸几下鼻子。就这里吧，这儿不错，最后还是让孩子妈又把位置换了回来。支帐篷搬东西，等安顿停当已是下午4点多钟，今天耽误了不少时间，儿子比我更不满意。本来想乘公园穿梭巴士到各景点转，走到站点一看，这里的大巴5点是最后一班，到里边还要换乘，等了会儿就没了耐心，想起在布莱斯经历还是决定回去取车，直奔优胜美地。

优胜美地的景点主要集中在优胜美地山谷，中心的峡谷区是一个南北1英里宽、东西7英里长的一个狭长区域。峡谷两边巨大的石头山上，树木错落笔直向上，青灰的石山如同一人，整体巍峨耸立。进入中心峡谷区之前的一段盘山路弯急坡陡,最高处海拔超过3000米,悬崖峭壁间的狭窄小路上,车辆对行而过,很是凶险。进入峡谷区后,谷地渐为平坦,路依旧不宽但弯路少了很多,两边树木整齐高大遮天蔽日,穿行期间光线昏暗恍如梦境。6点多到了峡谷村,服务中心已经关门,见旁边不远有家较大的超市灯光明亮,进去转转也好。进门一看里面人真是不少,几个交款台都排起一溜。孩子妈也出了手,当然是奔着吃的东西:一兜面包、一包方便面、一小包香肠、几个土豆、一大块白薯、两个带皮玉米。女人也细心,出来一看机打小票,发现价格不对又去理论了半天,等出来天也黑了。路不好走,催着大家赶快上路,回去绕来绕去的路边连个灯也没有,等回到平地,后边的车跟得紧,不敢随意停车,怎么也找不到露营区了。半天没见有用的路标,只是感觉应该差不多了,实际已经开过了地方。到底在一个路标前停车,几个人计议一番,苦海无边回头是岸。8点多终于回到营地,埋锅造饭烤红薯,是吃也香甜,睡也饥寒。睡前还把东西藏好,垃圾入箱,结果无狼无熊没动静。

(十四)

8月3日,早晨的阳光还带着一股寒气,洗漱完毕看还剩下不少劈柴,想着以后可能再也用不到了,又去重新生火,劈柴树枝晚上被露水打湿了,光冒烟不起火,费了九牛二虎之力还是不成,没办法往劈柴上浇了点食用油,总算烧了起来。做

了点儿开水,儿子吃美国方便面,俩大人是冲可可和速溶豆花就面包,红薯不错,玉米蛮好。今天修改了一下计划,收拾好东西再走昨天的线路,10点多,把车停到离服务中心不远的地方,改乘园内大巴。虽然峡谷区不大,穿梭巴士也分绿线和红线两种,绿线是在峡谷区内各景点运行,红线联通其他区域。懒婆娘不愿走路要留在旅客中心附近的购物区,不勉强,约好下午2点在停车场会合,我和儿子背着相机带着水瓶出发了。从第四站坐到第六站下车步行,去看瀑布。

　　优胜美地的瀑布主要有新娘面纱瀑布(Bridalveil Fall)、优胜美地瀑布(Yosemite Fall)、春天瀑布(Vernal Fall)、冬天瀑布(Neveda Fall)四个大瀑布,其中最著名的也就是我们要去看的优胜美地瀑布。优胜美地瀑布落差740米,号称是北美最高、世界第六,分为上瀑布和下瀑布,上瀑布也以436米的高度排进世界前十,每年的五六月份水量充沛是最好的观赏季节,此时冰雪消融,千尺怒涛隆隆而降,蔚为壮观。耳听为虚眼见为实,上瀑布来回据说最少要4个小时,而下瀑布只要一个小时,这个还算可以。跟着游人往前走,经过一片高大的杉树林,四周散发着树香,树木有几十米高,直径一两米粗,也许已经活了成百上千年,不由想起了清西陵的大松树也是这般高大。走在其间,人如同在小人国般渺小。顺着木栏前行右转,远远的瀑布像一道细线从高处垂落,加快脚步向前,游人渐多,路边还有几位在作画,不知道是不是专业人士。走到路的尽头,离瀑布还有一段距离,在这里可以看到瀑布全貌,瀑布不宽但非常高,巨大的水柱从山顶跌落,在半山腰被一块巨石阻挡而撞击出巨大声响,而后改变方向再次飞流直下一泻千里,这是我看到过的最高的瀑布了。游客们纷纷驻足拍照,也有不少大小男女在一旁树荫下边吃边说笑,格外惬意。看了一会儿,见有人跨过围栏向瀑布跟前走去,远远的瀑布下面也有几个小点在晃动,不觉心痒,时间还早,体力尚足,于是鼓动儿子跟我也走了过去。再往前已经没有路,有的是大小不一的岩石或尖或平或立或卧,小的像砌墙的基石,大的像一幢房子。往上爬的人还真不少,主要是年轻人和孩子,爬石头艰难而危险。儿子在后面直打退堂鼓,前边却是一个十来岁的外国小男子汉招呼着背包的妈妈向上爬。前边还很远,我把相机挎在脖子上,小包系腰上,让儿子照顾好自己,看他还是慢慢吞吞,把水瓶也要过来别在自己腰包上,刺激了他两句,说他还不如女人和孩子。儿子发了狠,也不理我,另辟蹊径,倒也快了不少。我在爬一块大石头时,腰包的水瓶哐啷一声掉进了下面的石洞,见儿子脸色不好,赶忙安抚他说丢了就丢了,回头再给他买一个更好的。我知道那孩子念旧,水杯跟了他一年多,也不知道是谁送的,是不是还有什么故事,心里有点不安。瀑布跟前有一块平整的大岩石。想爬到上面就要从另一块大石的斜面上滑下去,搞不好要掉下去,下面几十米高,后果很严重的。儿子说什么也不下了,也好,我自己来,谢天谢地,一切顺利。眼前的瀑布声势惊人,水雾漫散清凉,抬头看白色的飞瀑像裹着雾的白雪块块片片缕缕散飞而下,崖顶高得让人眩晕,瀑布从上而下轰鸣着注入一个像圆形的水潭。水潭清澈碧绿,四周一圈高大的岩石围绕,像一个天然的游泳池。还别说真有人在里边穿着短裤或比基尼在里面游泳,几个外国青年爬上一个几米高的石头然后张开双臂喊叫着从上面一跃而下,水花四溅。回头看,对面的山石树木辽远壮阔,在正午的阳光下反射着银黑相间的光芒。

再爬回刚才的巨岩也是十分凶险,之前还学雷锋做好事帮一个比基尼美国姑娘从上面滑下来,儿子在上面一脸的不屑,也可能是我敏感了。回去继续坐穿梭巴士,没有再下车,只是在峡谷区转了一圈。下车进餐厅给孩子买了瓶饮料,安慰一下他那受伤的小心灵,回到停车场已是下午2点钟。和孩子妈会合后3点钟再次出发,沿120号公路出西门一路向西。风景依然美丽,山路也依旧曲曲弯弯,原来优胜美地不仅仅是峡谷区那狭长的一块,山路不断,感觉绕了很久才到西门,回头还看了好几眼。优胜美地是我们此次旅行的最后一个公园,至此我们已经走了13个国家或州立公园，后面的行程将是儿子向往的大城市，下一站是西海岸的旧金山。听说旧金山的住宿较贵，我们将旅馆订在了离旧金山一桥之隔的奥克兰（Oakland）。优胜美地距奥克兰150英里，约3小时车程，车上两人睡觉，我接着瞪眼前行，辛苦我一个，幸福全车人。不到6点我们进了城区，奥克兰市区不大，房子多建在山坡上，旅馆很好找，太阳还没落山，这次是最从容的一次，还有点不适应，感觉有点辜负了大好时光。旅店不太大，出入黑人较多，前台老板是个黑人老头，礼貌而不苟言笑，隔着窗户给我们登记办手续，站在外边有一种陌生的距离感。这次我们登记了两天。

（十五）

8月4日一早加满油，上80号公路向西南行驶，不久开始堵车，并行的七八个车道全都排起了长长的队伍，堵了半个多小时，等挪到跟前才明白是到了跨海大桥收费口。这一路行来，还从没有交过路费，不过早听说这里的海湾大桥要收费，到旧金山是必须要过桥的，也没有太过惊讶。最右边两个车道却是畅通无阻，儿子问那儿怎么回事，好像之前看过牌子是商务通道，也没太明白美国人是怎么认定这个事儿的。按规矩交了4美元，收费的工作人员说了句欢迎并谢谢之类的话就放行了。旧金山—奥克兰海湾大桥（San Francisco-Oakland Bay Bridge）是美国的地标性建筑，全长13.5公里，双层双向12车道，日车流量30万辆，是世界最大跨度单塔自锚抗震悬索钢桥，大桥从1936年通车后又经过多次重修重建，2013年新通车的大桥在宽度、重量、车流量、抗震能力等方面创造了多项世界第一，而同城的另一座著名大桥——金门大桥（Golden Gate Bridge）在这些方面都自叹不如。还有值得一提的是，目前这座大桥的东段是中国建造。在宏伟的大桥上疾驰，看着巨大的钢架钢索变大或变小，底下是茫茫大海，真是兴奋。

下了高速有点茫然。旧金山的街道狭小，城市拥挤，繁华是繁华，汽车一辆挨一辆，连停车的地方都不好找，而小街道上下起伏，坡道陡得吓人，经常要超过45度地冲上来，再直上直下踩着刹车滑下去，连我这种久经山路考验的老司机心里也不住打鼓，还好是自动挡车不会熄火，不然这么大的坡要是溜车后果一定很严重。道路不明，车也开得犹犹豫豫，只知道离市政府不远，就先导航了一下，找是找到了，可围着转了一圈也没有合适的停车位，不敢耽误只得改去九曲花街。九曲花街名气很大，到旧金山的中国人很少有不知道它的。小街是在一个斜坡上，红砖墁地，干净而与众不同，路边花池种着一丛丛的绿色的叫不出名字的花木，枝叶间开着白色、粉色的花，大朵大朵的像菊花，一群一群的游客在导游周围听故事拍照，看得出多数是中国人。道很窄，没地方落脚，车开得很慢，扭扭转转像下地下停车场，有点挑战，不过很快就到了坡下。盛名之下的小街多少有点让人失望，而许多街道路边种着的树枝头挂着一串串的火红的小花，煞是好看，看树叶和花儿有点像国槐。

再往北走一段依稀看到了大海，前面应该是渔人码头了。码头停靠着众多大小不一的船只，船上是数不清的白色桅杆，海边干净而喧闹，商铺鳞次栉比。这里的游客很多，有的在购物，有的在边走边吃东西，有的在画画，有的在拍照，有的在表演魔术，有的在驻足围观，有的在自弹自唱，有的在随着鼓点扭动腰臀，有的在排队买票，有的在凭栏远望。游客们都在寻找着自己的乐趣，挥洒着自己的

热情，不时有几只海鸥从人们头顶掠过。这里才是典型的旧金山，悠闲而又浪漫，充满异国情调，看得出，儿子终于有了点小满足。不过这也不是事儿啊，到底还是在附近找到了一个大型的收费停车场，一天18美元还行吧。瞎撞也不是办法，听闻这里的城市客车（City Bus）很有名，城市客车或大巴就是双层敞篷城市观光大巴，围绕城市的主要景点转行，名字不同，车也略有区别，线路多有重复，根据时间长短分周票、24小时票和12小时票。想着明天还可以再转一圈，在一个售票点每人36美元买了三张双日的城市通票（City Pass），上车爬上顶层，没有竞争对手我们坐了第一排。

东南沿海的华侨多把旧金山叫"三藩市"，可以说是一座移民城市，三藩市市区不大，但它的文化里除了美国本土的成分外还含有西班牙、墨西哥、英国、意大利、俄罗斯、巴西、阿拉伯等各国元素，它也是中国人在美国最早的聚居区，19世纪中期随着美国西部淘金热的兴起，大量华人曾在此充当苦力并定居，也给这里带来了浓重的中国味道。大巴上的游客可以在各站点自由上下车，先后经过艺术宫、迪士尼家庭馆、空中房屋、金门大桥、金门公园、日本茶园、德扬博物馆、加州科学馆、七姐妹屋、市政府大楼、联合广场等景点，最后回到渔人码头，转一圈下来大约两个多小时。时近中午，打算先行走马观花地看一遭，明天再重点突破一下。

车上有导游嘴边戴着麦克风在车顶层边解说边逗趣，由于语言不过关，只能听懂大概意思，美国式幽默实在与我等无缘，周围人不时爆发出一阵大笑，我只听着美国小伙儿像唱饶舌歌式的滑稽腔调不断重复着"San Francisco, San Francisco..."天有点阴沉，不久还下起了雨，汽车顶层的风很冷，扬起的雨点落在身上、啪啪地打在脚下的木地板和手里的宣传海报上，但没有人下到一层。到金门大桥时，我们的车停了下来。人很多，我和孩子妈以为过桥要收费，所以大巴只是让大家看一眼就掉头了，没想到时间不长，大巴穿过一条隧道竟然呼啸着冲上了大桥，令人惊喜。抬头看红色的巨大铁链牵引着的巍峨的钢架城楼从头顶徐徐掠过，在迎面的冰冷的海风裹挟下，我们仿佛在御风飞行，导游带头大声喊叫起来。到了对岸，大巴掉头再次冲了回来，让你一次爱个够。这一次人们安静了许多，静静地注视大桥两岸的建筑像摆在一起的各种形状的积木，没有阳光，海水灰蓝微波。

金门大桥比海湾大桥晚半年落成，也是近代桥梁工程的一项奇迹。大桥全长2737米，钢塔高342米，其中高出水面部分为227米，相当于70多层楼的高度。两个钢塔之间的大桥跨度为1280米，桥底面距水面67米，是世界罕见的单孔长跨距吊桥。红色的大桥壮观而美丽，许多美国电影里都有它的身影。

（十六）

下午，天放了晴。由于艺术宫和加州科学馆要买票参观，时间也有点紧张，没能下去参观有点可惜。2点多在市政府附近下车，决定去参观一下。从外面看市政厅高大气派，主楼是圆顶建筑，周边绿草如茵，这与白宫和曾经看过的盐湖城的议会大楼很像，当然从它的面积和豪华程度等方面来看，是没法与前者相比的。美国的许多政府办公大楼是对外开放的，但与犹他州政府大楼不同的是，这里进门必须经过安检。进门后发现这里似乎要办一个什么旅游节的宣传活动，工作人员忙着布景搬东西，主厅及前门都有人值守不让人出入。大致看了看，就退了出来，没想到再找大巴站牌可费了老劲。大巴站没有明显的站牌，停车也不是特别规范，问问如果没人下车或见站点没人就会加油而过。刚才下车时就错过了地方。在对面的亚洲艺术博物馆问了一下，还是没找到站牌，等了半天也不见那种双层大巴经过，没奈何，决定看着地图再往前走走。穿街过巷，发现这里的黑人、残疾人不少，露着刺青的胳膊或小腿在肮脏的街角吞云吐雾，好像听谁说过繁华城市中心穷人多。走上主路，黄色的有轨电车在叮当的铃声中慢慢驶过，上面挤满了或站或坐的外地游客，想坐铛铛车的要排队买票，在站牌下等车的人就更多了。顺路走到了唐人街（China Town），唐人街各种铺面大小不一，一家挨着一家，里面的小商品琳琅满目价格低廉，由此可见，中国的制造业在世界上真是无人可及了。对面突然来了几个美国黑人青年，手里拿着一打刻录光盘，拦住我们说要交个朋友，把他自己唱的歌曲送给我们。心怀戒备，我们不愿多做停留，一个黑小子又搂着孩子热情地问他叫什么名字，并把名字的英文飞快地写在光盘上，说送给孩子留念，儿子接过来道了声谢刚想离开，他又对我们说要让我们出几个零钱，多少不论。我把光盘还给他转身就走，黑小子追着我们说上边已经写了名字等等说词。这调调似曾相识，如果在国内我会坚决不妥协，在这里，面对几个要小钱的穷小子，中国人没心思斤斤计较，掏出5美元给他，那小子还说如果没零钱把我腕子上的手串给他也可以。翡翠手串，跟了我几年，那是绝对不可以。打发走几个人，前边还有几拨类似的家伙要拉我们说话，赶紧远远地绕过去。街上走的中国人很多，外国人也不少。孩子妈在一家香港人开的店里买了一瓶香油和一包调料，说在别处没有，我要了点核桃仁，都不算贵。一家家看过去，前边还很长，时间不早，赶紧改道。在联合广场附近刚好有一辆红色的大巴要起动，急忙出声拦下，真赶不上最后一班，那可是有的要走了。不到6点终于又回到了渔人码头，天还很亮，码头人头攒动似乎比上午还要热闹，三人商量了一下，再到里边转转。码头附近的街道，鲜花随处摆放，一只海鸥落在观海的木栏上静静地看着人来人往，商店、饭馆里都挤满了顾客，旋转木马前的小广场上一个杂耍师傅在卖力地表演高台晃管。7点多，当码头商铺的灯把街道装扮得热情洋溢时，我们走出了喧闹的人群。晚上睡前孩子妈订好了明天的旅馆，下一站是洛杉矶（Los Angeles）。

第二天一早，离开了奥克兰，再次经过海湾大桥，这次跟着前车从左首进入关卡，没有阻拦没人收费，难道周末或周日免费？今天是周三，不会啊，不管他，能省点是点。进了旧金山，感觉已经对这座城市熟悉了很多，由于计划下午走路，想到停车要到码头还得收费，还是放弃了再坐城市大巴的打算。自己驾车走还是方便些，其实最想看的还是金门大桥，总想再看一眼那座红色的大桥。拿定主意时，车已经离码头很近了，转向西行驶，不久，红色的大桥已忽隐忽现不断变换着方位迎上前来。本想在游客中心找个停车位放下车，我们到大桥上走走，无奈没有停车位，等了半天不见有人离开反而是人越来越多，没办法只得绕出停车场到前边再找找看。结果三绕两绕绕到了大桥连接线上，天意如此，走吧。再次行驶在大桥上，看着红色巨链扯起高耸入云的红色桅杆在眼里不断放大并最终一晃而逝，海面辽阔无波，心中涛声依旧。过了桥从岔路下道，居然有个小停车观景点，哈，停好车，登高远眺，天高云淡，水天一色，大桥连接的南岸高层建筑上的玻璃幕墙熠熠生光。没时间到桥上走了，穿过隧道，再次杀回去，一溜排开的入口无人值守，加速过关，心虚过后是畅快，真有点偷东西得手的感觉。过后查资料得知，这两年过桥费改成电子计费，车经过入口先拍下车牌号，事后从登记的信用卡扣费，像我这种租车的要由租车公司加上手续费从我的信用卡代扣，不主动交还扣滞纳金，由于我向来对信用卡还款不太上心，也不知道最终扣了没有，扣了多少。

11点，向西寻找传说中的1号公路。美国东西海岸各有一条1号公路，同样鼎鼎大名，东边没去过，希望有机会能感受一下两者的不同。加州1号公路又叫"太平洋海岸公路"，是美国西海岸连接着旧金山与洛杉矶的一条沿海公路，全长超过1000公里，盘山临海道路曲折险峻。由于地理环境得天独厚，它一边是海阔天空、碧波银浪，一边是峭壁叠翠、牧草茵茵，风景美不胜收。加州1号有着世界上陆地和海洋接触最美丽的览胜角度，有人甚至称它是世界上最美丽的一条公路，被美国国家地理杂志评为人生一定要到的50个地方之一，不可错过。

（十七）

导航搞得我有点儿迷糊，旧金山1号公路很多，就是找不到沿海的一条，等从市区穿出来已经耽误了不少时间。在戴利城（Daly City）加满油，顺便找到一家叫一来一往（In and Out）的汉堡店叫孩子去买两个牛肉汉堡，等了半天孩子不出来，进门一看排队的人很多，厨房里十几个人在忙活，汉堡大约2.5美元一个，一尝真是又新鲜又好吃，没想到美国人也图便宜，再多要两个。沿1号公路南下，车走得不快，前边的车时走时停让人着急，前边的风光平淡没有惊喜，心说1号公路可别就是这样子吧。经过了帕西菲卡（Pacifica）、蒙塔拉（Montara）、埃尔格拉纳达（El Granada），过了半月湾（Half Moon Bay）才有了点意思。因为后面还有一项任务就是到斯坦福大学（Stanford University）去朝圣，没有丝毫的停留，路堵不堵别人做主，可我的车我做主。事后想起来这一段路真没什么好看，倒不如从半岛的中间走280号公路直插斯坦福。从圣格雷戈里奥（San Gregorio）下1号公路向东，跟着导航走了不远，上了一条小路，竟然又绕回了1号公路，而且是向回行驶，这明显是回半月湾的架势。不行，掉头再从

东/游/西/荡

圣格雷戈里奥下道向东，这次不听导航看地图，叫你再错。拉洪达（La Honda）再往前，路越来越难走，到处是限速，二三十英里是常有的事，苦也，到后边居然上了山，小道一辆车走都不宽，要不是有限行标志真怀疑这根本就是自行车或步行道，绿树成荫的倒是幽静，可这时候咱没时间欣赏啊。地图上斯坦福（Stanford）并不远，可这条没完没了的山路我们硬是走了两个多小时。车里的婆娘说了几次别去了，别去了，可是开弓没有回头箭，还有一句入得宝山哪能空手而回，不理她。下午2点30分，车终于走上平路，道路变得宽阔平整，路边的草地整齐地泛着黄色，斯坦福终于到了。

小利兰·斯坦福大学（Leland Stanford Junior University），由时任加州州长的铁路富豪利兰·斯坦福于1891年创立，并以他不满16岁就去世的儿子小利兰·斯坦福的名字命名。大学位于帕洛阿尔托（Palo Alto）地区，占地33.1平方公里，与哈佛大学并列为美国东西两岸的学术重镇。斯坦福大学在世界大学排名中位列十甲，某些知名评价机构2015年甚至将其列为世界第二，它的许多学科都能在世界高校中排进前十。老利兰·斯坦福在学校创立时曾对妻子说：以后所有加利福尼亚的小孩都是我们的孩子。的确，他们的许多孩子日后都成了才，学校也真正冲出美国走向了世界。学校有众多的国家院士，有18人获得过诺贝尔奖，58名诺贝尔奖得主现在或曾经在该校学习或工作，曾经的工程学院院长弗雷德里克·特曼（Frederick Terman）被尊称为"硅谷之父"。学校还培养出众多商界和政界精英，包括许多美国国会议员，也包括惠普、谷歌、雅虎、思科、耐克、罗技电子、Firefox、NVIDIA、硅谷图形

及eBay等公司的创始人，有30位毕业生后来成了亿万富翁，甚至还出了17名宇航员。中国人可能熟悉的斯坦福校友有胡佛（Herbert Clark Hoover）、谢尔盖·布林（Sergey Brin）、拉里·佩奇（Lawrence Edward Page）、泰格·伍兹（Eldrick Tiger Woods）、梅汝璈、朱棣文、杨致远、李泽钜、李泽楷、费翔、鸠山由纪夫、麻生太郎。斯坦福的校训是："让自由之风永远吹拂。"

斯坦福整个是一个小城市，不知道从哪里开始，也不知道从哪里结束。中心有一个尖顶塔楼很显眼，这里可能是学校的中心吧。学校人不太多，看夹着书戴眼镜的人从身边走过，猜测他没准是哪位资深学者。转了一下不得其所，还好发现了游客中心，周围偌大的停车场找不到停车位。叫娘儿俩下车去里面看看情况。过了会儿见她俩出来了，忙问怎样，说聊了几句，也没太听懂，里边人还挺多，接待的人不是很热情，拿了两张宣传页，没什么大收获。得嘞，给上高中的孩子讲讲名校的辉煌历史，亲身来感受一下世界一流学府的模样，孩子的眼界会更高一些吧，取没取到真经似乎已经不重要了。如果有时间我们应该在这里待上一天半天的，希望孩子有一天能再走进这所校园。

3点30分，我们继续起程，想着别错过1号公路的那段美景，怕耽误太多时间又不敢原路返回，走大路绕一点也认了。先上280号公路向北再从92号公路向西，再次回到半月湾走了也就半小时，心里既高兴又是后悔。沿着美国西海岸蜿蜒前行，路边的杉树真是漂亮，难怪斯坦福把它设计成校徽主体图案。海边的风景不断，不知道在什么地方的一个湾角的海滩，天空飞着许多五颜六色的滑翔伞，拖着下边冲浪的人们在蓝色的海面上急速滑行，穿着泳装的男男女女在金黄的沙滩上嬉戏，真羡慕他们的这份心境。没有停留，1号公路在穿过圣克鲁斯（Santa Cruz）时竟然堵车了，很厉害的那种，好的不灵坏的灵，媳妇查了一下手机，说前边很长一段都堵车，这在美国西部是非常少见的。没办法赶快改道绕行,还好,没绕出太远等回到1号公路,车渐渐散开了,5点,随着车速提升,心里一块石头掉了一半。爬过一座座山,绕过一个个弯,海景越来越美,山路也越来越险。夕阳渐渐染红了海面,远处的灰色的大海广阔无边,神秘得无法揣度,大浪拍打着黑色的礁石翻出白色的浪花,海风无人听见。每转过一道弯都叫儿子盯着下面看看是不是浅滩上或哪个礁石后面藏着海象或是海豹之类的东西,没有看见。山路阴晴明灭,峭壁与悬崖相伴,雾霭与苍云相接,树木与草地变换。海上日出无缘得见,海上日落可是不看也得看。我明白,1号公路我们是不可能细细把玩体会了,最终我们错过了蒙特利(Monterey)的蒙特利湾水族馆(Monterey Bay Aquarium),相距17英里车程的半岛私家豪宅,大苏尔(Big Sur)的紫色海滩(Pfeiffer Beach),圣西米恩(San Simeon)海滩看海象、海豹,到它边上的赫斯特古堡(Hearst Castle)去寻幽探古。所有的我们都看到了,只是离得远远的。

天完全黑了下来,路边的树林静得可怕,下面的大海黑得吓人,车灯照在一个个突然跳出来的急弯上,撞得人心惊肉跳。收音机让人心烦,关掉,车里再没有人说话,路上半天才能看到一辆车,不知道他们还往里开要到哪儿过夜,这里没有岔路,似乎我们永远也走不出这条路。晃着脑袋不让它浑浑噩噩,扭动腰肢不让动作机械僵硬,这动作有点滑稽但并不可笑,我现在厌恶这没完没了的加州1号。经过一个叫拉斯克鲁塞斯的地方,跟拉村一个名字,在这儿上了101号公路,1号公路上我们跑了近8个小时,再见吧CA-1。在101号公路上沿海边又跑了一个多小时,晚上10点30分,我们终于离开了海边公路。到奥克斯纳德(Oxnard)加油,略为休整后做最后冲刺。进入洛杉矶,灯光璀璨,照得俺的心亮堂堂,虽然已近午夜,依然车水马龙,想来旅店老板也不会早早熄灯打烊吧。不出所料,凌晨时分,我们到达旅馆时,前台依然还亮着灯,一个带西班牙口音的墨西哥裔美国人有条不紊地帮我们办了手续，等坐到床上已是第二天凌晨1点。虽然总共也就是500英里的路程，我们一共开了11个小时。

（十八）

洛杉矶是座真正的大城市，是美国第二大城市，市区人口450多万，加上周边的市县的大洛杉矶人口超过1800万。和美国西部其他地区一样，这里曾经是印第安人的家园，曾经是西班牙的殖民地，曾经的墨西哥的领土，最后是19世纪上半叶随加利福尼亚州一起割让给了美国。洛杉矶又叫"天使之城""科技之城""名人之城"，电影业、航天业发达，曾经两次举办过奥运会。著名的好莱坞（Hollywood）不仅是全球电影音乐产业的中心地带，也是全球时尚的发源地。这里不仅有派拉蒙、环球影片、20世纪福克斯、哥伦比亚、华纳兄弟、索尼公司、梦工厂、迪士尼这些享誉全球的电影公司，通过雄厚的科技实力做支持，还拥有着世界顶级的娱乐产业和奢侈品牌，引领并代表着全球时尚潮流，够可以了吧。好莱坞的环球影城（Universal Studios）是人们来洛城的必去之地，是美国以电影为主题的大型游乐场所，近年来甚至有超过迪士尼的架势，在新加坡和日本大阪也有它的旋转地球标志，据说中国的北京、珠海也已签约筹建。

早晨起得不算晚，今天没有赶路的任务，难得心态放松。之前网上订了环球影城的票，大人70多美元一张日通票，孩子的要更低一些，比现场买要便宜，如果买那种不排队

的票，应该是110美元吧。当大家站得腰酸背痛，好不容易到你了，来了一帮趾高气扬不排队的，抬脚就站到了你前边，为了这一小撮人，你要再等下一拨，我痛恨VIP，无论在国内还是国外，谁让咱不是呢，你就不能低调点嘛。园内正是车如流水马如龙，花月正春风，我估计这一天就得在这儿了，希望孩子能玩得开心。停车场收费一天13美元，只要晚上10点关门前开走就行。9点30分入园，园内一派好莱坞气息，各种电影中的人物及动画形象随处可见，路上还有工作人员装扮成美国电影中的人物走来走去地与游客打着招呼，主街上空巨大的蓝色金刚张着四肢瞪视着来人，分外显眼。环球影城主要有11个项目，分上下园区。下园区有变形金刚3D对决之终极战斗、NBC环球影片体验馆、木乃伊复仇记和侏罗纪公园河流探险；上园区有神偷奶爸、环球影城动物演员、特效舞台、辛普森虚拟过山车、影城之旅、怪物史瑞克4D动感电影和水世界等。还有就是在上园区正在修建一个哈利·波特主题园区，占地面积大，城堡尖顶多，值得期待。有过在北京欢乐谷排队的经历，看看这一天能玩几个项目。毫不迟疑直奔下园区。

孩子妈不知道从哪里得来的消息说变形金刚玩的人最多，一定要先去，还真没耽误，到地方直接就往里走。可能是第一个印象最深吧，3D影视配合过山车，效果逼真、刺激。出来再要玩其他项目，除了NBC环球影片体验馆外，其他都要排队等待放行了，少则十几二十分钟，多的要等上一个钟头。园内明显位置都设有公告牌，上面写着哪个项目几点开始、排队的人需要等多少分钟等内容，方便游客自己选择排队等候还是到其他人少的地方。许多人流多的地方和各个排队点还设有喷头向人群喷洒水雾降温，饮水龙头也随处可见，口渴了低头就喝，倒也方便，有许多细节的确值得国内的旅游景区学习。先到离变形金刚最近的木乃伊区，见蛇形的队伍已排得不知道打了多少折，也许我们第一个应该先选这里，好在早有思想准备，体力正旺。木乃伊也是过山车，有妖魔鬼怪让你上冥山下深渊的，惊险心悸。环球影片体验馆实际上就是一个小型的展览馆，里面有实物有照片有影像资料片，介绍美国电影的历史，在这里可以看见奥斯卡小金人。

侏罗纪公园是有点像激流勇进的过山车，穿行在绿树假山间，会有或大或小的恐龙向你身上喷水，最后来一个大大的俯冲，身体感受自由落体般地坠落，浑身湿答答地上岸。上电梯到上园区，可能是时近中午，组团的游客大量拥入，各色人种比肩接踵，真有像在国内景点的感觉，当然这其中也有不少中国人。上面的水世界是大型的实景真人表演，演员非常敬业，配合水上的烟火及打斗，很是热闹。之后又看了怪物史瑞克，一会儿风一会儿雨的。中午在园内吃的中式快餐，室外高温难耐，也没吃出什么滋味。下午继续，辛普森一家、神偷奶爸都是3D动画加虚拟过山车，虽说立体效果一流，但实在有点幼稚，根据卡通形象设计的一只眼睛和两只眼睛的小黄人可是卖得很火。特效舞台表演了些特技效果的解密。

影城之旅排了很长时间，看说明有汉语的专场就问了下工作人员，结果是"No"。坐在一节装有双显示器的有轨电车内，跟着导游探索好莱坞一些最著名的室外场景，走进根据斯蒂芬·斯皮尔伯格（Steven Spielberg）的创意所建造的好莱坞史上最大的电影街道，一窥电影制作幕后的秘密。由车内的导游把你带入ABC频道看《绝望主妇》（Desperate Housewives），坠入《侏罗纪公园》（Jurassic Park），参加《金刚》（King Kong）的《世界大战》（The War of the Worlds），用《东京甩尾》（Tokyo Drift）体验《速度与激情》（Fast & Furious），而写下《惊魂记》（Psycho）。沉浸在特定的年代背景下，能近距离领略大片中过去与未来、童话与现实、争斗与灾难，看真实的水与火、

声与光、风和雨的特效场景，所有这些使传奇的影城之旅充满了新鲜刺激。这一趟下来花了近一个小时，能给隔不久一辆车的人把这些环节都来一遍可要费不少的水和电吧，真佩服美国人实在，不过，这个可以有。最后看的是环球影城动物演员，是一些小动物的驯兽表演。天黑了，园里的灯都亮了起来，露天舞台上还有人在自顾自地拉小提琴，没想到一天玩了全部11个项目。

9点，在环球影城的标志——旋转地球前拍了几张照片后我们出了影城，出来提车时却在几个停车楼上下转了半天，硬是找不到自己放车的位置，叫什么侏罗纪公园区，这不添乱嘛，恐龙在哪儿啊。20分钟后车找到了，后面玻璃上贴着纸条，开始还以为是停错了地方要交罚款，再一看前边副驾驶位车玻璃开着，又猜是遭了贼，孩子妈看了看纸条告诉我，工作人员巡视时发现车玻璃没关，在纸条上留个联系电话，如果发现丢了东西可以打电话给他们或报警。车上也没什么值钱的东西好丢，不过为了引以为戒，把坐车的两人教育了几句。

旅馆不算太远，反正也是没事，于是决定去探探著名的好莱坞星光大道。跟着导航走上繁华的大街小巷，好莱坞大道晚上人流熙熙攘攘，街上灯火辉煌，穿着道具服装的人物在商铺前做着各种怪异的表情，引得一群群游客驻足观看或合影留念，这应该是洛城最热闹的街道吧，想起拉村到了这时候大街上已难得见到人影了。导航指示星光大道就在附近，可是从这头到另一头过了两个来回也没确定目标的具体位置。车一辆挨着一辆，根本没地方停车，只能慢慢通过，路边的警车闪着灯，好几个穿着黑警服的警察在下面指挥车辆通过，不知道发生了什么事情。等等，看杜比剧院（Dolby Theatre）和TCL中国剧院（TCL Chinese Theatre）前边的人行道，好像有五角星，应该就是这里了。没法停车，等明天再来吧。回去特意跑了两条街找了一下刚才发现的一家In-N-Out汉堡，要买几个汉堡当晚餐。店外停车场停满了车辆，还有的打着转向等着里边送餐，真是火爆，美国人民也不富裕呀。

没办法只得把车拐进边上的小道，让娘俩下车去买，我留在车上防着别人给贴条。不到11点我们回到了旅馆。

（十九）

8月7日，早起收拾东西退房，计划上午在洛城再转转，下午出城赶路。听说到格里菲斯天文台（Griffith Observatory）可以看洛杉矶的全景，于是决定先去看一下。格里菲斯天文台坐落在洛城西北的格里菲斯公园（Griffith Park），与好莱坞山（Hollywood Hills）遥遥相对，它是世界著名的天文台之一，是洛杉矶的标志性建筑，《007之黄金眼》《霹雳娇娃2》《侠盗猎车手5》曾经在这里取过景。对面的好莱坞山就更不用说了，许多美国影片里都出现过山顶上那9个白色的字母。公园面积较大，干净清幽，与洛城的喧闹形成了鲜明对比。天文台始建于20世纪30年代，整体建在一座小山上，前边是免费的停车场，后面是白色的不高的纪念塔，再后面是白色主体建筑，中间是球形天体放映馆，两侧是球顶天文观测台。天文馆整体规模并不很大，看起来似乎不如北京天文馆和科技馆气派，但它胜在位置得天独厚。可惜周一至周五要到12点才开门，看一眼表刚好是11点，没时间再等了。来这里的人不是很多，围着主体建筑转了一圈，居高临下地看看洛杉矶市区，对着好莱坞山照了几张相片，我们又开回了市里。

白天的好莱坞大道依然热闹，到星光大道上找明星们的手印，星星倒是不少，手印一个也没见到。杜比剧院前边一溜长长的灰黑色方砖地面上嵌着许多大大的粉色水磨石的五角星，五角星里面镶着圆形青铜图案和一个个人名。后来查资料才知道这里共有2500多颗，是表彰为提升好莱坞形象，在各行各业做出突出贡献的个人或团体而颁发给他们的。为认出的几个名字我们兴奋了几下，这包括在剧院门前不远处的席琳迪翁（Celine Dion）、成龙（Jackie Chan），赶紧叫过孩子来让他蹲在成龙的星星前拍张照。到杜比剧院里走了走没有红地毯的奥斯卡颁奖典礼的楼梯。

杜比剧院原来叫柯达剧院，想来音响效果会很好，本想再看场电影，可惜周六周日的晚上才有，到挨着的中国剧院看看吧。比较起来，全称TCL中国剧院的建筑风格要拉风得多，有着明显的中国元素，里面也显得豪华高档一些，据说这里倒是有为明星留手印和鞋印的习惯，只是无缘得见，见也没有演出，我们兴味不浓了。出门看了一眼卫理公会教堂的尖塔红字，驱车奔市中心找著名的音乐殿堂——洛杉矶音乐中心（Los Angeles Music Center）。洛杉矶音乐中心由艾哈曼森戏剧音乐舞台（Ahmanson Theatre）、马克·塔佩话剧院（Mark Taper Forum）、钱德勒剧院音乐厅（Dorothy Chandler Pavilion）以及华特·迪士尼音乐厅（Walt Disney Concert Hall）四部分组成，是洛杉矶音乐、舞蹈、歌剧、话剧、音乐舞台剧等的艺术表演中心，加上旁边的现代艺术博物馆和圣母大教堂，密集而风格迥异的建筑使这一地区充满了现代艺术气息。尽管如此，还是没有演出，不得不离开了，走之前还想到洛城另一个游乐中心——迪士尼乐园（Disneyland Park）看看。

加州的迪士尼乐园很有名，不仅因为它的规模大，还因为它是世界上第一座迪士尼乐园。从1955年加州迪士尼开业到今天，不知给孩子们带来了多少欢乐，如同我家乡的动物园，给我的童年留下某些最美好的回忆。据说园内设有加州探险乐园（Disney's California Adventure Park）、动物王国（Critter Country）、米奇卡通城（Mickey's

Toontown)、梦幻王国（Fantasyland)、边域之地（Frontierland)、明日世界（Tomorrowland)、探险之旅（Adventureland）和美国大街（Main Street USA)、新奥尔良广场（New Orleans Square）等几个主题，应该是孩子们的最爱吧。不过刚从环球影城出来，感觉两个公园玩法类似，问问大家的意思，普遍认为迪士尼乐园是小孩子的玩意儿，加上身心有点疲累，就不再深入游玩了。不过空入宝山终有缺憾，去到门前拍张照片问个好吧，回去也可以给别人吹嘘一下。

从网上查到迪士尼的地址在南哈伯大道1313号，把"1313 S Harbor Blvd, Los Angeles, CA, U.S."输入导航，导航很快找到目的地，显示离音乐中心有半小时车程。由于车多速度慢，这段路走了近一个小时，突然看到了大海和停靠在海边的一艘艘大小船只，有点疑惑，难道迪士尼乐园建在了海边？这时导航指示已抵达目的地。不对呀，没听说迪士尼建在海边啊，停车仔细看了看，这哪里是迪士尼，这应该是长滩（Long Beach），这倒好，一不小心到了另一个著名旅游城市，世界十大货物吞吐量最高的港口之一的长滩。长滩也可以算是大洛杉矶的卫星城，可这根本不是我们要找的那个。孩子妈这时候又开始聒噪，说别看了，反正又不打算进去，去了又有什么用。费了这么大劲又跑了这么远，要是看不到那才叫冤。男人要听媳妇的什么事也办不成，一定要有个结果，让孩子看看他老爹可不是做事有始无终的人。说是说，媳妇又用手机搜了一下，结果才发现迪士尼居然不在洛杉矶，而是在安纳海姆（Anaheim）。之前想当然地在导航上填写了洛杉矶，粗心大意害死人啊。在导航上重新定位"1313 S Harbor Blvd, Anaheim, CA, U.S."，一头向东扎了下去。从海港城市出来的大车一辆接着一辆，走走停停开不起来。又是一个小时，这次是真的到了，街道上可以看到卡通形建筑，就连名字也是汤姆（Tom）和米奇（Mickey)，跟想象的不一样的是城里的人并不多。除了没进停车场那条路，转了一大圈也没找到公园的正门，远远地从高高的围墙的缝隙可以偶尔看到彩色的巨大卡通城堡。不甘心,在一家加油站的小铺里问了下老板迪士尼的正门入口在哪里。绕过去从停车场穿过去就是。看一眼手表,想想看一下大门还要停车收费,还是算了吧,这一趟终究有点得不偿失。再见吧,洛杉矶。

下午4点30分,我们向此行的最后一个大城市拉斯维加斯进发。时间又有点晚,看来又要开夜车了。拉斯维加斯距离洛杉矶市270英里,大约四个小时车程,从安纳海姆出发也差不多。沿15号公路向东北方向行驶,路上车多,车速始终不快,四个小时后才进入内华达州。儿子念叨了几次在加州也没吃到加州牛肉面,实际上我们从没有在加州看到过这样的门店,看来这个东西并没有在国内那么有名,我甚至怀疑美国根本就没有。这次只顾埋头赶路,路边风景也没有留下多少印象。道上孩子妈预定了速8酒店,早晚也还安心。一路相伴的是收音机里的魔力红(Maroon 5)的《糖/甜心》(*Sugar*)、卡梅伦·吉布里尔托马斯&查理·普斯(Wiz Khalifa & Charlie Puth)的《再见一面》(*See You Again*)、查理·普斯(Charlie Puth)&梅根·特瑞娜(Meghan Trainor)的《马文·盖伊》(*Marvin Gaye*)、瑞秋·普拉滕(Rachel Platten)的《战歌》(*Fight Song*)、托里·凯莉(Tori Kelly)的《应该是我们》(*Should've Been Us*)、泰勒·斯威夫特(Taylor Swift)的《敌对》(*Bad Blood*)、黛米·洛瓦托(Demi Lovato)的《酷毙夏日》(*Cool For The Summer*)。美国的车载收音机有三个波段,AM和FM时断时续得没法听,有一个MX不知道是什么制式波段,声音信号贼好,不受地形位置影响,不过有一点,到哪里都是那一档音乐节目,翻来覆去还是那几个不知名歌手的几首歌曲。十五六岁的孩子对流行歌曲有所研究,说这几个歌手并不是时下最流行的,我对他说那又如何,听得多了自然就会流行,从我们出发到现在听了无数遍,高兴的时候听,烦躁的时候听,说话的时候听,安静的时候也听,越听越好听。我曾不止一次在餐馆、商店、租车公司听到过他们的声音，以至于回国后还时常想起来他们的歌声，想起当时自己的心境，还有其他的点点滴滴。儿子后来不知道怎么从网上搜到了，下载下来当起床闹铃，我有点怀疑这小子这么搞会不会对这声音反感。如果用这种方法学英语，说不定也会对英语更感兴趣呢。晚上不到10点进了城，城里一片灯火通明，高大的酒店大楼规模宏大，风格各异，楼顶、招牌及景观造型上装饰的彩灯璀璨夺目，这也是其他城市无法比拟的，拉斯维加斯的夜景令人印象深刻。10点30分我们进驻旅馆。

（二十）

拉斯维加斯是内华达州的最大城市，地处沙漠戈壁地带包围的山谷地区，终年少有降雨，夏季炎热。"Las Vegas"源自西班牙语，意思为"肥沃的青草地"，过去因为拉斯维加斯是周围荒漠与戈壁地带唯一有泉水的绿洲，因此逐渐成为来往公路的驿站和铁路的中转站。一百多年前，拉斯维加斯还是个没名的小村落，19世纪中后期随着摩门教徒的迁入又迁出，金矿的发现和开采结束，拉斯维加斯也曾经几起几落。从1946年第一个大型赌场的出现，拉斯维加斯才逐渐兴旺起来。博彩业的引入使拉斯维加斯闻名于世，城市以此为支柱建立起酒店、商店、夜总会、餐馆、赌场和其他娱乐消费设施。拉城的大酒店主要集中在Las Vegas Blvd大道两边，这里汇集了二十几家五星级以上的大型酒店，酒店楼群内外装修极尽奢华，其中最显眼的有纽约-纽约酒店（New York-New York Hotel & Casino）、米高梅大酒店（MGM Grand Las Vegas）、恺撒宫酒店（Caesars Palace）、巴黎酒店（Paris Las Vegas）、金银岛酒店（Treasure Island）、永利酒店（Wynn）、米拉奇酒店（Mirage）、百乐宫（Bellagio）、威尼斯人酒店

（Venetian）、卢克索酒店（Luxor Las Vegas）、曼德雷海湾度假酒店（Mandalay Bay）、高塔酒店（STRATOSPHERE）、阿丽雅酒店（Aria）。酒店门前建有世界各地风景名胜的微缩景观，在这里你可以看到金字塔和狮身人面像，以及埃菲尔铁塔、帝国大厦、自由女神像、威尼斯水城等。集旅游、购物、度假为一体的拉城是世界著名的度假胜地之一，拥有"世界娱乐之都"的美誉，全球许多新婚夫妇都会到这里"赌博婚姻"——来这里度蜜月，因此这里也称为"结婚之都"。当然，这里的每一家豪华酒店都有赌场，为此也有人把它称为"娱乐之城""罪恶之城"。

拉斯维加斯的表演非常有名，各个酒店都有招牌的大型表演，表演的档次都很高，很多是由美国顶级团体制作，世界级艺术家、模特进行音乐、舞蹈、时装、魔术、马戏表演，吸引大量游客观看演出，也为各酒店赢得了声誉、客源和赌徒。拉城的秀场很多，每年都有所变化，有免费的露天表演，收费的室内表演则更多，高雅低俗娱乐大众。这其中较为有名的有：百利酒店成人上空秀（Jubilee）和"O"秀、卢克索酒店的天使克利斯的信念表演秀（Criss Angel Believe）和上空奇幻歌舞秀、金银岛酒店的神秘秀（Mystère）、纽约纽约的祖玛秀（Zumanity）、米拉奇酒店的披头士爱情秀（The Beatles Love）、阿丽雅酒店的扎卡纳秀（Zarkana）、永利酒店的梦幻秀（LeRêve）、蒙特卡洛酒店的蓝人秀（Blue Man）、恺撒皇宫酒店的苦艾酒秀（Absinthe）、巴黎酒店的泽西男孩秀（Jersey Boys）、里约酒店的致敬迈克尔杰克逊秀（MJ Live）、好莱坞星球酒店的"V"终极综艺表演秀（"V" The Ultimate Variety Show）和西洋镜秀（Peepshow）、石中剑酒店的帝王争霸表演

秀（Tournament of King）和澳洲猛男秀（Thunder From Down Under）、米高梅酒店的KA秀和大卫·科波菲尔魔术秀（David Copperfield）等，最后这个变魔术的好多人都熟悉吧，真正的世界顶级。室外表演有百乐宫的音乐喷泉表演（Fountains of Bellagio）、金银岛的海盗大战表演（The Sirens of Tl）、米拉奇的火山喷发表演（Volcano），还有弗里蒙特街体验（Fremont Street Experience）等。曾经听不止一个朋友说来拉城一定要看一场秀，一家人也都跃跃欲试。

8月8日，周六。今天有两件事要定下来，一是旅馆昨天订了一天速8，原打算到这里看看情况再说，昨天从旅馆拿了些城市宣传材料，了解一番后觉得这里离市中心不远，条件还不错，不用再换旅馆了，所以决定再加订一天。一早孩子妈去前台办理续订手续，一会儿上来说真不像话，他们说今天是周六，再订要加钱，这房还没退呢，要是昨天一下订两天就好了，都是听你的闹的。昨天她似乎真问过我订一天还是两天，就没想到续订还要加钱。不过也应该想到，早听说拉城是这样的，旅馆酒店平时价格低，周六、日人多，价格要贵一些，有的地方加价还很多。我说这一道上也没这样的，一点儿也不照顾老顾客，算了，不住了，咱们再找地方吧。当即坐在床上上网又搜到一家，一宿才60多美元，加上税什么的才70多美元，倒比这里不加价还便宜10多美元，就是稍微偏了点，在拉城南边的吉恩（Jean），远点就远点吧，看在便宜的份儿上。第二件事就是上午要去哪儿。拉城的所有演出活动都是在下午和晚上，上午可以转转，找一下能打折的订票点。听说胡佛水坝（Hoover Dam）不远，我提议到那里去看看。

胡佛水坝位于拉城东南方的内华达州和亚利桑那州交界的科罗拉多河上，1931年动工兴建，当时的总统是共和党领袖胡佛，水坝遂以他的名字命名。据说当时民主党人对此耿耿于怀，水坝历时5年建成，而此时民主党人罗斯福已经成为美国第32任总统，胡佛水坝也更名为了"鲍德水坝"，此后共和党人重新得势，鲍德水坝就又变成了胡佛水坝。胡佛水坝当时是一项了不起的水利工程，大坝高221米，底宽202米，顶宽14米，堤长379米，截流的水库形成了664平方公里的米德湖（Lake Mead）。如此规模的大坝在施工过程中运用了多项创新技术，甚至有些技术一直沿用至今。其1936年建成时，是当时世界最大的水坝，至今也仍然是世界知名的建筑。1994年，美国土木工程学会把它列为美国七大现代土木工程奇迹之一。这项沙漠地区的世界闻名的水利工程，每年吸引了大批游客前来观光游览。

拉城距离水坝30多英里。收拾东西从旅馆出来，走93号公路一直开到水坝附近，由于标志不时显，车开过了地方又转回来，浪费了点儿时间。水坝上有收费停车场，直接开过去，感谢网上某位仁兄指点，过了水坝不远是小山，附近有空地可以随便停车，又省了。放好车已是11点，沙漠地区的太阳很毒且无遮无挡，孩子妈之前脖子已经晒爆了皮，宁愿待在车上，不过车上的温度恐怕也不会好受，爱咋着咋着吧。真奇怪，尽管太阳烤得人皮肤疼，美国人很少有打伞的，在其他地方好像也没见多少人打伞。带着儿子走上胡佛水坝的坝顶，如同走在一座大桥上，两边的人行道上游人络绎不绝。一边是高湖大川，一边峡谷细流，宽阔的蓝色水面，水平静地经过分流渠道，在桥的另一边的闸门下变成白色浪涛汇入蓝色的河流奔向远方，在山谷间转弯消失不见。从上向下看去，深得让人头晕目眩的坝底，河水被高高的水坝驯服得像个听话的孩子，不见了滔滔声势。在坝顶的一端的墙上有人物造型浮雕和关于水坝的说明文字，在旁边的地下一层找到游客中心，赶紧凉快凉快。进去人很多，里面有水坝安检口，通过安检口的游客可以买票坐电梯下到坝底参观发电机组并仰视水坝，我和儿子没有再下去。回到停车的地方，与孩子他妈会合已是正午，晒得简直让人无法忍受，钻进车里赶快捅开空调，半天几个人才缓过来。离开胡佛水坝不远有一个米德湖观景点，绕过去看了一下这个漂亮的人工湖。半路上找地方吃了顿汉堡，回到市里已是下午2点多。

（二十一）

　　几经寻找，最终在拉斯维加斯大道南路边找到了秀场演出的打折售票点。大街两旁高楼林立，路上车流人潮"兵荒马乱"，没个地方停车。先让孩子妈下去买票，把车停在路边打开双闪，就在这里等，一会儿后面有辆大车嘀嘀个没完，也没挡他路啊，聒噪什么？往前一看，灯杆上挂个牌，我待的地方原来是个巴士站，赶快让吧。这也不是办法，还好前边见到了停车牌，放好车也好仔细地逛逛。回来进店一看，全是眼花缭乱的演出单加宣传照片，我说她怎么一头扎下去没个回信，还在那儿了解情况呢。我最想看的百利酒店上空秀和孩子妈想看的米高梅的魔术秀票已售罄，最后还是听了前台售票员的推荐选了孩子想看的音乐歌舞，娘儿俩要的55美元一张的蒙特卡洛蓝人秀，我要了90美元一张纽约纽约的祖玛秀，之所以分头行动是因为我看的是少儿不宜的节目。

　　演出都是晚上7点钟左右开始，看一眼表4点多，正好到各个酒店看看。真是不看不知道，一看吓一跳，装饰奢华而风格各异，酒店的购物区与住宿区、休闲娱乐区分开，有的根本不在一幢楼里。前堂购物区，全球各种奢侈品牌汇聚，店铺商品琳琅满目。大家对久闻其名的赌场关注了一下，各个酒店都设有赌场，赌场大多在酒店的一楼或地下，面积宽广设施齐全。其实各酒店赌场大同小异，白天较为冷清，人们多是自己对着老虎机屏幕悠闲地一下下拍按钮。儿子多少有点失望，盯着一个人看了会儿，觉得有点幼稚，也没试一下。我告诉他，这里晚上才是热闹，人们喝着各种颜色的酒水，有的围着轮盘和前面的工装美女，有的三五成群地玩纸牌，一排排的老虎机前也坐满了人，大厅几排沙发上人们盯着头顶的一圈电视看比赛，大型电子屏滚动显示着各种比赛信息。我的话晚上得到了验证，真正的纸醉金迷。傍晚微风送爽，百乐宫前的人造湖面上喷泉在随着音乐起舞，路边人行道上有各种街头表演吸引了不少游人驻足。一个身着黑礼服头顶黑礼帽的人右手挂着一根木棍盘腿悬浮在空中一动不动，儿子围着他转了一圈研究了半天，问我是不是要给钱。这里竟然也有向游客发小广告的，瞥了一眼是美女艳照，我等正人君子当然不屑一顾，尤其在家人面前一定要展现良好的形象。晚上的演出水准很高，见识了。九十点钟，街上游人如织，商店灯火通明，高处的霓虹灯变换着颜色，墙上的大屏幕播放着各秀场的演出画面，自由女神及狮身人面近在眼前，拉斯维加斯大道让人流连忘返。

晚上10点30分，我们到了城外的旅店，没想到这是一家真正的酒店，没有大城市的喧嚣，安静而气派。前楼大厅一层整个是装饰华丽的赌场，中心的小舞台有几个人的小乐队在卖力地演唱。后楼是住宿大楼，规模大设施全，我们订的房间里竟然还有小型的密码保险柜。这里没有夜晚的概念，放好东西后，儿子自己还到前边赌场转了一会儿，回来告诉我那个小乐队唱得还不错。

8月9日，早起沿15号公路北上又回到拉城，上午还有一个任务就是到奥特莱斯购物。拉城的奥特莱斯在全美都很有名，到北奥特莱斯正好顺路，看看有什么东西值得下手，也好给国内的家人带点礼物。半小时后我们已经走在了北奥特莱斯的小街上，由于来得早，人还不是很多，转了会儿，本来想下手买一副雷朋（Ray-Ban）墨镜，却被孩子妈泼了冷水，说这里的东西不如埃尔帕索的奥特莱斯便宜，见市场规模并不比埃尔帕索大,我从心里也同意了她的观点,给孩子买了两件衣服就又上了路。穿过拉城,一座座造型独特的高楼慢慢从眼前掠过,阳光下的城市寂静无声,谁能想象这里曾经或者正在上演着什么,这片沙漠中的绿洲啊!无法再深入领略,我们要回家了。

沿93号公路绕过胡佛水坝南下,从拉城的北奥特莱斯到家整700英里,要走大约10个小时,今天是赶不到地方了,我们把中转站定在了亚利桑那州的首府菲尼克斯(Phoenix),到菲尼克斯刚好300英里,约四个半小时车程,这个还比较现实。真快呀,出来整20天了,没有想家,有的只是对冒险之旅即将结束的一丝惆怅。红色的沙漠、土丘以及荒地上一簇簇深绿色的小灌木都是那么熟悉,收音机里又在播放着《速度与激情7》的主题曲 *See You Again*,此刻两个大男人深情款款的声音格外令人感动,歌词大意是:

没有老友你的陪伴,日子真是漫长,
与你重逢之时,我会敞开心扉倾诉所有,
回头凝望,我们携手走过漫长的旅程,
与你重逢之时,我会敞开心扉倾诉所有,
与你重逢之时。

谁会了解我们经历过怎样的旅程,
谁会了解我们见证过怎样的美好,
这便是我在你眼前出现的原因,
与你聊聊另一种选择的可能,
我懂得我们都偏爱速度与激情。

但有个声音告诉我这美好并不会永恒,
我们要变更视野,

转向更为辽阔的天地,
有付出的日子终有收获的时节,
此刻,我看到你走进更加美好的未来。

当家人已是我们唯一的牵绊,
我们怎么能忘却最可贵的真情。
无论历经怎样的艰难坎坷,
总有你相伴陪我度过,
而今你将陪我走完这旅程最后一段。
……
从一开始就各自追逐心中的脚步,
热忱累积,信念不变,
再渺小的东西也能加深我们的友谊,
深厚的友情蜕成血浓于水的感情,
此情不变,此爱难逝。
……

回去一定找出这部片子看一下。

接近菲尼克斯,路边的一种植物吸引了我的注意。枯黄干硬的树干上,几根柱状的仙人掌枝条突兀地向四周伸展,有的树顶上长着几大片棕榈叶,不知道是不是仙人树,散落在杂草荒漠间显得非常与众不同。美国西部有大片的沙漠地区,从飞机上向下看没有一望无际的荒沙,红色的戈壁上有的是麻麻点点、球球蛋蛋,针叶沙漠植物随处可见。美国西部还有大面积杂草丛生的荒地,看着真是浪费,真应该资源共享。大路无边,天色渐暗,下午6点多驾车到达旅馆。"Phoenix"直译作凤凰,是个好名字,旅馆在凤凰城边上,离开喧闹的城市,空旷安静的环境倍感亲切。明天就要回家了,心里并不平静。

8月10日，起来收拾东西退房，没有到城里转的打算，继续最后一段旅程。从凤凰城到埃尔帕索北边的拉斯克鲁塞斯有400英里，预计要六个小时。沿10号公路向东南经图森（Tucson）再向东，进入新墨西哥州后，回家的路已不再漫长。之前也没有仔细计算时间，今天竟然正好是还车的日子，想起这些天的紧锣密鼓、东奔西跑、饥餐渴饮、晓行夜宿，也觉得都有了价值。下午4点我们终于回到阔别已久的拉村的家，谢天谢地，人都活蹦乱跳，车也没出什么问题。把一路的所有收获都搬进门，还有一件重要纪念品——一段半片圆木，放屋里供着不合适，放到了门边的小花池里，愿它千年不朽。儿子赖在床上再不动地方，之前租车时约好的下午5点还车，我和孩子妈还要走一遭。等加满油把车开到租车公司，手表显示差一刻5点，看一眼车上里程表，这一趟竟开了6200多英里，也就是说平均每天行驶了将近300英里，跟我在国内一个月跑得差不多，真心感谢我的座驾。21天里我们前后走过了新墨西哥、亚利桑那、犹他、爱达荷、怀俄明、蒙大拿、内华达、加利福尼亚8个州，如果算上之前去过的得克萨斯州，我们基本上到过了美国的1/5的州、游历了美国西部的13个最有名的州立及国家公园，经过大小城市无数。虽然偶有遗憾，想来也算是功德圆满吧。

（二十二）

多日奔波劳碌，在家休息几日也该回国了，孩子马上要开学，学生辛苦，之前一路在车上和旅馆还加班加点地做作业，高中课程耽误不得，心里同情却爱莫能助。回国的日子渐近，这两天在家待得却是无聊，只是抽时间给刚买的二手车上了正式牌照，虽说花了100多美元，总算办完了所有手续，也是件值得高兴的事。孩子妈和我心里又有点蠢蠢欲动，我知道儿子虽然每天有功课烦扰，恐怕还有最后的疯狂心思，于是商量着是不是开自己的车再出去转转。人就是这样，没结果时还小心翼翼夹着尾巴做人，大局已定就开始自信满满无所不能。8月13日，星期四，一早我们又出发了。这次决定到本州的北边一个城市——圣塔菲（Santa Fe），计划今天去周六回，来回三天。没想到这次短暂的出行竟然发生那么多的事。

从拉村到圣塔菲290英里，开车大约四个半钟头。沿25号公路北上，再次通过边检站，车辆渐少，白色的思域（Civic）跑得飞快，爬上一个个高坡，冲下一个个洼地，除了防震差点、噪声大点，跟迈锐宝还真没什么太大差别。孩子妈说，当初咱要是不租车，还能省900多美元呢。我说，这车跑长途肯定不如那个舒服，也不像租车放心啊。嘴上这么说，心里也不禁想着当初如果开着它会怎样。油箱似乎不是很大，开行了近两个钟头不得不中间下道加油。再次上道，随着斜坡的加高加长，发动机的嗡嗡声越来越响，在上一个长坡时，定速巡航有点稳不住，速度表指针慢慢下滑。取消定速巡航，右脚给油，发动机呜呜叫得让人心里发紧，车往前蹿了蹿，还是到不了65英里/小时。我踩我踩，我踩踩踩，到底了，车越来越慢。坏了，赶紧靠边停车，这时汽车前盖的缝隙中冒出了白烟，一霎时前边烟雾弥漫，伴随着沙沙声，一股烧焦味儿冲鼻而来。麻烦大了，这种电影里看过的场景看来是让我们撞上了。略微等了一下，打开车前盖，大股的青烟从发动机四周涌起，急忙跟儿子要过水杯，一股脑浇上去，蒸汽四散。孩子妈叨咕着，这可坏了，得，这下哪儿也别去了。等等吧，一会儿发动机凉了再看看，我安慰大家。过了一会儿，再试着点火，发动机竟然罢工了，又试了几次，还是启动不了发动机，我的心沉了下去。看了一眼四周，前不着村，后不着店，也不知道在哪儿，看导航知道这里离阿尔伯克基（Albuquerque）还有70英里。最后一次尝试打火失败后，无奈之下只能叫拖车了。之前购车时买过保险，其中有一项是道路救援，大家一致推举英语最好的孩子妈打电话过去说明情况。

简单了解情况后，老外问得仔细，先问车在什么地方，这还真不好说清楚，前后没个明显的标志，赶快翻地图找位置，根据手机定位显示判断，应该在索科罗（Socorro）附近。这老外又问是在索科罗的什么位置，估摸了一下回说在25号公路的索科罗以北5英里的地方。老外还问离几号公路口近，我只得下车往回走了几百米去找路标。这老外简直是在逗趣，然后说他听不明白，最后干脆让他给找个中文翻译。美国大保险公司许多都备有懂中文的翻译，不过多数不是专职人员，人不在跟前，往往是通过长途电话三方沟通。等了半天才联系到一位，操着广东福建那边的普通话的女士，问的还是那一套，女翻译对当地的地名却不熟悉，最后从导航查了经纬度告诉她，让他们定位一下老外最终说试试。真奇了怪了，明明很简单的事，在他们这儿就是颠来倒去得说不清也听不明白，就知道你是外国人，英语不好，不紧不慢地跟你搭讪，态度不坏就是办不了事，跟那卖汽车的一副德行。联系了近一个小时，这期间一辆警车在我们后边停下来，一位年轻的黑人警官走过来问我发生了什么事，我告诉他我们车坏了，正在联系人来拖车。他问我们是不是需要帮助，我委婉拒绝，心存感激地说了声"Thank you"。之后拖车司机打过电话来，又是问具体位置，真怀疑刚才的保险公司的人有没有对他说。他还问我们要把车拖到哪里，我们说最好到阿尔伯克基，原想有可能的话，到了地方我们再看情况决定是等还是再租别车。可司机说他们拖车15英里以下免费，超过了要收拖车费。15英里以内也就只有索科罗了。拖车司机这一次倒没浪费多少时间就找到了我们，麻利地把我们的思域弄上平板拖车，也很利索地把我们扔到了索科罗的一家汽修厂。

汽车厂的两位师傅检查了一下发动机、水循环，很快告诉我们，车发动机不行了，需要更换发动机。这简直就是晴天霹雳，我不死心，问发动机能不能修理，师傅摇头，我又问他换一个新发动机要多少钱，他进去查了一下，回说7000美元。这是我们购车款的两倍了，实在无法接受。天热得让人焦躁，孩子妈打电话联系当初卖车的老板想要个说法，本来嘛，虽说买车已过了20多天，不过我们实际才开了三五天就租车出了门，当初老板夫妇可是拍着胸脯做过保证的。在美国买二手车一般给保15天或500英里，以先到的为准，我们车从买那天到现在是超过了半个月，可一共才跑了300多英里。车老板听说我们的遭遇后，先是跟修车师傅沟通了一下车的情况，当基本确定发动机出了问题，就开始对孩子妈说我们的车已经出了保修期，他们已经不再负责了。"It's your duty!（这是你的责任）"孩子妈声音高了许多。再早时候车仪表盘上有一个红灯亮了，当初为这个找过他们，男老板会修车，弄了弄，报警灯也就灭了。孩子妈由此怀疑车当时就没修好。也没吵出个什么结果，车老板最后说如果我们把车拖回去，他还可以给看看，现在见不到车，他也没办法，之后挂了电话。媳妇气得不行，也无可奈何。我问修车师傅这车现在值多少钱，其中一个笑笑说500美元。听我说起这个，媳妇不干了，凭什么呀，2万多块钱呀，才刚上的牌照。我说那怎么办，该倒霉就认命，不就是钱嘛。修车师傅把车给我们推到了车间外边，三口人坐在外边的凳子上，下午的空气更是炎热。儿子从车上取下书包抓紧时间做作业，顾不上躲避从一边投射下来的一束阳光。我苦笑了一声说："咱们把车给累着了，不跑这么远道可能也没事儿，不过要是我跟小子走了车再出事，你一个人更麻烦。"孩子妈问怎么办，儿子抬头说先吃饭。心真够大的。我说咱们先问问拖车的事，咱们把车弄回去，让卖车的给咱们修。孩子妈说他这车本来就有问题，找他给咱们退了。我摇了摇头说够呛，也不知道谁管这个，像这种情况他应不应该给咱们退。孩子妈又打了几个电话，也没什么进展。我到车间问修车师傅他们给不给拖车，拖到拉村要多少钱，他沉吟了一下报了400美元。我咂了咂嘴，回来跟两个人说到前边问问吧，顺便吃点东西。

（二十三）

　　索科罗城市不大，却五脏俱全。紧挨汽车修理厂的是一家汽车配件店，当听说我们要找拖车时，一个瘦瘦的男店员很热情地帮我们用计算机查电话，怕我们说不清楚，他还主动地打电话帮我们问了几家，写在一张小纸条上交给我们，其中一家报价650美元，一家700美元，一家750美元，连他也觉得有点高。已是下午3点多，先去吃点东西再说。前边马路对面有一家汉堡王（Burger King），坐在里面降了降温，我提议自己来。自己租辆越野把车挂在后边拖回去，到家把车还到当地公司，虽说异地还车要加价，但自己拖肯定要便宜得多。拿定主意后，开始查手机找租车店，真查到一家出租拖车的连锁店，好歹吃了几口东西，向店员打听了一下方位，匆匆出了门。顶着太阳步行几英里，真是辛苦，大街上一辆辆皮卡、吉普、拖车、房车驶过，感觉买这种偏重功能性的车还是非常有用的。走了几多冤枉路，等到了跟前发现移动设备和仓储租赁公司（U-Haul）已经关了门。这租车的关门也太早了点吧，看看表刚过5点，难道今天要住在这个小镇不成。路边有一家像是废品收购站，破旧的房子前堆满了废旧的汽车轮胎，一个灰白络腮胡子的老头在一只旧油桶上鼓捣什么，前边有一条难看的黑狗走来看着我们手里的可乐纸杯，孩子妈说过去问问便走了过去。说了几句后，老头朝我们招手邀请我们到屋里说话。屋里到处堆着旧东西，没个下脚的地儿，一只猫灵活地在凳子上蹿上跳下。脏老头翻了一阵电话簿，拨了几个电话后告诉我们这儿的U-Haul有两个店，一个已经关门了，另一个没开还是联系不上，总之没戏。他还告诉我们可以到西边一家杂货店去看看，他知道那里好像有租车的，旁边不远有家旅馆，晚上我们可以住在那里。心里有事更容易失望沮丧。道谢出来，举棋不定地站了会儿，见门外老头有辆红色的破皮卡，孩子妈说再去问问他愿不愿给我们拖车。我摇了摇头，他这年纪跟他的破车都有点让人不放心。一会儿回话说老头去不了，不过他倒可以开车带我们到刚才说的地方看看，让我们稍等一下。老头收拾收拾锁了门，钻进红卡车招呼我们上车。车座上也到处是东西，推到一边坐好，车晃了几下突突地上了路。

　　路上的破车可不只这一辆，更有甚者，车头撞烂了的独眼大侠照样跑得欢，美国车没有报废限制，就这德行都能跑，我那日本车真不争气。老头把我们拉到一个加油站，指指后边的杂货店说就是这里，老头放下我们走了。进去一问还真有拖车出租，看起来好像是拖车公司的代理点，所以营业时间也更长。女店员问我们想要租什么样的车，一种是房车那样的大车，一种是中型的厢车。到外面一看有点傻眼，两种车都不小，哪种也没开过，这在中国可得是B本，我手里C本违不违规都还不晓得。问了一下，好像在美国这种小车大车是一种驾照，能开小车就可以开这种车，这样的话我还是选了小一号的厢车。接着她问我们要不要租拖车架，这个事讲不明白，后来是画图加看实物才总算搞清楚了。原来的想法比较简单，租辆吉普或皮卡，后面带根连接杆，当然上山下坡的软绳子肯定不行，可这里没有这种连接杆，实际上这种东西也不安全。店家有两种拖车架，一种较大，要把被拖的车全部放在架子上，另一种是小一点的三脚架，要把车的两只前轮固定在上面，被拖的车后轮着地。看了一眼身边的几个妇女儿童，我选了小架子，估计把车弄到车架上面可不容易，小架子租金可能也低一些。连车带架子一天71美元，只是请别人拖车的1/10，相当便宜了。办好手续后让店员教了教车架的用法。厢车很新，美国通用产的GMC，拿钥匙上车，视野比轿车高了许多，再看方向盘和前台仪表可有点心慌，自动挡的挡把在方向盘下边，手刹改了脚刹，脚踩下去就回不来，没办法只得请教他人。倒车看不见后边也没有方位感，开这车真是大姑娘上轿头一回，不过咱可不能在老外面前给中国人丢脸，硬着头皮上吧。发动机的声音很动听，倒车，挂上三角拖车架，锁死卡扣，接通信号灯电源，加油，走着。

车开得小心翼翼，转弯时注意不把车架甩出行车线，不一会儿车回到了汽修厂。修理厂已经关了门，我们的白车还孤零零停在一边。把货车停好，三角拖车架怎么也甩不正，也顾不了那么多，车停在路中间，下去把自己的思域推过来，怎么上架可犯了难。我是推车就顾不了掌方向；我掌方向，总不能让那娘儿俩推车吧，她们可没那把子力气。眼看天已擦黑，这时候后边来了辆吉普，看出我们的窘境，停车走下来一黑两黄三个人，像墨西哥壮小伙，我赶紧上去请他们帮忙。三个人二话不说，上手推车到位，拦锁固定。我心里感激得很，这时黑壮汉说要我们请他们喝一杯，这当然不成问题，孩子妈问要喝哪种酒，黑小子笑着说3美元的啤酒就行，我心领神会，掏了一张10美元钞票递给他。有付出就有收获，光明磊落，我喜欢。驾驶室里只有两个座，儿子要在前边，他妈就上了后边的自家车。傍晚7点钟往回返，前台有警示标志说拖车时速应在50英里以内，听人劝吃饱饭，从索科罗到拉村147英里，正常行驶也就两个小时出头，可我们跑了三个半小时。天黑路远，左侧对向来车与同向超车在经过时带起的气流能让人明显感觉到拖挂车的摆动。两眼时刻盯着两边四块后视镜，保持与车道线之间的距离努力走直线，担心颠坏了后边车上的人所以尽量把车开平稳，还真不容易。不过这种别样的感觉还不错，习惯就好。10点30分，终于顺利到家，有点为自己感到自豪。

我和孩子妈把车开到了二手车店，孩子妈怕人单势孤还邀请了一对相熟的中国夫妇助阵。可能是去了别处收车，等到中午，店老板夫妻才露面。男老板检查了一下，很快得出结论，与之前说的一样，由于循环系水管老化断裂，使水位下降，引起发动机过热爆缸，也就是说发动机废了，而且无法修复。这也是我的分析，剩下的事就是怎么处理了，店老板说已过保修期限，不再负责。孩子妈很是气愤，认为他们之前说车没有问题，现在却出了问题，而且是这么短时间内，还没跑500英里，应该由店家负责任。无法调和下，孩子妈去咨询车管部门，女老板要我们把车弄走，不然要叫警察。这当然吓不倒伟大的中国人民，最后我留了下来，孩子妈与朋友一起去咨询。冷静下来，我与小老板两口唠起了家常，问起他们什么时候来的美国，在这里干了几年，生意怎样，孩子多大，地有多贵，等等，本着加深了解、互通有无、互谅互让、合作共赢的原则，双方坦率地交换了意见，并友好地达成共识：由他们负责找一台旧发动机换上，二手发动机大约1000美元，他们出700美元，我们出300美元。虽然还要再出钱，不过我觉得这已经是最好的结果了。过了会儿，孩子妈她们回来了，说车管所对这种纠纷不负责，让我们去咨询律师或其他法律部门，我跟她说算了，出点钱赶紧把事了了，省得等我们走了仍然纠缠不清。听了我们的方案，孩子妈也点了头，只说前后加起来这车花了4000美元，还换过发动机，将来更不好出手了。其实在美国买二手车的人们并不看重换没换过发动机，车况好才是主要的。换发动机要两周时间，我是看不到结果了。

直到我和孩子回了国，这件事还没结束。开始是等到了日子说发动机换好了，不知道谁还给车玻璃贴了膜，把车弄回家孩子妈高高兴兴练了几天车，几天后去给车做了一个全面体检，又发现不少状况，于是媳妇又起了退车的心，烦恼无休。之后几天遍访高人，大家普遍的观点是开了十几年的二手车有小毛病很正常，只要不是大毛病就可以接受。最终是又让店家修补了一下，这才告一段落。真能尘埃落定吗？只等转手看结果。悔不当初，亦似有所获。

接下来的事情简单起来，重新签合同、卸车、加油、还车，一块石头落了地。

（二十四）

　　人不能被困难所吓倒，哪里跌倒的哪里爬起来。下午吃过饭躺在沙发上，我对娘俩说，咱们接着去吧。如果就这么回去，我会心有不甘，孩子也会觉得不圆满。人活着就得折腾，死了一切皆空。上网搜索下单，下午3点钟冒着似火的骄阳去赶公车，找到恩特普赖斯（ENTERPRISE）办用车手续。这回到手的是克莱斯勒（Chrysler）200C，本来订的经济型车，没想到租车公司现时没车，等到5点回来了这辆标准车，也没加价就让我们提车。克莱斯勒比迈锐宝轻，2015年的新车，无钥匙一键起动，旋钮换挡，空调强劲，非常顺手，是少花钱多办事的典范，非常喜欢。行驶在路上一扫阴霾、心花怒放、得意外露，惹得媳妇看了直撇嘴。顺路到沃尔玛买点吃的，这次来回两天，没有露营安排，不用大包小包的，轻车简从，绿色出行最好。

　　人生就得有一场说走就走的旅行。8月15日一早出发，重走25号公路，再过边检站，向前向前向前。听啊，这是瑞秋·普拉滕唱响的《战歌》：

　　　　好似大海上的一叶孤舟
　　　　也能掀起巨浪
　　　　仿佛一个简单的字眼
　　　　就能打开心扉
　　　　我或许只有一根火柴
　　　　也能让激情燃烧

　　　　那些并未宣之于口的话

东/游/西/荡

在脑海中挥之不去
今夜就高声呼喊出来
这一次，你是否能听见我的声音
这是我的战歌
找回生命之歌
证明自己的歌曲

我发动力量
现在开始，我会更加强大
我会唱响战歌
我并不在乎
是否有人相信
因为我内心
依然斗志昂扬
……

此刻，我内心依然斗志昂扬，跨过高山越过海洋……

好像到了上次出事的地方，有点紧张，就不信还会倒霉，可千万别再有什么了，这都哪儿的事情。中午12点抵达阿尔伯克基（Albuquerque），阿尔伯克基是新墨西哥州最大的城市，人口才不过50万。临时决定进城看一下，结果发现这里的城市建筑和西部许多其他城市不同，这里楼房较多但并不高大。随便开车转了下，没找到繁华地段，却找到了一家沃尔玛进去转了一下，并

在麦当劳给儿子买了杯可乐。

耽误了一个小时，再次出发直奔目的地不再耽搁，下午1点48分，进入圣塔菲（Santa Fe）地界。

圣塔菲是座只有几万人口的小城，但它却是新墨西哥州的首府，名气很大。城市的建筑、宗教、音乐、美术发达，号称"艺术之城"，吸引各地游客到此休闲旅游，城市外来人口要比本地居民还多。圣塔菲的名字源于西班牙语，意为神圣的信仰，历史上它曾经是西班牙殖民地。它还一度是印第安人的居住地，城市被打上了印第安人的印记。圣塔菲的房屋建筑非常有特色，黄色的砖土房圆咕隆咚的，像沙漠里的城堡一样奇特，像迪士尼乐园里的建筑一样喜感而卡通，也像黄土高坡的窑洞一样朴素厚重。有人说这种建筑是西班牙乡村风格，也有人说它是复制了印第安原住民普韦布洛人的风格。为了保持当地地区性的建筑特色，1956年，新墨西哥州还专门发布了一道法令，规定市内所有的新建筑都必须表现出西班牙村庄的木头结构与泥草墙风格，就连许多钢筋水泥建筑后来也添加了泥墙和瓦顶。

找到一个艺术品商场，在后边停好车，先到不远的一家中餐馆吃饭。

中餐馆里人不多，光线较暗，进门旁边墙壁上的关二爷龛位烟雾笼罩，过厅中弥漫着一股檀香味。见中英文菜单上的中文菜名像是中国台湾菜的叫法，禁不住好奇跟服务小妹打听了一下，原来这里的老板是中国香港人，厨师是中国大陆的，她们则是从中国台湾来的。没想到中国人在美国的这座小城里统一成了一家人，共同面对来自五湖四海的人们。步行到圣塔菲的主街，街道不宽但游人熙熙攘攘，两边的店铺鳞次栉比，里边大多卖的是工艺品、绘画、动物标本、印第安小饰品以及具体艺术范儿的服饰，没想到其中许多款式的服装、围巾都是Made in China（中国制造）。穿插其中的，当然也少不了墨西哥和西班牙风味的餐馆、欧式的咖啡馆、美式的酒吧和冷饮店，热闹非凡。一家家看过来，与世界各地的游客擦肩而过，感觉轻松而又陌生。不过以我等的眼光看，商店里陈列的工艺品都略为粗糙，这点上是没法与我国的制造水平相比的，心里不由涌起一点儿自豪。中间一条小巷子里在露天搭棚办画展，不远处是圣塔菲音乐厅。之前就有听一场音乐会的打算，今天是周六，恰好下午有一场，是叫四季（Four Seasons）的室内乐演出，门票有限，45美元一张票，选票时已经只剩下最后一排的边上几个位置。演出5点开始，趁着还有时间，到小街尽头的一座规模不小的天主教堂——圣弗朗西斯天主教堂（St. Francis Cathedral）参观一下。首先映入眼帘的是哥特式的高大尖顶，教堂门前几尊黑色的人物雕塑给教堂增添了肃穆的气氛。走进教堂，两边墙上绘有讲述基督受难过程的彩色壁画，前后的屋顶装饰着红绿蓝的彩色玻璃，前面神台上点着一支支白色的蜡烛，把教堂装点得庄严而神圣。人们坐在一排排明亮光滑的黄色的长凳上，低垂着头、合紧双手在默默祷告，黑人神父目光和蔼而平静地注视着世人。

　　教堂前的一片开阔地是绿草如茵的城市中心公园，游客们有的席地而坐，在草地上轻松地交谈或大嚼大咽，有的在边上的印第安小贩摊位前精挑细选。圣塔菲的各种博物馆很多，没有更多时间游览。回到音乐厅入口，人已开始排队入场。排队的多是中老年人，黑发银发梳理得整整齐齐，人们的穿着明显正式了许多，即便有位老太太穿着吊带裙，也是庄重的黑色。看得出这些人的文化层次应该是较高的那种，突然感觉自己一家人的穿着可能不太合适，可倒也没见有人拦着T恤短裤不让进。演出大厅不是很大，据说能容纳600人，音响效果很好。演奏乐队总共10来个人，首席是位亚洲面孔的小提琴手，在整个约50分钟的演奏过程中，他始终站着拉琴，是乐队中唯一一个站着的乐手，是乐队的灵魂。四季的主题旋律贯穿前后，演奏水平很高，看现场演出的感觉是通过其他媒体看演出所不能相比的：静心感受丝丝马尾擦过柔韧洁白的羊肠，扯动云杉摇曳，泛出阵阵松香，真实而纯美，和谐又自然，仔细聆听仿佛可以领悟到更多生活的真谛。有机会也希望儿子能多受受这种艺术熏陶。

（二十五）

6点钟出来，有点意犹未尽，还是先去寻订好的旅馆吧。

离开市中心不远，很容易就找到了那家M6，上楼时墙角里站着一个瘦高个的老外问我要不要换零钱，显然他在这里已经站了一阵，也不知道他到底想干什么，只回答他"No"，多一事不如少一事。

进了房间，孩子妈懒得动，我跟孩子商量着再出去转转，回来给孩子妈带点吃的。再次把车停到原来的位置，再次步行回到市中心的街道，天已擦黑，街道上却依然热闹。穿着道具戏服的几个女子在一家主题酒吧前扭动腰肢，呼扇着裙摆在招徕顾客，前边有两个浓妆艳抹的女子踩着高跷在车流间招摇而过，跟所有认识或不认识的人打着招呼、抛着媚眼，惹得人群一阵骚动。这时下起了小雨，雨滴落在身上带来了点点清凉，没有人慌乱，没有人躲避。

7点30分，街道两边的店铺灯光明亮，人来人往，我和儿子把主街上的店铺一家家看完。外边的中心公园的灯光闪烁，人声喧闹，引得人们纷纷向人群聚集的地方走去。原来是一个乐队在搞一个露天演唱会。乐队由主唱兼吉他手、鼓手、键盘手，还有一名吉他手、一名贝斯手组成，三男两女年岁都不小，乡村、爵士、Rap，出来的效果跟电视上的流行乐队没什么分别，没想到老美随便拉出一个人来都能把音乐玩得这么好。我朝临时搭起的舞台后的背景幕布看了看，上边有这个乐队的照片和介绍，好像是搞过不少演出，还出过唱片。这不，在舞台的一侧还有专人在卖他们的CD。主唱是位老牛仔，头上戴着礼帽，胸前挎着吉他，有点乡村歌手的架势。贝斯手是位满头白发瘦得出奇的女士，随着节奏晃动着瘦弱的身体，穿着花哨的上衣和牛仔裤看不出她的真实年龄。键盘手是位胖老太，一开嗓，宽厚嘹亮，声震全场。台上鼓点激昂，歌手落力演唱；台下观众手舞足蹈，无论男女，双双对对地扭动身体，兴奋异常。一位台下的老兄还主动要求上台献唱了两首，之后有一家人被邀请上台和主唱一起演唱，台上台下气氛热烈，High翻全场，天上飘落的雨点反而使人们变得更为放纵。美国群众真是容易发动，一点不像国人那么含蓄淡定。不过入乡随俗，我和儿子也随着音乐踩着步点点着头。直到9点30分演出结束，人们还久久不愿离开。我明白，人们并不是对音乐本身多感兴趣，而是想把这一刻在一起时没有隔阂的快乐保持得更为长久一些。回来的路上，到儿子最爱的肯德基买了点吃食。不到10点30分回到旅馆，见孩子妈已经在床上卧倒，好多东西她没能看到更无法感受得到。

　　8月16日，早晨起来，到旅馆边的一个印第安人的陶器市场转了转，地上堆满了各种造型和纹饰的花盆，各种粗壮的实木座椅，高低不一的砖红色陶人，看起来都很像我国出土的古代文物，做工谈不上精细，但有一种沉重的历史文化气息。有一种太阳笑脸的陶器挂件最多：有的是陶器本色造型，像葵花向外放射光芒；有的涂着红蓝黄绿的颜料，表现日月环抱。大大小小，挂的摆的、到处都是。孩子妈说这是这个地方的标志。本来想买一个回来，挂在墙上绝对风格独特，一问价钱，一个7寸盘子大的太阳笑脸要30多美元。就这么一粗坯也忒贵了点儿，托运的话分量大不说，如果再摔碎了就全毁了，尽管印第安男人对着我们笑着用中文说"你好""谢谢"，但我们还是对他说着"谢谢"走开了。孩子妈说，这东西可能在拉村的Mall（购物中心）里也有，想要的话回去找找应该比这里便宜。下午还有到埃尔帕索的奥特莱斯购物的任务，10点我们返程了。回来特意绕道白沙国家公园，到服务中心买了几张明信片，儿子在他的旅游册上盖了个纪念章。遥望里面的公园园区，想象里面的白沙蓝天，如果有时间真想再进去看一眼，还会再见吗？回家放下孩子，和孩子妈又跑了趟埃尔帕索，无论怎样要给亲友们带点礼物。这两天下来跑了600多英里，如果算上前两天不成功的一次往返，两次一共跑了近1000英里。

（二十六）

8月17日，今天是回国的日子，上午还了车，一家人中午到一家自助中餐馆吃了一顿，13美元一位，价格也还公道。食物品种不少，算是来美国后吃得最像样的中餐了，据说我们回国不久这儿就涨了价。下午叫孩子妈的同事开车把我和孩子还有大包小包送到了埃尔帕索国际机场。还是AA的航班，从埃尔帕索到菲尼克斯，从菲尼克斯倒到达拉斯，再从达拉斯飞北京。虽说有点折腾，但多跑几个地方也没觉得麻烦，只是美航的空嫂老大妈们不怎么招人喜欢。北京时间8月19日，我和孩子顺利回到了家乡，孩子妈还继续留在美国访学。

人的一生中会经历许多的第一次：第一次上学，第一次出门，第一次工作，第一次结婚生子，第一次到某个地方看到某种东西……人注定也会经历许多的最后一次：最后一次参加运动会，最后一次上课，最后一次参加考试，最后一次走出单位大门，最后一次参加聚会，最后一次到某地看到某种东西……人的感情是丰富而善变的，有时候我会想，如果重来一遍，这一次从城市到农村，从北边的青草绿树走向南方的沙漠石柱，感觉可能就会完全不同。

下篇

东行三万里

（一）

2015年12月29日下午，雾霾。机场大巴直奔北京首都国际机场。风声、吼声、唠叨声、声声贯耳；喇叭声、鼠标声、呼噜声、声声不息；家事、公事、繁杂事、事事闹心……当克服了一个个困难，排除重重阻力后，能再一次起程去美国，心里没有太多的兴奋，有的是从一堆俗事中摆脱出来的解脱和计划达成的几分欣慰，还有对未来一个月的期待与不安。

从北京出发，冬天，想来那边也会寒冷，除了身上的棉服，还带了过冬的衣服和夏天在那边买的露营用的睡袋。南航的空姐、空少要比美航的老大妈顺眼，中式快餐也更可口些。将近凌晨1点到达广州机场等待转机，下一段行程要到中午了。图省钱就得多辛苦，还住什么旅馆，咱年轻，在机场大厅蹲一宿，机会难得啊！广州在下雨，像北方春天的温度，裹着大衣躺在候机大厅的椅子上，人来人往，辗转反侧、半梦半醒间，满耳都是"嗨呀嗨呀"的声音，睁眼看表已是早晨7点，天亮了。中午，广州放晴了。

北京时间12月31日1点30分，当地时间30日早晨9点30分，经过漫长的飞行终于抵达洛杉矶上空，阳光灿烂，大地扑面而来。踏上美国的土地，没有百感交集，淡定中有点小兴奋。出关还算顺利，只是把没顾上吃的两个砂糖橘和半个柚子留给了他们。跟孩子妈约好在机场碰面，她从新墨西哥州的拉斯克鲁塞斯直飞洛杉矶，时间上应该差不多，只是不知道是从哪个航站楼出来。取了行李到外边看了一眼，街上车流不息，人声喧闹，没想到大冬天竟然有人穿T恤或裙子，几片明媚的阳光洒在街道和人们脸上，暖暖的仿佛春日。上当了，带这么多棉衣，白辛苦了。

回大厅遛了一个多小时也不见孩子妈的人影，时间过了，人出来了好几拨了，怎么就没她呢？不会有什么事吧？心里有点不安，电话不知道为什么也打不通，可叹我在国内为办国际漫游在移动公司排了两个小时，关键时刻还没发挥作用。心急火燎不知道是什么状况。苦苦等了近两个钟头，推着行李车来回连溜达带问讯，直到11点30分终于见了人。原来是飞机晚点。

机场大厅外有各租车公司的免费大巴，直达租车点，十几分钟一趟很是方便。前几天孩子妈从网上订好了车，打算租一辆自己开回拉村。这次选择的苏立夫（Thrifty）是赫兹（Hertz）旗下的一家租车公司，规模很大，各地都有连锁店。没等多久，穿梭巴士就连人带包把我们送到了租车公司门店。之前订好了一款经济型车，时间是30天，租金加税加保险一天50多美元，似乎保险费高了点，先提车吧，其他的之后再说。有夏天那次的经验，能租个越野是最理想的，但考虑租车时间长，费用太高，冬天又不可能在车里过夜，索性要个经济实惠的，其他就别穷讲究了。最终选了丰田（Toyota）的两厢雅力士（Yaris），是2015年的新车，跑了2万多英里，就是小了点儿，功能也简单，不太满意，毕竟比夏天那辆雪佛兰三厢迈锐宝有差距。

找到旅馆休整了一下，下午5点30分又回了租车公司商量看能不能换一辆大一点的，当然是在不增加费用的前提下。之前因为嫌保险费高没有买，想直接从保险公司买租车保险，但问了几家大的保险公司都不做这个业务，没办法，只能从租车公司买，挨宰也只能认了，这次一起办吧。租车公司的人不是很耐烦，但也没多啰唆，同意。已经过了6点，天早就黑了，租车公司人来人往根本没有下班的意思，看来这里是昼夜租车的了，大城市就是方便。这次挑了个同档次的蓝色现代（Hyundai）三厢雅绅特（Accent），本想将就了，没想到出门时负责放车的人员查了一下记录说这辆车需要保养换机油，请换一辆。没办法只能开回去。最后找到了一辆刚回来洗干净的尼桑（Nissan），2014款三厢森特拉（Sentra），蛮新的，后备厢不小。皆大欢喜，这一个月就指着它了。没有香车哪来美景，这可含糊不得。

当地时间12月31日，凌晨三四点钟再也睡不着。有一首歌怎么唱来着：

……
每次到了夜深人静的时候我总是睡不着
我怀疑是不是只有我的明天没有变得更好
未来会怎样　究竟有谁会知道
幸福是否只是一种传说　我永远都找不到
……

开了会儿电视，不是广告就是什么教做饭的或其他无聊的节目，有趣的都在付费频道，旅馆的电视是看不到的。坚持到6点多，算一下国内时间大约晚上10点多，给扔在家里的孩子打个电话吧，剩他一个人在家真有点不放心。高二关键期，马上要期末了，怕影响孩子，出来前也是犹豫过，后来想想孩子终究要靠自己，吃饭的话中午和晚上在学校吃，早晨只能自己解决了。走之前我把冰箱塞满面包、牛奶、火腿肠、鸡蛋、榨菜、点心、水果，另外还买了好几包方便面、挂面，外加一堆防雾霾口罩，教给他洗衣机怎么用。担心早晨起不来床，把我屋里定好时间的闹钟也给了他，其实他屋里有一个，加上手机闹钟三保险了。高中迟到弄不好要停课，后果很严重，走之前叮嘱他对自己要狠一点，另外多照看一下爷爷奶奶，还有什么……这次电话总算漫游上了，报了声平安，问了几句学习的事。

旅馆规模不大，是一对印巴夫妇开的，办手续隔着厚厚的深色玻璃。旅馆还算干净，有一个停车的小院，有WiFi，但不提供早餐。早晨起来一番计划，决定先去圣迭戈（San Diego）玩一天，又续订了一晚旅馆，然后出发。上一次在洛杉矶有两个遗憾：一是没能听一场音乐会，之前有某位驴友说过迪士尼音乐厅音响效果很棒，不听后悔，为了这人的一句话这次提前就订了票；二是没能顺着1号公路走到圣迭戈。让我们先从了却后一桩心愿开始吧。

（二）

上次误走长滩，这次倒要特意去看看。不到30英里的路走了近一个小时，当再次见到大海及海边的CA-1（加州1号公路），心里霎时一阵满足。

上午车不是很多，整齐干净的街道，路边的高高的灯杆上挂着彩色广告，似乎是某位中国艺术家几个月后要来这里演出。碧海蓝天下，在高大的椰子树点缀的道边小路上，有位长腿美女在路边慢跑，一种悠闲的生活节奏啊，唉，你说她怎么不上班？

下车，凭栏远望，堤坡下海边有大片平整的黄褐色沙滩，中间有一条压平的公路贯穿其中，有穿着短裤的男女在公路上跑步。海面上几艘白色的大船静静地浮在水面上成为重要的点缀。远处的海岛上，高大的椰树依稀可见，那一栋高楼是灯塔吗？在阳光的照射下，整幅画面色彩对比强烈。"碧海无波，瑶台有路，思量便合双飞去……"尽情呼吸了几口新鲜空气，继续向下一站前进。沿1号公路南下，两个小时后，当地时间中午12点30分抵达圣迭戈。

圣迭戈与智利首都圣迭戈（Santiago）英语发音接近，拼写略有区别。圣迭戈是位于美国西海岸南部的港口城市，最南端距离墨西哥才20公里，如果算上周边的卫星城，城市规模可以排在加州第二。市区人口130万，多是墨西哥和西班牙人后裔，这里也是华人聚居区。气候温和，交通便利，人口富余，城市美丽。该地区的工业以导弹和飞机制造两大产业为主；农业方面据说盛产鳄梨（牛油果）。中国人听说这座城市可能因为它是美国本土主要的军事基地之一，尼米兹号（Nimitz Class Aircraft Carrier）和罗纳德·里根号（USS Ronald Reagan）航母及多艘核潜艇就在这里——当然看不到。圣迭戈无疑还是一座重要的旅游城市，旅游资源丰富，除了海滩、森林和沙漠等自然景观，这里还有许多公园及60多个高尔夫球场。著名的旅游景点有海港村、西班牙村、市议会中心、圣迭戈艺术博物馆和圣迭戈动物园等。

圣迭戈游人很多，与旧金山同为港口城市，风格却多有不同，少了点繁华与精致，多了几分朴实与自然。找了一个自动计费的停车场放好车，到刷卡机上试了一下，没成功，回来再说吧。

在一片热闹的海边，灰色的巨舰中途岛号航母（USS Midway）非常醒目。中途岛号是一个水上的庞然大物，1992年退役后就停靠在这里，后来改装为USS Midway Museum（航空母舰博物馆）供游人参观，继续为美国人民创收，是圣迭戈最受欢迎的旅游景点之一，也是圣迭戈的地标。中途岛号航空母舰于1945年3月下水服役，自重5.1万吨，载员4700人，航速30节（约55.56千米/小时），曾经是世界上最大的战舰。这艘舰因为中途岛战役而得名,那是整个太平洋战争的转折点。实际上,中途岛号航空母舰开始服役时,第二次世界大战(以下简称"二战")已经结束,在它服役的近半个世纪里,它参加过20世纪六七十年代的越南战争,以及90年代的沙漠风暴行动等多项美国海军的军事活动。它几乎参加了"二战"后美国参与的所有重要战争,可谓是功勋卓著。花20美元购票,到里边领取一个有中文解说词的小机器挂在脖子上边走边听,回顾一下几十年前的那场世界大战,在里边的小格子屋里钻一钻,不由感叹一艘航母内部的空间利用真是一项科学的系统工程。航母下层是办公室、会议室及官兵的宿舍,底层是机房,中间是机库及训练平台,顶层则是巨大的停机及飞机起降平台。登上三楼的顶层平台,长298.4米的甲板面积广阔。远处大海静默无边,夕阳下,在各种战机围绕间,高高的桅杆上彩旗迎风,猎猎招展,此情此景不由得让男儿热血澎湃。一位航空兵单腿跪地,右手坚定地指向前方,这个画面可熟悉得紧,"走你"。噢,是雕塑。

在海湾南面有一组巨型人物雕像,一位穿深色海军服的士兵激情拥吻一位一身洁白裙装的女护士,这是根据著名的新闻图片胜利之吻(Victory Kiss)而建成的。胜利之吻也称作世纪之吻(Century Kiss),当地时间1945年8月14日(北京时间8月15日),日本宣布无条件投降的消息传到纽约,市民们纷纷走上街头庆祝胜利,一位水兵在时代广场(Times Square)的欢庆活动中突然亲吻了身旁素不相识的一位女护士,这一瞬间被《生活》杂志(*Life*)的摄影师阿尔弗雷德·艾森斯塔德(Alfred Eisenstaedt)抓拍下来,成为传世的经典历史画面。从此以后,每年8月14日都有数百对男女在时代广场重现"胜利之吻",以纪念"二战"结束。男主人公戴着白色的海军帽,有力的手臂揽住女士的纤腰;女护士穿着高跟鞋,一条腿跷起,头颅后仰,腰身弯起优美的弧度。虽然作品有摆拍嫌疑,但它体现出的那一刻的兴奋与放纵是能超越一切障碍与隔阂的真情流露。

没去科罗拉多岛（Coronado Island）有点遗憾，据说英国爱德华八世（Edward VIII）与美国辛普森夫人（Wallis Simpson）的爱情故事就发生在这里，"不爱江山爱美人"。

时间不早，晚上还有活动，在停车场取车时出了点小状况。雨刷器下压着一张机打小条，内容大意是说因为没交费，需按两天的费用40美元收费，网上支付或银行汇款。这实在有点冤枉，这个停车场是自助收费，存车时也没看太明白，插卡时不认，还以为是取车时交费。打电话交涉半天说不清，过后又发邮件，总算是同意补交一天的费用，纠缠了好多天总算处理完。吃一堑长一智，美国许多自助停车收费都需要先自行交费，打印交款条放在车内前挡的明显位置，不然很可能被贴罚单。回国前又接到了一张租车公司代缴费用单据，说是在哪条收费公路上走过，加上租车公司代缴费用手续费，破费不少，真是跟圣迭戈没结善缘。

下午5点30分返回，7点30分到家，9点再出发去听10点30分的跨年音乐会。迪士尼音乐厅其实离好莱坞星光大道并不远，从我们住的旅馆到那里也就半个小时的车程，但相比那里的繁华，旅馆附近要冷清得多，有点像城市与郊区的感觉。真想找找夏天去过的那家叫In and Out的汉堡店，记得与那条著名的大街只隔着一两条街。美味啊，也就是想想，正事要紧不敢耽搁，还要在附近找停车位。围着音乐厅转了两圈，等开进了停车楼里，终于松了口气，反复确认位置后，直接从里边坐电梯就进到了音乐厅。里面已经有穿着各色正装的男女在等待入场了，脸上都带着兴奋的笑容。见还有时间，特意出前门到正面再看一眼灯光装饰的音乐厅外貌及相邻的几个风格迥异的剧场，在前面的街道走一走，呼吸几口这清冷的空气。

迪士尼音乐厅是由普利兹克建筑奖（Pritzker Architecture Prize）得主法兰克·盖瑞（Frank Owen Gehry）设计。普利兹克建筑奖是1979年由美国最富裕的豪门之一普利兹克家族的杰伊·普利兹克（Jay Arthur Pritzker）和他的妻子辛蒂（Marian "Cindy" Friend）发起，凯悦基金会（Hyatt Foundation）所赞助的针对建筑师个人颁布的奖项，它是一项国际奖项，有"建筑界的诺贝尔奖"之称。2012年，王澍获得了普利兹克建筑奖，成为获得该奖项的第一个中国人。迪士尼音乐厅2003年10月建成，外观体现强烈的盖瑞金属片状，具有解构主义建筑的重要特征，高低错落，造型独特。这栋建筑与设计者1997年在西班牙毕尔巴鄂（Bilbao）设计修建的堪称石破天惊之作的古根海姆博物馆（Guggenheim Museum）一脉相承。不过，迪士尼音乐厅在落成之初曾引起不少关于其是否破坏市容的争议，且业内人士亦质疑其内部空间是否能产生良好的声学效果。但事实上，经过精心设计，它的内部音乐效果征服了所有的人，而且赢得了广泛赞誉。其独特的外观，使其成为洛杉矶市中心南方大道上的重要地标。它作为洛城音乐中心的第四座建物，主厅可容纳2265个座位，是洛城交响乐团与合唱团的本部。迪士尼音乐厅的外壁，像拼接在一起的一个个翘起的金属曲面，硬朗而泛着光泽，令人印象深刻。

晚上10点，里面人更多了，穿着明显稳重了许多。没有人急着入场，人们更多是在大厅中热聊着，楼下大厅里响着音乐，温暖的红色墙上打着几朵礼花图案的灯光及"2016 Happy New Year"的字样，人

们三五成群地端着高脚酒杯谈笑风生，或随着音乐的节拍扭动，有几对干脆搂抱着跳起了交谊舞。里面到处洋溢着新年的喜庆，节制而内敛。是新年夜啊，没想到有一天我会在这里以这样一种方式来迎接新年，家乡的父母兄姊们会怎样？摆个pose拍张照片吧，我们在异国他乡。

格拉迪斯·奈特（Gladys Knight），生于1944年5月28日，美国R&B歌手、词曲作者、演员、作家和著名人道主义者，耶稣基督后期圣徒教会（The Church of Jesus Christ of Latter-day Saints）的成员，是20世纪最伟大的福音歌手之一。20世纪六七十年代与她的兄弟和表兄弟夫妇共同组建了一支名为"Pips"的乐队并且取得了巨大成功，创造了数首知名的歌曲，她本人被誉为美国的灵魂皇后，天王巨星。之前对这位一点儿都不了解，只是机缘巧合有幸得见这个黑老太太和她的团队。

演出大厅布置得有点像NBA篮球馆，多少有点令人失望，就像它的音响效果感觉没有太多的亮点。我们的座位是背后的位置，距离倒不算太远。演出没有华丽的舞台布景，从乐器到演员服装，包括他们的头发、肤色，整个就是"白加黑"。演出在晚上10点35分正式开始，格拉迪斯·玛丽亚·奈特和她的乐手及助唱全都是胖瘦不一的黑人，她本人看上去也就50多岁，浑身充满活力，看了介绍材料，也不敢相信这是一位70多岁的老人。她的声音响亮而高亢，歌曲是典型的美国黑人音乐，尽管大多数曲风不是我喜欢的类型，但也享受这种感觉和味道。现场观众的掌声此起彼伏，看得出老美都喜欢这种调调。

演出12点多才结束，取车出了门就再也感受不到新年的气氛，甚至有几分冷清，偶尔有几声爆竹的炸响让国人感觉一丝亲切，也为节日做出简单的注脚，已经是2016年了。

（三）

元旦当天磨蹭到了11点才出发，计划到亚利桑那州（Arizona）的图森（Tucson）落脚，全程490英里，途中先到约书亚树国家公园（Joshua Tree National Park）转转。约书亚树距洛杉矶市130多英里，位于科罗拉多沙漠（Colorado Desert）和莫哈维沙漠（Mojave Desert）之间，园内多巨石及约书亚树。约书亚树公园的名字据说是由摩门教的拓荒者所取。因为园内有一种典型的植物，树干及枝叶有些像棕榈树，但枝丫向上分开伸长，远观俨然是一株株"祈祷的树"，《圣经》里不是有约书亚和约书亚书嘛。据了解，它的学名叫"短叶丝兰"，夏天来美国时在菲尼克斯附近见到不少，当时不知道叫什么，只感觉它长得很奇特，还以为是仙人掌树，到这里才搞清楚。不由感叹造物之神奇。

向东走10号公路，半路上还经过了一个不大的森林公园，进去一看，原来是块墓地，赶紧走人。外国人也许不像中国人那么忌讳这种事吧。

下午2点到达公园区域，有年票就是好，一路开进去。感觉气温比西边低了很多，洛城白天20多摄氏度，这里地上还能看见冰碴儿，时下感觉也就是10来摄氏度。倒62号公路从西门进入，山石、树木、仙人掌，还有不知名的针叶灌木点缀在路两边的沙地上，远处山丘绵延不绝，清冷的阳光洒在白色的巨石山上，恍惚是早晨。停车，爬上巨石阵（Jumbo Rocks），站在圆滚滚的山石上瞭望远方的沙漠和其间的一棵棵或立或倒的约书亚树，画面明亮、奇异又和谐。且行且看到北门，下午3点50分掉头奔向南门。紧赶慢赶，走到公园第三游客中心时，看到一位女工作人员刚刚锁门上了自己的车，只得叹了口气。

没能在这里盖上纪念章有些遗憾。没做停留继续南下，下午5点钟出了南门插入10号公路向东行驶，天渐渐黑了下来，前面的路还远。经过5个多小时375英里的长途跋涉，跨了一个时区，晚上10点50分到达亚利桑那州城市图森，旅程才开始就赶夜路，这头开得辛苦。

亚利桑那州面积29.5平方公里，人口683万，别名大峡谷之州（Grand Canyon State），首府菲尼克斯是该州最大城市，在美国能排进前十。亚利桑那州是第四十八个加入美国联邦的州，也是本土最后一个。亚利桑那州以传统的农业和采矿业为主，盛产棉花、柑橘、牛等农牧产品和铜、金、银等矿产。第二次世界大战后，旅游、制造业发展迅速并逐渐占据主导地位，目前经济在全美位居中游。该州曾为印第安人的居住地，有14个部族在这里生活。1540年，西班牙的探险队为寻找传说中的7个黄金城而到达这里。1821年，墨西哥独立后是墨西哥的土地。1848年，美墨战争（Mexican-American War）后归属美国。美墨战争使美国夺取了230万平方公里的土地，一跃成为地跨大西洋和太平洋的大国，从此获得在美洲的主宰地位；而墨西哥则丧失了半壁江山。

图森是亚利桑那第二大城市，面积611.8平方公里，人口53万，它是南部沙漠中的一片绿洲。美墨战争后的1853年，美国通过加兹登购地（Gadsden Purchase）方式从墨西哥手中实际获得了这片土地，成为这里的主人。图森的光学制造与航空及电子工业发达，导弹、飞机零件更是出名。该市还是亚利桑那大学（The University of Arizona）与美国国家光学天文台（National Optical Astronomy Observatory）总部所在地。虽说是该州的第二大城市，大街上并没有多少人，有人说它是美国最适合骑自行车的城市之一。道路两边有大片的绿草地，大树下几位流浪汉慵懒地半躺在草地上晒太阳，一脸满足地在向路人微笑，真有点羡慕他们的惬意。

1月2日早晨9点40分还房，出门先给车加油。受国际油价下滑影响，冬天美国各地的油价普遍比夏天的时候低了1/3还多。天天跑路，所以这一路上一直关注油价，最低纪录不断被刷新，看着各加油站的油价牌，简直是令人兴奋。记得夏天最高加过4美元多每加仑的油，这次多数是每加仑2美元左右，最低的才1.39美元，折成人民币2.3元每升。

出发去附近的巨人柱国家公园（Saguaro National Park）。巨人柱国家公园分为东西两部分，园内为山脉、沙漠地貌，植物以仙人掌林和松树林为主，还有纺锤形墨西哥刺木、刺猬仙人掌、刺梨、乔利亚掌和杂酚树等各类的沙漠植物。其实所谓"巨人柱"，就是一种巨大的仙人掌树，有的高达十几米，是世界最高的仙人掌品种之一，可以生长一二百年。巨人柱五六月份开花，果实为紫红色浆果，可以食用，有"仙桃"之称。当地印第安人采摘其果实生吃、制干饼或酿制饮料。据说巨人柱生长75年后开始长出胳膊似的分枝，分枝越多岁数越大。分枝像一条条向上举起的胳膊，与主干形成一个巨大的烛台，真是比约书亚树还"约书亚"，所以也有人把这东西叫"仙人柱"。想象一下，众多的巨大青色刺柱枝丫耸立排列在沙漠旷野中，向天空中伸出千万条擎天巨臂，迎着白天的烈日与夜晚的冷风，在寒来暑往、斗转星移中，一个倒下去了，千百个却依然屹立生长在高高的山冈上。

驱车半小时，先到东边的国家公园里转了一圈，公园不是很大，一个小时后出园，想到西边再去看一下，盖个章。结果开始走错了路。12点30分到了图森的另一重要景点——亚利桑那沙漠博物馆（Arizona-Sonora Desert Museum）。

相关资料上说，这里将动植物原本生活的环境圈定为博物馆，是美国最早的自然动物园之一，里面可以观赏到300多种动物和1200多种植物，还可以欣赏到长2英里、占地21英亩的沙漠景观。露天围栏里栖息着美洲豹、黑熊、山狮等大型动物，昆虫和爬虫类小动物则放在立体实景模型中，地道馆里向游人展示生活在地下的野生动物，如臭鼬和响尾蛇，此外还有鸟舍和沙漠花园。

沙漠博物馆附近建有一座老图森电影城，里面有重建的西部小镇，与周围险峻的山脉和开阔的山谷融为一体，再现了早期拓荒者所目睹的雄浑景色。据说美国有许多西部片是在这里拍摄的，仅西部片巨星约翰·韦恩（John Wayne）就在这里拍过七部电影。没想到这里游人很多，绕了半天才在很远的地方找到停车位。由于主要是看动物，门票价格不低，加上车不允许进入，步行的话估计很累，再者怕是要耽搁不少时间，下午还要赶路，只得在门口转了转，拍张照片走人了。

下午2点10分我们出了公园继续向东南，想顺道去科罗纳多国家森林（Coronado National Forest）。一个半小时后随着导航进了一座城市，虽然知道目的地不远但就是找不到这个国家森林，只得转回10号公路再向东，决定再去找一下附近的奇里卡瓦国家纪念公园（Chiricahua National Monument）。

一路急行，这次是找到了地方，下午5点钟抵达入口的游客中心，可惜服务中心已关了门，天光渐暗，不敢再进山，只得回转。算着这里离拉村也就三四个小时的路，回家晚点也没什么关系，决定继续向南到美墨边界城市道格拉斯（Douglas）去看一眼南边的墨西哥。于是从181号公路倒191号公路，这几段都是景观路，沿途风景秀丽，可惜天色已晚，也难见佳境。路上人车稀少，晚上6点30分，在黑暗包围中，看见前边大片大片的星星灯火点亮了广阔的区域，估计是墨西哥的城市阿瓜普列塔（Agua Prieta）吧。

两国边界长达1969.12英里相当于3169公里，有沙漠也有城市，东段以格兰德河（Grand River）为界，中段穿越索诺兰沙漠（Sonoran Desert）及奇瓦瓦沙漠（Chihuahua Desert），西段经过圣迭戈（San Diego）及蒂华纳（Tijuana都会区）以至太平洋。美墨现今边界确立于1848年美墨战争之后，每年约有250万人以合法方式通过两国边界。

但是大量涌入美国的非法移民给美国带来了严重的负担及毒品犯罪问题。2006美国总统George Walker Bush（乔治·沃克·布什）签署了授权法案，在美国和墨西哥边境修建一条长达699.66英里的隔离墙，批准边境执法人员部署更多移动栅栏、开设更多检查站，以及架设更多照明设备，阻止大批非法移民从墨美边境进入美国。法案还批准美国国土安全部（United States Department of Homeland Security）使用更多摄像头、卫星和无人驾驶飞行器等先进手段，以加强边境地区的安全。我们在美期间由于位置靠南，曾经多次经过边检站的检查。荷枪实弹的美国大兵腰里挎着微冲，手上牵着德国黑贝来查你的证件、闻你的车，我们已经是见多不怪了。

有一次带着一位访学老师去玩，开了两个小时突然就遇到一个边检站，访学老师在美国待了近一年，我们问他有没有带护照，访学老师很在行地说，我带着驾照，这个可比在国内好使，一般办什么都没问题。驾照是他在这里办的美国驾照，可偏偏这次悲剧了：孩子妈和我带着护照，看了一下没问题，美国大兵拿着访学老师的小卡片还要护照，听说没带着，便示意我们把车靠边等着，他回屋里查了半天，回来告诉我们美国人可以凭驾照通行，外国人不可以。听他这么一说，我心里一沉，这要是打道回府的话，这几个小时的路不白跑了。好在听我们解释了几句后竟然放行了，只是提醒我们下次出门一定要带护照。美国人民多数还是友好的，我们是安善良民。

美墨边境一般情况是墨西哥一边的城市要比美国城市大，拉村南边的美国大城市埃尔帕索和遥遥相对的墨西哥城市华瑞兹城（Ciudad Juarez）就是如此。夏天那次来美之前还想上墨西哥玩玩，由小路上80号公路，北上进入新墨西哥州，再转回10号公路一路向东，晚上9点30分终于回到了阔别近半年的拉斯克鲁塞斯。

"异乡物态与人殊，唯有东风旧相识。"半年后再次见到这个小院、小屋还有门前的大橡树，有点心潮澎湃啊，当然孩子妈才离开两三天，不过回来也是蛮高兴的。进门前没忘翻翻外边的报箱。她说前一阵收到过一封地方政府哪个部门寄来的信，还邀请她当法院的陪审官，当时还很高兴了一阵。多好地融入社会学习语言的机会啊，可惜后来一打听才知道，这个社区代表是要美国正式公民才行，只得回了。孩子妈说起这事还满脸遗憾。聊着天做饭、吃饭、收拾东西，不觉间已经很晚。这里的夜晚可是冷得很，屋里停了取暖炉，妥妥的零摄氏度以下，还好我带了睡袋，穿着秋衣钻进去，再盖上衣服毯子，塞得严严实实，有点小时候冬天炉子灭了的感觉。躺在被窝里看手机，也不知道什么时候睡过去的。

（四）

到家了心里踏实了许多，第二天起得晚，吃完早饭已经快11点了。想到浪费时间是不对的，决定去拉村南边的滴水泉国家公园（Driping Spring National Park）再去看一下。滴水泉公园夏天的时候去过一次，印象还不错，当时还没买那本旅游护照，这次想再去看看，也替儿子补个章。

11点30分出发，只有半小时车程，经过一段石子路，前面的山峰已近在眼前。外边的温度不是很高，峰顶有小片的积雪反射着银光，空气澄清，天空明净，冬天山谷已褪尽了绿色。这里的游人比夏天时少了很多，游客中心门前廊檐下的玻璃水盘随风摇摆，只是再也见不到一只蜂鸟。院子里几棵不知名的树枝上挂着一串串金黄色的透明的果实，偷偷摘一颗放在嘴里，能回味的只有苦涩。我更喜欢这里现在的感觉，寂静、纯洁、冷冽、空旷，仿佛前面的山更高、距离更远。

没有去爬山，跟游客中心的工作人员聊了几句，驾车在附近外围山野与村庄间慢悠悠绕了半天。啃了几口干粮又有了体力，下午2点临时决定去得州的瓜达卢普国家公园（Guadalupe Mountains National Park）转转。导航显示到瓜达卢普西门104英里，到东门112英里，当然走近路了，预计4点30分到，大概能赶上盖章。由375号公路转62号公路向东，沿途是景观路，山路起伏，红褐色的路面平坦而醒目，尽管两边风景略为单调，但在这种路上飞驰是一种享受。一个多小时后导航提示向左，转入了一处芦苇地的一条沙土小道。小道3米多宽，只能一辆车通过，虽说不是沥青路面，但还算平整，硬度也可以。两边的芦苇高大而密不透风，夕阳穿过苇叶把余晖洒在白色沙地上，地面被染上了斑驳的粉色，周围一个人没有，只有车轮碾压在路面上发出时缓时急的沙沙声。体会着车身的腾起和下陷，转弯迎接随时可能出现的柳暗花明，不尽由衷地赞叹景观路真给力，就是前面可千万别来车。

　　日头偏西，眼看时间不早，加速前行。再往前走，路面开始有起伏，前边出现一溜马粪，有点让人疑惑。不久，在穿过一个栅栏门后小道变成了土路，却是越来越窄，心里嘀咕去国家公园不应该是这种道吧。在绕过一排牧草仓库后，前面基本上就是农田了，地里种着半米高树苗，中间有一条石头堆出的紧窄的小道一直通向前边的山脚，导航标记这里有一条道路，难道这里在修路？谁让咱要走近路呢，咬咬牙上吧。石头都超过了拳头大，有的甚至是大石块，平整更是没法说，还要过沟沟坎坎。真像在参加汽车拉力赛，司机加上副驾驶位的向导在车里颠来倒去来回摇摆，还得保持二三十迈的车速，我的车啊，千万可别扔在这儿，上不着村下不着店的，那就毁了。心里一阵紧过一阵，走了十几分钟后不得不停下来看看是不是真能过去，轿车不比越野，万一托了底还真不好跟租车公司交代。前边弯转看不到头，看一眼表已经4点，认栽了。在原地蹭来蹭去地掉头，一路磕磕绊绊，等来到土路上往前一看，栅栏门被一辆皮卡堵得严严实实。怎么回事？意识到情况不妙，只得让孩子妈下去找人。等了会儿，一粗壮汉子走过来把皮卡移开了。孩子妈上来说这儿是个私人的农场，咱们车开人家个人农场里来了，刚跟人解释是导航给导错了。难怪，擅闯私人领地，难敌捍卫主权，我听说为这个可有掏枪的。出门时我摇下车窗对他说了句"对不起，我弄错了。"那人翘了翘嘴角，摊开双手耸了耸肩表示理解，双方友好地告别了。出了这个插曲，下班前赶到公园已是无望，但已经到了这儿，还是想去看看。冲出白沙路重新导航定位，又跑了一个小时，在翻过一座山后终于看到了路边的景点标志牌。天已擦黑，遂不再进山，就此遗憾回转。

晚上7点30分到家，又去串了个门，跟几位国内来的访学畅谈了一下出行的理想。说实在的，之前还真没有明确的出游方案。我原想先奔纽约再顺着东海岸南下，遭到了孩子妈的极力反对：一是对大都市不感冒；二是怕北边太冷，赶上下雪就回不来了，加上家里和学校的事还没处理完，所以只想到周围转转。等到了美国经过磋商才基本上达成一致：沿着美墨边界走一遭，以游览国家公园等自然景观为主，向东到佛罗里达最南端，走走真正的美国第1号公路，然后再向北，能不能到纽约就看有没有时间了。毕竟我原来的设想有点太庞大了，估计十几二十天的时间够呛。听说这几位玩家定了个七座商务车，后天要带孩子去菲尼克斯看湖人队的比赛，看得出几个人一脸兴奋。我们明天也要开始东行，南部的几个重要的城市都会去看看，其中好几个有自己的NBA球队，自觉一定也有看NBA的机会，上次来美国不巧的是赛季结束了，这次可以补上，回国也好在人前吹一吹。我们来自五湖四海，为了一个共同的目标走到拉村来。有的才刚刚认识，有了共同的话题，相互间便多了几分亲近。相见便是缘，有缘再相见。明天就要各奔东西，保重吧，兄弟们。

（五）

4日早晨起来，匆匆收拾好一应家什，把车后备厢塞得满满的，9点我们出发了。人少比人多好将就，比如：吃饭、睡觉、订旅馆，不用照顾孩子的感受，效率更高，讨论问题并形成决议更迅速。当然也有缺点——对立或吵架没有缓冲。

第一个目标，东南边界的大转弯国家公园（Big Bend National Park）。大转弯国家公园距离拉村330英里，大约五个小时车程。从拉村沿10号公路向南进入得州，经过埃尔帕索，沿格兰德河行驶一段，经过一个边检站，上90号公路。得州的天阴沉沉的，不知道跟重工业发达有没有关系。道边是大片的开阔地，陈旧的工业设施随处可见，巨大的钢架锈迹斑斑，高大的烟囱冒着白烟，不时有几个抽油机磕着头从前方掠过，远处灰色的云翻卷着身躯盖在山顶上面一动不动。心情像天气一样，稍稍有点沉重，前路漫漫不知道会遇到什么，有什么困难在前面等着我们。

几个小时后风景转换，丑陋的大工业一去不复返，换了人间。路边一排排小树后是大片的草地，天上飘落几点雨，霞光点亮了云层，透射出希望。

在前无拦路、后无追兵的情况下，孩子妈主动请战换到了驾驶位，真不容易，我也终于能歇歇，夏天那次美国之行可是没这种待遇，再困再累也得咬牙坚持。坐在副驾驶位听着曲，喝着饮料，嗑着瓜子，指点一下新手，哈哈，怎一个"爽"字了得。怎么说孩子妈也是独自在美开了几个月车，还曾经带着没车的朋友在拉村闯荡，除了不敢在路况复杂的地方上手，我也没什么不放心的，赶紧把她培养出来，这一路我也不至于太辛苦不是。

出门在外光靠导航是不行的，有的地名在导航上搜不到，这时候就要靠那本沃尔玛监制的大开本地图册，加上孩子妈那时灵时不灵的手机，还有手上联想平板作辅助。导航多数情况下靠谱，但不一定能找到；地图最准确，但细节不清且不能实时监控；手机谷歌倒是能找到所有的地方，就是没信号就一切皆休；平板没有移动信号但可以卫星定位，走到哪儿了可以看一眼，是必不可少的补充工具。有位访学在美国买了一堆"苹果"，手指抠着手机对我们说，自己在美国自驾都是用这个导航，还真没出什么问题。不尽感叹，怎么差距就这么大呢？他跟孩子妈用的是同一个通信公司，还是不太相信。我不是"果粉"，也没打算为赶那个时兴花钱，实践证明，导航仪、地图册、手机、国产平板是最佳组合。中午在马尔法（Marfa）加了次油，该找人问路还得找人问路。在90号公路上有67号、118号、385号三条南下的公路，三条都是景观路。我们选了用时最短的中线118号公路入园，计划从西门进入向东穿过公园，再由385号公路出北门，这样既可以节省时间又可以不走回头路。后来听说从67号转170号公路沿着格兰德河向东能看到更美的风景。有人说170号公路是美国最美的公路之一，可惜没有时间再绕远了。没看到的才是最好的，是这样的啊！是这样的吗？是这样了吧。从阿尔派恩上118号公路南下，直插大转弯西门，跨时区加了一个小时，下午3点50分进入公园地区。

大转弯国家公园也译作"大弯曲国家公园"，位于得克萨斯州西南部的美墨边界，是得州最大的国家公园，格兰德（Rio Grande）在这里转了一个90度的弯，是两国的分界线。虽然由于位置偏远这里游客较少，但丝毫无损于它成为最有特色的国家公园之一，不夸张地说，这里的景色之美出乎了我们的预料。公园大体分为西中东部三种地貌特征，西部是红、黄、灰、褐、白不同颜色的火山和热泉遗迹和圣艾伦那峡谷（Santa Elena），中部是奇索斯山（Chisos）森林植被茂密，东部是荒漠山地及博奎拉斯峡谷（Boquillas）。荒漠、绿洲、高山三种地貌特色鲜明，雄奇独立而变化多端。

阴沉的天空下，穿行在宽广的山谷间，空气湿漉漉的，远处一排高大群山突兀耸立，平顶山上压着一团厚厚的云，浓淡相间，深浅不一，纹丝不动。突然天边一抹夕阳挣脱出重重桎梏投射在山顶的云端，鲜白、灰亮，仿佛掩藏着无数天兵天将。不知道为什么，美国西部的许多山都没有山峰，好似被哪路天神刀削斧剁了一般，悲壮而不同凡响。

公园内部的路大体上是个"H"形，时间有限，我们计划走完三个游客中心。在山谷间穿行，随处可以停下来驻足、拍照，佳景无处不在，近处的谷地广阔而色彩丰富，远处的山层峦叠嶂无限延伸。不知不觉错过了奇索斯盆地（Chisos Basin），好在在其他游客中心盖到了好几个章，心满意足向回转。奇索斯盆地是个不容错过的地方，谁去谁知道，真庆幸我们回来了。

奇索斯群山环绕的盆地是公园的中心地带，在不宽的小道上盘山而上，路边的树枝迎风伸展，绿色的树叶垂着水滴。这里的山不但高，而且有山峰，光影明灭的山上，树叶金黄与火红，山顶水雾缭绕，宛如仙境。公路在秀丽的山谷间曲折向前，突然一束光从前面的"V"字形山口投射过来，置身在一片绚烂的明亮中。眯眼努力想看清发生了什么。山口的夕阳经过一团云雾折射发出耀眼的光芒，恍如神迹，这就是奇索山脉盆地（Chisos Mountains Basin）最经典的"The Window（窗口）"。

在盆地里有旅馆、餐厅和游客中心，游客中心早已关了门，停车场上车很多，游客也不少。放好车，下去走走，离"窗口"更近些，去看看后边的红色的沙漠、黄色的谷地、青黛的远山。云层低垂，脚下的巨大仙人掌丛露珠莹然，心里涌动着一股莫名的感动。当初还有点担心这种阴天会使公园的风景大为减色，现在却庆幸正是由于这种天气才成就了这种云朵聚散无据，山峰霞雾交相掩映的景象。看着从身边走过的游客，同样的场景，每个人的所历所感却各不相同，人生的际遇也大抵如此吧。驱车往南到博奎拉斯峡谷（Boquillas Canyon），没有再向南深入，没能见到那条弯曲的河不无遗憾，天光渐淡时挥师北上。"林花谢了春红，太匆匆，无奈朝来寒雨晚来风。胭脂泪，相留醉，几时重，自是人生长恨水长东。"走也。

晚6点30分出园，从马拉松转90号公路向东，今天的落脚点在圣安东尼奥（San Antonio）。原本也可以从马拉松继续向北的斯托克顿堡（Fort Stockton）走10号公路，但考虑这趟出来还是不走寻常路的好，90号路更靠近边境，从地图上跟走10号公路差不多甚至更近，370英里估计到安东尼奥要晚上12点了。由于靠近南部边境，沿途城镇稀少，路上半天才看见一辆大车隆隆迎面驶过。晚上9点钟，路上愈发安静，在重重黑暗包围中看不到周围是山还是树，漆黑的大路上只有自己的车翻着牛眼向前疾驰，仿佛在梦魇中怎么也挣脱不出去。再次经过一个小镇，看一眼油表还可以跑70多英里，加油还要绕到路对面，想想还是算了，再顶顶，到下一个小镇再加油。通常情况下，美国的加油站是随处可见的，夏天那次自驾从来没为这个发过愁，谁承想这次偏偏出了状况。为赶路就得超速，警察才会来这里，70迈、80迈、90迈、100迈，车速过了100英里每小时，车明显发飘，噪声加大。这可不是什么高档车，可别飙出什么问题了，公路限速75英里每小时，把速度定到85英里每小时，还是降一点儿安心。车窗上结了一层哈气，夜晚室外温度降得很低，开了暖风两腿还是有点麻木，胳膊也有点僵硬。

又走了一段，看一眼油表还能跑50多英里，附近却不像是有城镇的样子，有点焦急。手机毫无意外地没有信号，查一下地图的大概方位，又在平板上定了下位，结果离前边的城镇还很远，查导航，最近的加油站刚好有50英里，汗！立马把定速巡航改成手动，相信自己控制会更省油。一会儿油箱降到三十六七英里，再查导航，上边显示最近的加油站还有40多英里,我的天哪!我知道这不是我的问题,导航会不时计算调整,这荒山野岭的,连个人都没有,油没了可怎么办,去拦车吗?美国人民会不会帮我们,不会把可怜的中国人当成劫道的吧?怎样才能从油箱里往外抽油再加到我们的油箱里呢?到圣安还不一定几点,如果抛锚在路边过夜会怎样,安全吗?那么冷受得了吗?千头万绪纷至沓来,关音响关空调,就差大灯不敢关,把速度降到三四十英里,油门能不踩就不踩,上坡给油像踩地毯,要多轻柔有多轻柔,下坡松脚身子前倾,刹车基本上不碰。红色报警灯亮了,大气不敢出,油箱剩余油量在32英里处已经坚持了很久,后来干脆在33~29英里之间来回跳跃。油表出问题了吗?哎你到底多少?已是晚上10点,车里没人出声,只有外边轮胎与地面摩擦的唰唰声,寂静夜空单调而沉重。真后悔刚才那么疯跑,多费多少油啊!

"找路口下道吧。"孩子妈说了一句。我屏住气没吱声,想再看看,打开远光灯看有没有路标牌或大的路口。路口倒是经过了两个,路边黑乎乎一片不见灯光,离了大路还不定要走多远,恐怕会更让人绝望,不能下道,再往前走走,再走走。时间仿佛都凝固了……

远远地,前面出现了一点红绿,瞪眼聚焦仔细观瞧,没错,是一红一绿。难道是那个,真的吗,是它吗?近了,更近了,心一下子狂跳了几下,呼吸为之一窒。是了,就是它——油价牌,在高大的金属杆顶上,绿的是柴油价,红的是汽油价,这在美国已见了很多,红得鲜艳,绿得纯粹,多么漂亮的颜色。随着高大的油价标杆越来越近,眼前也闪现出一片片的灯光,啊,终于进了市镇了。灯光点点散发着温暖,加油站就在路边不远处,而且还不止一家,该死的导航怎么没显示啊,害我受了这场惊吓。长出了一口气,手心都是汗,不由感叹油表经验主义害死人。多悬,以后一定早早加油,教训啊!

吃饱了肚子好干活,翻身农奴把歌唱,有油了我就踩踩踩,揣着手打开定速巡航,怎一"爽"字了得。以后再买车,一要自动挡,二

111

要定速巡航，妥妥的。晚上12点，圣安东尼奥到了。很快找到了提前订的旅馆，旅馆看起来还算干净，安顿好行李，身体放松了下来，精神还很亢奋，今天跑了800多英里。

（六）

　　5日，早起吃过旅店提供的咖啡早餐，有鉴于昨天的不良车况，加上几天来的感觉，决定别的先不干，先找当地的租车公司去矫情一下。主要有两个问题：一是油箱加不满油就跳枪，二是高速行驶中有轻微的咔咔声。虽然都不是什么大问题，但两点都令人担忧，毕竟后面山高水长的，还不定会遇到什么路况，万一道上出什么状况可受不了。找他们看看是不是能小修一下，即便不修能告诉我们车没什么问题也能叫人安心不是。大城市果然有苏立夫公司，离旅馆不算很远。大公司就是大公司，停车场堆满了大小不一的车辆，有出有入，生意兴旺。一位美国大叔带着一位接车员接待了我们，接车员手里拿着车辆及出租信息的平板。简单看了一下车，美国大叔问我们的车出了什么问题。我们连说带比画了一阵儿，美国大叔边听边在车前挡上用记号笔做了标记，之后很爽快地让我们重新换一辆。这个结果虽说不是没想到，但这种爽快劲儿还是出乎了我们的预料。只是挑车却犯了难：同档次的车是不少，不是两厢丰田就是两厢尼桑。没办法，和美国大叔说了声，让他帮忙找一辆大一点的。美国大叔很快给开过来一辆，还是两厢尼桑骐达，说这个很棒。上去一瞧已经跑了6万英里，车里面看着有点旧，别说定速巡航，连头上的把手都坏了，没想到还有这种老货，虽说车不超过3年，但确实跑得够狠，得为公司挣了多少钱啊。这个档次找不出空间更大的了，试了下车还算好开，犹豫了再三，不得已就这个吧。正是辛辛苦苦几十年，一夜又回到解放前。

出了门上高速又感觉车明显发飘，车里倒还安静得让人放心，不满意也没法，毕竟安全才是最重要的。

圣安东尼奥（San Antonio）位于得克萨斯州中南部，面积1205.4平方公里，人口144万，是得州第二大城市。圣安东尼奥是一座非常有特色的城市。最早曾是美洲印第安人聚居地，他们把肥沃的河边谷地称为"Yanaguana"，意思是"清爽的水"。1691年6月13日，一队西班牙的探险家和传教士来到此地，那天正好是宗教节日圣安东尼节（St. Anthony of Padua），于是他们就把此地命名为圣安东尼奥。

该市经济发展多元化，金融、军工、医疗和旅游业是其四大经济支柱。我最早听说它是因为那支著名的NBA球队，来到当地才深深感受到了这里的不同。西班牙的教堂遗址、印第安人的传统手工艺、墨西哥的服饰和饮食，加上美国人的率性与自负，文化的多元性使这个城市充满异国情调。难怪这里被认为是外国人来美国必看的城市之一。

11点30分，先去圣安东尼奥教堂（San Antonio Missions）。这个景点的全称是圣安东尼奥教区历史公园（San Antonio Missions National Historical Park），历史上叫米慎圣荷西（Mission San Jose）。18世纪西班牙人将教堂、教士住宅和军事要塞等多重功能结合于一体，留下了数百座功能完备的漂亮石砌宅院，如今成为重要的旅游景点。圣安东尼奥教堂包括阿拉莫教堂在内，始建于18世纪初，是西班牙帝国最强盛时期殖民、传教和防守的最完整印记。它包含工场、牧场、地面水渠、高架渠、水坝、水井、磨坊、谷仓、作坊、石灰窑、教堂、修道院、住所、监房、花园和防卫围墙等众多部分组成，布局合理，功能完善，攻守兼备，自给自足。由于特色鲜明、保存完整，2014年被列入世界遗产名录。在灰色天空下，大片修剪整齐的绿草上点缀着几棵高大的橡树，光线柔和恬静。与此不同，围墙内则是另一番景象：巍峨的教堂古朴肃穆，院中砖石的小路优雅而洁净，高大树木只剩下枝条在迎风舞动，掩映着远处的教堂尖顶，一切仿佛都在画中。

　　游览完教堂，驱车到市中心。找停车场放好车，问清了路，步行穿过几条小街，在一座铁桥边发现了河滨步道（River Walk）的标牌。7.7英里的圣安东尼奥河蜿蜒流过市区，其中4.5英里的一段风景秀丽，两岸是餐厅、旅馆、咖啡馆、旅游纪念品店以及剧院、博物馆等建筑，这就是闻名于世的圣安东尼奥河畔步道了。顺着扶梯下到河岸步行小道，温度一下低了几度。在冬天午后，沿着河边甬道漫步，看浅浅的河水无声流淌，两边繁荣而又绿意盎然，拐角处一丛柠檬树挂满金色的果实。眼前一架弯曲的拱桥跨过小河，平添了几分江南水乡的感觉，令人难忘。可惜是冬天，可惜是阴天，可惜时间短，可惜没吃饭。

　　走完一圈后回到上面，找了家麦当劳吃点东西，休息一下。孩子妈用手机查了一下，告诉我明天这里有场马刺主场的球赛问我要不要订，最便宜的15美元一张。这还用问吗，当然要了。有了新的期待，腿脚也有了力量。路旁一座高大的天主教堂，进去参观了一下，果然是华丽非凡。出来绕过标志性的红色友谊火炬（Friendship Torch），红色雕塑屹立在市中心花园，非常醒目，感觉在国内也有许多类似的现代缠绕物造型，后来才了解到它是墨西哥政府赠送给这座城市的，还对墨西哥人的大肚腹诽了一番。

　　没走多远，阿拉莫防御（Alamo Defense）就出现在眼前，没想到上午找了半天战争防御公园没找到，竟然会在这里。在米黄色的围墙下，几个穿着18、19世纪典型士兵服的人背着老式长枪，表情严

肃地踱着步。围墙里是一个大庭院，这里也有戴着拿破仑式长帽、穿高腰马靴的大兵面带微笑地与游客交谈，明显亲切了许多。一家不大的纪念品商店里人头攒动，比外边热闹了许多，里边货架上陈列着大大小小的旅游纪念品，有西班牙风格的、印第安风格的，也有美国早期移民风格的，琳琅满目，一面工艺壁炉里跳动着红色的火苗，暖意融融。出门在一面标志性的墙前面拍了几张照片，光线不是太好，到此一游的意思吧。

下午4点50分回来取了车，时间尚早，于是决定出城去转转。奥特莱斯一般除了周日，晚上9点才关，反正有时间，买不买看看也好。从取车点到城外的奥特莱斯41英里，40多分钟就到。这个奥莱规模不小，商品种类繁多，逛了两小时，感觉价格比埃尔帕索的高一些。孩子妈在一家包店转了半天，虽说最终没有出手，却还是被刺激到了。出门时嘴里嘀咕着：早知道还买那么多乱七八糟的东西干吗，像这种买一件是一件，以后我可要少花钱了，谁也别拦着我。相信大多数男人包括我的想法却是：不就是个皮包吗，有什么用？

晚上8点天已黑透，取车往回走。打开前大灯突然发现散光，换成远光灯灯光暗淡，下车一看，原来车右边的大灯灯泡不亮。这种事没法将就，又不是只开一两天，正好还对这辆车不满意，还说什么，去换车。不到9点再次回到苏立夫，停车场里依然人来人往，踏实了不少。这次没见到那位美国大叔，接车的是位美国小伙儿，看了一下小车的症状，听我们说这是第二次换车了，略为惊讶地"啊"了一声回了办公室。吉凶难测，可能车会越换越小，争取一下吧。一会儿小伙子出来，指着一片区域说可以再挑一辆，看着眼前这几辆，心跳有点加速。昏黄的灯光下，几辆冲刷一新的标准三厢车车头向前排列整齐，湿漉漉的车身及玻璃反射着金属漆的光泽。隔着车窗往里面看了看，高端大气不说，还都配有导航。有点不敢相信，于是又跟美国小伙儿确定了下，没错了。没想到美国租车公司还是非常人性化的，给顾客带来不便后会做出相应的补偿，很贴心。

有比较就会有选择，尼桑大点也不再考虑，最后选了丰田卡罗拉，2015年银色丰田花冠运动款。车里灯光时尚炫目给人好感，才跑16000英里，配置高，倒车影像、定速巡航俱全，就是它了。不过，看着安装的导航又有点不安。根据经验，装了导航的车一般要比没有导航的高一个档次，不过导航一天要多收8到10美元的费用，这可是一笔不小的开支。孩子妈到里边问了一下能不能把它摘下来用我们自己的，前台回说只要不开导航就不会产生费用。但是这个玩意儿可是一点火就亮，小机器可是连孩子妈的姓名都报了出来，怎么能说不用就不用。反正依我的理解，既然换的是带这个的车，用导航也不应该增加费用，接车的小伙儿也说是可以用的。想不出这个有公司界面的导航仪是怎样监控客户使用的，但它确实有租车人的信息，前边还有个摄像头。在后来的日子里，我们一般是能关就关，实在找不到地方的时候也偶尔利用一下，它还是有所贡献的。

办好手续后又研究了半天车的各种控制功能，也没仔细检查一下外观，总之相当满意。出门看着前面的大灯投射出了一片天地，想想从雅力士、雅绅特、尼桑日产、骐达，最后到卡罗拉，前后换了5辆车，可别再换了。

晚上9点30分回到旅馆，因为早晨发现屋里有疑似蟑螂的虫子，今天还要求换了房，真长经验，但愿别再出问题了，后边的路还长。

（七）

6日，由于晚上要看比赛，今天还得在这儿住一宿。9点30分出发，先去马刺的主场AT & T中心球馆落实一下门票的事，手机订票不知道是不是要到现场换票，怕出什么纰漏，还是提前去看一下好。

AT＆T中心球馆在城边的开阔区，从外面看，灰白色的球馆很气派，整个外形像只巨大的没腿螃蟹。AT＆T是美国数一数二的移动通信公司，在全美有多家运动场馆是以它的名字命名的。球馆2002年落成，开始叫SBC中心球馆，是圣安东尼奥马刺队（San Antonio Spurs）的主场，同时也是女篮WNBA中圣安东尼奥星队（San Antonio Stars）和国家冰球联盟（AHL）圣安东尼奥狂暴队（San Antonio Rampage）的主场。球馆有74个豪华包厢，馆内可以容纳近20000名观众。为了给马刺队建这个球馆，1999年，当地的贝萨尔县（Bexar County）政府举行了居民公决投票，同意用增加税款的方式筹集资金为主，加上马刺队自己的部分资金共同投资兴建一座球馆。球馆落成时西南贝尔通信公司（SBC Communications Inc）取得了20年的冠名权。2006年，SBC中心球馆正式更名为AT＆T中心球馆。AT＆T中心球馆附近有大片的停车场，白天已经有工作人员在指挥停车。球馆边的售票亭上午10点30分才开始营业，问了一下，听说可以自己下载打印门票。为了停车方便，花了15美元买了张停车票，这才安心前往另一所城市奥斯汀（Austin）。

奥斯汀是得克萨斯州的首府，市区面积704平方公里，人口约93万（也有人说超过了100万），科罗拉多河流经整个市区，城市整洁而充满现代气息。奥城拥有众多高科技企业，还是得克萨斯大学奥斯汀分校（University of Texas at Austin）的所在地，是全美经济增长最快的城市之一，有小硅谷（"Little Silicon Valley"）之誉，因所在丘陵地形，又有人称其为"Silicon Hill（硅丘）"。奥斯汀地处休斯敦、达拉斯和圣安东尼奥等得州三大主要城市之间，交通十分方便，是全美最适宜工作、居住、旅游休闲的城市之一，也是全美著名的音乐城市之一，还曾被评为全美最健康城市和最佳商业城市。

12点10分，进入市区中心，天阴得很，不久还下起了小雨，室外温度不高，像国内晚秋时节的样子。可能是这个季节的缘故，感觉奥城市区相对较小，人丁也不是很旺。大街上人不多但车却不少，路边的停车位几乎全满。之前功课没做好，不知道什么地方值得一看，就决定去州政府看看。转了半天才在附近找到一个路边付费的停车位，一掏腰包发现没有几个硬币，不得已只得找一个老外换了几个。投了6个币，一个半小时，估计差不多了。

没有令我们失望，远远的，州政府大厦（State Capital）的圆顶在巨树枝条间尽显巍峨壮丽。高大建筑前的广场，成片的绿草随着地面起伏有致，修剪整齐的草坪带着水珠翠绿浓郁，中间灰色的甬路边，有几组黑色的雕像展现着孤星之州的历史，也平添了几分艺术气息。最早的州府大厦是1888年建成的，当时曾被宣扬是"世界第七大建筑"，可想而知它不凡的气魄，虽经重修，风貌依旧，时至今日，它仍是奥斯汀的标志性建筑。州议会大厦外表用得州特有的粉红色花岗岩建成，建筑风格非常大气庄重。经过安检进入大厅，内部结构与曾经见过的其他州政府大厦颇多相似，是以白色花岗岩为主色调。站在宽阔的主厅仰头向上，高高的圆顶内镶嵌着彩色玻璃，与脚下的彩色花岗岩遥相呼应。大厅里有穿土黄色制服的女工作人员给游客做免费讲解，工作人员太敬业，说起来没完，跟着听了会儿就没了耐性，还是自己行动效率高。一至四层的边墙上挂着历届的得州州长及重要历史人物的画像，越低层人物越新，如果再有新的人物出现，就要把所有的画像依次往前移一格，这么麻烦和古板真不像美国人的做事风格。上面的会议大厅里有序排列着实木桌椅，红褐色的漆面油光可鉴，大厅灯饰华美，墙上绘有彩色的历史人物事件的壁画，整体体现着历史的厚重和律法的严肃。再向上是正式的办公区，需乘电梯上下，不对外开放。时间有限，走马观花地看了一圈出来，到外面广场上走走，感觉似乎还是美国的政府机关更接地气，与老百姓距离也更近一些。

在州政府大约转了一个小时，出来后在附近的图书馆看了看，没做停留。见时间还早,孩子妈提议到城市的游客中心转转,看能否盖一个章。怕停车时间不够,把最后一个美分也投进收费桩,被人贴了条可是得不偿失。从地图上看游客中心在议会大厦东南边不远,走在蒙蒙细雨中,呼吸着清冷潮湿的空气。几乎每座城市都有游客中心,这个也不例外,店面不大,代办当地一日游、两日游项目,出售一些旅游纪念品。因为不是那种正式的游客服务中心,所以也没有章可盖。出了门看了一眼表,停车时间有点不够了,于是跟孩子妈说我先走回去,你可以慢点。孩子妈身高还想着到哪家店里买点吃的,所以答应得爽利。雨越下越密,甩开脚步一阵急行军,穿街过巷走得浑身火热,赶回来看了一眼自助收费桩,还有5分钟。坐进车里等踏实地喘匀了气,孩子妈手里拎着食品袋走了回来,还好没走丢了。

下午3点30分,有点意犹未尽,查了一下地图,发现在西边还有一个叫林登·约翰逊(Lyndon B Johnson)的国家公园,距此大约50多英里。由于处在回去的方向,一小时左右能到,运气好的话应该能盖上章。出了市区后顺着290号公路向西,雨越下越大,前面灰茫茫一片,真怀疑这个决定是否明智,半个小时后孩子妈说咱们直接回去吧,别耽误了球赛。尽管心里在打退堂鼓,但表面依然在坚持。好在进了座小城市后,雨小了许多,前边的天空也亮了不少。穿城而出转走小路,路面不宽但很平整,两边的树不高但风姿婉约,树下是一片片黄草随着缓坡伸展无际,到处展现着秋天的色彩与别样的美丽。

终于见到了景区标志,车辆稀少,道路变得起伏曲折,又走了一段路,导航指示的入口处却是州立公园(State Park),州立公园可是要收费的,多数都有自己的特色。可惜不是我们的菜,掉头吧。重新在导航上寻找目标,距离这里还有11英里,要加点速了。

4点50分,终于拐进了一个清幽的所在,高大的树木把一大片空地隔离了出来,雨雾、灯柱、碧树、木屋、绿草、围栏,里面似乎比外边暗了一些,有汽车没人影。放好车,三步并作两步地冲进游客中心，里面只有一位中年女工作人员，已经开始收拾东西准备下班了，见我们进来先是愣了一下，很快脸上浮现出了笑容，问我们有什么需要帮助的。我们说明了来意，大致问了一下公园的情况，她告诉我们进公园还要往里走，现在显然是有点晚了，盖章当然没问题了，她还送了我们一张公园的地图。还好我们来得及时，前脚出了门，后脚游客中心就关了门。再往里走也不现实，稍做休息，给一片白色围栏里的大橡树照了几张相，往回转，虽然没有深入公园里面，也没有太多遗憾，一切随缘。

雨时大时小下个不停，像地理书上的地中海式气候。天黑后进入圣安城，路上有点儿堵车，但还好没有等太久。越靠近目的地车越多，最后一段通往停车场的路上已经临时摆上了隔离墩，根据不同的停车场位把双向车道分成好几溜，有穿制服的工作人员在指挥交通。晚上6点30分抵达了圣安东尼奥的AT & T中心球馆。离比赛开始还有一个小时，偌大的停车场已停了不少的车。按位置停好车，把停车票放在前挡玻璃下边的明显地方，随着人流往前走。人们三五成群脚步轻快，一路说个不停，很多年轻人、孩子手里还拿着吃食，边走边嚼。看球赛是美国人的一项重要的业余休闲娱乐活动，能亲身感受一下这种气氛，很是兴奋。AT & T中心球馆门前人声喧闹，正门上方的大屏幕上闪烁着NBA球星代言的广告，穿着制服身材魁梧的黑人姑娘当门而立，好不威风。门口买票的、聊天的、摆姿势拍照的，似乎都不着急往里走，从容而缓慢是西部的节奏。美国青年爱表现自己，生活独立，这两点从众多高举着自拍杆拍照的男女组合身上就可以看出来，高低可调、伸缩自如的自拍器在美国可以说是行走江湖、居家必备之良器。排队扫票进入大门，再经过安检才算正式进入大厅，厅里已经是热闹非凡。前边响着强劲节奏的地方，五六个身穿黑色紧身礼服、内衬白衬衣的黑人青年在跳街舞，吸引了一群人驻足围观，掌声、口哨声不断。一队装扮怪异、头戴高帽、脸上涂着油彩的男女晃着身子招摇过市，摩登女郎还不断地朝人群招手飞吻，引得一片高声尖叫。人们并不急着进入球馆里面，而是围绕在卖球衣、饮料、酒、比萨、三明治、热狗、爆米花的柜台前购物聊天。置身在这个陌生而又熟悉的环境中，脑子里闪过国内电视转播NBA比赛或全明星赛时某位央视主持人那兴奋得语无伦次的解说面，不由也心跳加快、呼吸急促。

我们的席位在楼上，开电梯的是面带微笑坐着轮椅的残疾人，不知道是不是志愿服务者，即便是岗位职业，也是蛮有意义的，没有职业歧视，有的是平等的尊严和人尽其能、自强自立。无独有偶，在这之后的其他NBA球馆，我们也发现了相似的一幕。

从厅内的入口进到里面，在服务人员的指点下找到自己的座位后，心跳更是过速了。孩子妈说："这么高啊！"可不，从上往下看去坡度很大，坐在座位上感觉像坐在山顶上，有点头晕目眩。便宜嘛，心脏不好的可不成，这还不是最后一排，我们的座位在篮筐的侧后面。AT＆T中心球馆2015年由马刺队耗资1亿美元进行了升级改造，又安装了4万多个LED灯和其他灯光设施，视频和音响也进行了升级，使整个场馆更现代化、影音效果更炫酷。球馆顶部的钢架上悬挂着印有"1999""2003""2005""2007""2014"的五面旗帜，代表着马刺队历史上五次夺总冠军的荣誉。马刺队的前身是位于达拉斯的达拉斯灌木丛队（Dallas Chaparrals），1973年搬到圣安东尼奥改名为马刺队，1976年加入NBA，加入NBA以来只有四次未能进入季后赛，曾五次获得NBA总冠军，6次西部冠军，战绩辉煌。

场地里的多面大屏幕交换播放着马刺队代言的广告及主场球队的比赛预告，场地上轮番进行着由当地学校学生、群众艺术团体及啦啦队的表演，音乐震耳欲聋，场内气氛轻松而欢快。离比赛开始时间还有20分钟，观众只坐了一半，可能还都在外面自娱自乐吧。一会儿气氛更加热烈，场边的摄像机不时捕捉着前排座位观众的有趣镜头，观众们一旦发现自己的身姿投射到中心的大屏幕上，也会配合做出各种动作。有个六七岁大的小胖男孩随着音乐跳得不错，样子很酷，赢得了一片掌声和口哨声。镜头扫过一对吃东西的老夫妇，老太太发现后立刻努嘴作势，要在那位正愣神的老头脸上啄上一记，可怜的老头这当口儿眼睛盯着旁边一位站着跳舞的美女不知道正在想什么，现场顿时又是一片笑声。外国人笑点普遍偏低，这是我切身感受的，在这样的场合，他们更享受过程，更愿意被发动，可能也正是这样，他们看起来比国人更容易满足或更幸福。今天的比赛是马刺队对战犹他爵士队（Utah Jazz），随着一阵掌声，队员开始入场热身。近观远景看着穿着长衣裤的队员们跑来蹦去地运球、投篮，NBA球星们像是大学生之间的互动，多少令人感觉有点幼稚。

　　孩子妈问我认识谁。说实话，自从中国球员包括姚明从NBA退出，我已经不太看NBA了，只记得以前马刺队的大卫·罗宾逊（David Robinson）、蒂姆·邓肯（Tim Duncan）、托尼·帕克（Tony Parker）、马努·吉诺比利（Manu Ginobili），爵士队的卡尔·马龙（Karl Malone）、约翰·斯托克顿（John Stockton）。马刺队除了罗宾逊外，其他三员老将还在为马刺拼搏，爵士队这两人现在都已退役，如今还有哪位球星还真说不好。这次有幸亲眼见到了传说中的邓肯和吉诺比利，尽管是远距离的。

　　从两队的实力来看，马刺明显占优，当时它的整体战况是31胜6负，排名联盟第一。爵士队则逊色许多，只排西部第八。比赛的进程也印证了这个实力的差距。晚上7点30分比赛正式开始，随着竞争渐趋激烈，比赛逐渐显现出篮球比赛的魅力：在主场主持人的高声煽动下，人们站起身来呼喊着为主队加油；中场休息时有美女啦啦队的热舞表演，马刺吉祥物小野狼（The Coyote）也在不遗余力地娱乐大众，其间，还有向观众抛掷礼物的环节，热闹非凡。老邓打得的确出色，马刺一直在压着爵士打，9点50分比赛结束，比分是123∶98，与上一场的马刺战胜密尔沃基雄鹿队（Milwaukee Bucks）比赛一样，连比分都没有差别。

走出AT＆T中心球馆，外边的年轻人还在眉飞色舞地谈论比赛，此情与我等却也无关，赶紧走。晚上10点30分回到了旅馆，脑子里还想着刚才的比赛。这个冬天不太冷。

（八）

7日，晴。早晨起来抓紧吃早饭，今天要去休斯敦（Houston），206英里，三个小时车程不算太远。

8点30分，沿10号公路向东，路很好走。不到11点30分进入了大休斯敦地区，孩子妈不知道哪根神经不对了，念叨着这些日子一直也没吃一顿像样的，今天一定要吃一顿。什么人呢，开车的还没言语，坐车的人坐得肚子饿了。道边不远处的广告牌子一个挨着一个，时间也合适，吃就吃吧。下道右转，走不远刚好发现一家巴菲特之星（Buffett Star），认得是中餐自助，门店不小。老板是一对中年夫妇，操闽粤沿海地区的普通话，服务员也都是中国人，能用中文交流很安心。里面顾客不少，饭菜品种很多，环境不错，就是本人早上喝多了凉奶闹肚子，没发挥好。吃饭耽误了一个小时，下午1点40分进了市区。

休斯敦是以当年得克萨斯共和国总统山姆·休斯敦（Sam Houston）的名字命名的。休斯敦是得州第一、全美第四大城市，面积1625.2平方公里，人口224万，也是美国成长最迅速的城市之一，墨西哥湾（Gulf of Mexico）沿岸最大的经济中心。休斯敦以能源、航空工业和运输业闻名世界。休斯敦地区是全球最重要的工业基地之一，在美国制造业城市中可称第一。休斯敦是美国石油工业和石化工业的中心，成品油产量占德州的85.1%，全美国的21.7%，生产着全美39.1%的聚乙烯和61%聚丙烯。这里云集了400多家软件开发公司，在能源产业、空间科学、生物技术和科技研发等领域拥有庞大的客户群。休斯敦是林登·约翰逊航空中心（Lyndon B. Johnson Space Center）的所在地，美国三大航天城市之一，有150多家从事飞机或航天器制造、太空研究和技术的公司，宇航任务监控中心也设在这里，因此有"太空城"的绰号。该市也是重要的国际金融、贸易中心，有523家商业银行，393家抵押业务机构，521家证券交易机构，20家《财富》杂志（*Fortune*）500强公司总部在此落户。休斯敦还是世界最大和最重要的医学研究和治疗机构的集中地，世界闻名的得州医学中心（Texas Medical Center）就在此地。休市有包括休斯敦大学（University of Houston）在内的38所高等院校，其中最有名的是莱斯大学（Rice University），被誉为南方的哈佛，1990年西方七国首脑会议在该校举行。休斯敦水陆空交通便利，有14条铁路主干线向外辐射，高速公路四通八达；有3个飞机场，数十家航空公司，是美南地区最大的国际空港；休斯敦港是美国第三大的港口城市，世界排名前列。

个人感觉休斯敦市很大，但周边地区凌乱，缺少规划；市区缺少统一的城市风格。可能这也正是这座城市的最大特点吧。

中午到休市，有个地方是我比较感兴趣的，时间也允许，那就是美国航空航天局（National Aeronautics and Space Administration），简称NASA。前两天有一则报道——人类首次捕捉到恒星爆炸画面，展示了远在12亿光年以外的一颗恒星爆炸的一段影像资料，据说这段资料就出自NASA。女人天生对太空研究缺乏兴趣，只能多做说服工作共同进步。先不忙着找之前订好的旅馆，下午2点到了约翰逊航天中心附近，顺着路标拐进去，车开到一个有横杆和门卫的地方，有两个持枪的警卫出来挥手让我们停车，没说话，只是警惕地盯着我们。我看情况不对，赶紧摇下车窗，向他询问游客中心的位置。听说我们来参观，警卫表情缓和了下来，他告诉我们这里不对外开放，我们想去的地方在不远的另一个地方。早听说这里只有一部分是对外开放的，当下意识到这里肯定是他们的管制区域了，没想到游览区跟这里是完全隔开的。警卫还算通情达理，让我们的车在里边掉了头。

　　林登·约翰逊航空中心位于休斯敦东南的克利尔湖（Clear Lake）西畔，距离市区约25英里，是NASA下属最大的太空研究中心，以已故总统林登·贝恩斯·约翰逊（Lyndon Baines Johnson）的名字命名，他就是那位短命的约翰·费茨杰拉德·肯尼迪（John Fitzgerald Kennedy）总统的继任者。在佛罗里达州也有一个肯尼迪航天中心（Kennedy Space Center）。约翰逊航天中心始建于1961年，占地6.6平方公里，从业人数1.7万，担负着美国载人航天飞行的设计、研制和试验工作，是实施水星计划（Project Mercury）、双子星计划（Project Gemini）、阿波罗计划（Project Apollo）和空间实验室、国际空间站等载人航天计划的主战场，其中的飞行任务控制中心担负着控制航天飞机的飞行和国际空间站状态的任务，航天员选拔训练中心是美国训练宇航员的重要基地。约翰逊航天中心在NASA的重要性令人瞩目，但其初创时期也是非常寒酸的。据说当初是向当地公司又借房子又借地还借人，是莱斯大学将一块闲置的牧场送给了美国国家航空航天局，以此为基础，后来又买地扩建，才逐渐发展成今天的样子。

　　航天中心由研究中心、指挥控制中心、航天员训练中心，以及大型展览馆四部分组成，我们要去的就是那个大型展览馆。在一幢大型建筑前，一架波音747背着一架退役的航天飞机的巨大实体造型分外引人注目。这次没错了。休斯敦航天中心（Space

Center Houston）的航天博物馆成人门票22.95美元，我问售票员进里面转一圈大概要多久，可能那位会错了意，她告诉我今天只剩下半天的时间了，可以买双日票，明天再来参观一天。好吧好吧，谢谢，我们只有这半天了。里面灯光暗淡，营造出茫茫宇宙空间的幽怨和神秘。陈列大厅空间并不很大，有年长的讲解员引领讲解，大厅里陈列着巨型三级火箭、火箭发动机、阿波罗飞船驾驶舱、大大小小的卫星、宇航员训练舱、宇航服等真实航天设备，也有太空舱、月球车、航天飞机控制中心、火箭载人舱等模型，有月表采集的岩石样本、宇航员佩戴的欧米茄手表、年代久远的徽章等纪念实物，也有宇航员照片、宇航员登月的实况影片、历次宇航员登月详细简介的展示，还有收费的现代化的动感体验舱，也有免费的航天题材影片放映厅，当然还有大型的纪念品售卖店。在里面东瞧西看地转了一圈，累了就到影厅里歇脚、瞌睡，看了两场纪录片，再到纪念品店挑挑拣拣，总体感觉有点像北京的科技馆，多少有点失望，孩子们可能会喜欢。

印象较深的就是在一个单独的展厅里摆放着一艘真正的退役宇宙飞船，近距离展示了太空生活的场景，让人有了些身临其境的体会。另有一个巨大的高科技罐子里有模拟太空失重状态下的假人船员在训练，据说约翰逊航天中心和俄罗斯加加林航天员训练中心、中国航天员科研训练中心是全球三大设施完备的航天员训练基地。说起这个话题，真心佩服美国人的宇宙探索精神，不论起初动机为何。

这里不得不提的是阿波罗计划，它是NASA的一项举世闻名的壮举。阿波罗计划又称阿波罗工程，于20世纪60年代早期在德怀特·戴维·艾森豪威尔（Dwight David Eisenhower）执政时，作为冷战时期水星计划的后续计划被提出，但他的继任者肯尼迪起初并不十分热衷。1961年4月12日，苏联宇航员尤里·加加林成为首次进入太空的人，美国人为此感到震惊，这加深了美国对在太空竞赛中落后的担忧。次日，在与白宫科学委员会的会谈中，许多议员希望能够立刻开始一项太空计划以保证在与苏联的竞赛中不至于落后，但巨大的政治风险及经济负担使肯尼迪对此难于抉择。4月20日，肯尼迪发函给时任副总统的林登·约翰逊，询问他对此项计划的意见以及美国追赶苏联的可能性。在翌日的回复中，约翰逊认为"我们既没有尽最大努力，也远未达到让美国保持领先的程度"。约翰逊还提到未来登月的计划不仅可行，也绝对可以使美国在太空竞赛中获得领先地位。这最终使肯尼迪下定决心。1961年5月25日，他在议会发表了演说时宣布，美国人要在20世纪60年代结束前首先登上月球。这个大胆的梦想，连当时NASA的局长都不知道该如何实现。但是，有了资金支持，这计划以令人瞠目的速度进行并取得了巨大成功。1969年7月16日，尼尔·奥尔登·阿姆斯特朗（Neil Alden Armstrong）和他的同伴巴兹·奥尔德林（Buzz Aldrin）以及驾驶指令舱的迈克尔·柯林斯（Michael Collins）乘阿波罗11号宇宙飞船，凭借比现代智能手机还"原始"的导航科技一飞冲天，飞向月球。在休斯敦的约翰逊太空中心负责此次飞行控制指挥工作。7月20日，由阿姆斯特朗操纵飞鹰号（Eagle）登月舱在月球表面着陆，当天下午10时，他和奥尔德林跨出登月舱，踏上月面。阿姆斯特朗在踏上月球那荒凉而沉寂的土地后说出了广为后人传颂的一句话："That's one small step for a man, one giant leap for mankind.（这是个人的一小步，却是人类迈出的一大步。）"他们还在月面上插上了一面美国国旗。阿波罗登月计划从1961年5月开始至1972年12月结束，历时约11年，从阿波罗7号一直到阿波罗17号的11次载人任务，全部从佛罗里达州的肯尼迪航天中心发射，先后6次登月成功，共有12名航天员登上月球。之后由于种种原因，美国却再无作为。阿波罗登月工程总耗资255亿美元，有2万多家企业、200多所大学和80多个科研机构参与，总参与人数超过30万。这项计划激发了20世纪60年代美国年轻人投身宇航为全人类而冒险的狂热。

但登月英雄们回到人间后却难再与世俗社会相容。英国作家安德鲁·史密斯（Andrew Smith）事后曾采访9名活着的登月宇航员，随后在其书《月亮尘土：寻找那些掉向地球的人》（*Moon Dust: In Search of the Men Who Fell to Earth*）中，披露了惊人的内幕：几乎所有美国登月宇航员回到地球后，都无法应付登月事件给他们造成的超感官和心理影响。之前的巨大风险与成功后突如而来的荣誉使他们无所适从，后来他们有的精神抑郁了，有的成了酒鬼，有的沉浸在沮丧中无法自拔，有的转向寻找研究各种超自然的现象，还有的皈依宗教或向其他神祇寻求精神支柱。登月的那种神秘感觉与坠落凡尘的无奈深深地折磨着他们，而后他们甚至盼望着能重返月球。"这是他平稳的一小步，却是他们踉跄的一大步。"英国《卫报》（*The Guardian*）等媒体报道说，在这个世界上，有一个独一无二的12人"高级俱乐部"，哪怕是亿万富翁出巨资也无法加入。

　　还有一种阴谋论的声音是对登月事件提出了质疑。以美国大片的制作水准，在摄影棚造出这样的照片场景并不是什么难事，何况这种事也并非没有先例。在提出的各种反面证据中，多次拿来说事的是一幅"迎风招展"的星条旗的图像资料。他们质疑说月球表面的大气压为地球大气压的千分之一，处于超高真空状态的条件的，不可能有风，旗帜迎风招展不可能在月球上发生。为此也有人论证说飘动的旗帜恰恰说明这是真实的月球表面，因为在真空状态下，一切晃动都会保持很久的，宇航员在月表插下旗杆时，可能用力过猛，瞬间松手造成旗杆左右摇摆，星条旗飘扬也就不足为奇了。不管怎么说，多数人还是对登月的真实性持肯定态度。但是这面引起争议的招展的美国国旗在宇航员离开时被机器引擎的强大冲击波刮倒在地，岁月无情，在可怕的太阳紫外线照射下也早已灰飞烟灭了。

　　那些年，那些事，那些人，在月亮的背面——

我在仰望　月亮之上

/下篇/

有多少梦想在自由的飞翔
昨天遗忘啊　风干了忧伤
我要和你重逢在那苍茫的路上
生命已被牵引　潮落潮涨
有你的远方　就是天堂
我等待我想象　我的灵魂早已脱缰
……

（九）

　　下午4点30分出门，决定去莱斯大学参观一下。"米饭大学"是1891年由得州棉花富商威廉·马歇尔·莱斯（William Marshall Rice）创建的一所私立大学，在美国大学中是大大有名。它和北卡罗来纳州（North Carolina）的杜克大学（Duke University）、弗吉尼亚州（Virginia）的弗吉尼亚大学（University of Virginia）号称南方的哈佛，新常春藤名校之一，全美综合大学排名中名列前20位。莱斯大学以工程、管理、科学、艺术、人类学闻名，尤其以工程系最为优秀。普林斯顿评论（Princeton Review）曾把莱斯评为全美"最佳价值"私立大学第一，"最佳生活质量"第一，"众多比赛或课堂互动"第一，"最佳本科整体学术体验"第三，"学生从不停歇学习"的大学前20所。有人说，莱斯大学的确是博采众长，集好大学该有的特点于一身。在学科方面，莱斯大学的理查德·斯莫利（Richard Smalley）和罗伯特·柯尔（Robert Curl）教授发现的碳60，被认为是现代纳米科学的兴起，他们因而获得了1996年诺贝尔化学奖，之后莱斯大学在碳60衍伸出来的纳米材料领域引领着世界的潮流。其空间物理系与美国宇航局交往密切，有几个共同的研究项目，美国前总统肯尼迪还曾在莱斯大学就登月项目发表过演说。

学校规模不大却非常有特色，目前只有3000多名本科生和2000多名研究生，在校生中有28%的学生是少数民族，还有9%是国际生，真正的国际性大学。学校实行小班授课，师生比达到了1∶5。学校学费低廉，甚至要低于许多公办院校，但它却给所有有需要的本科学生提供助学金和奖学金，光体育奖学金的种类就多达213个，其中60个是专门为女生设立的。这得益于它所获得的众多捐款，学校捐款数额平均到每名学生约70万美元，财力雄厚。自然，能进这样的名校可不是容易的事，例如，2014年本科新生录取率仅为15%。工程系和医学预科双学位项目录取率极低，每年只收15个学生，竞争之激烈可想而知。莱斯大学鼓励学生们选修双专业，甚至三专业，而且经常是电子工程和艺术史这种看起来毫不相干的学科相搭配，有将近35%的学生攻读一个以上的专业。莱斯以普林斯顿大学（Princeton University）为模范治学严谨，在宿舍管理系统上则是效仿英国牛津大学（University of Oxford）的"住宿学院制"。学生们的课余娱乐活动繁多，一年到头一个接一个，教授对教学和学生们真正感兴趣，而且没有架子，"在学生的晚会、会餐和体育活动中经常可以见到他们的身影"。这样的学校当然也会人才辈出，2008年统计数据显示，该校教师中有17名美国工程院（National Academy of Engineering）院士、7名美国科学院（National Academy of Sciences）院士。美国前总统小布什就是这里的毕业生。还有时下活跃在央视舞台的黄西，是莱斯的生化博士，被"米饭"的教育理念培养出了讲笑话的兴趣，并在脱口秀的道路上一去不复返。

下午5点钟到达莱斯，虽然和其他美国大学一样是开放式大学，但学校校区风格明显与其他地方不同，茂密的绿色藤蔓编织的围墙把学校与其他地方分隔开来。里面到处是绿草花蔓，石子小径通向一栋栋红色的城堡式的楼宇。一排排高大的橡树整齐排列在道路两边，一眼望不到头，穿行其间幽深静谧。偶尔有不同肤色的年轻人骑着自行车或夹着书本从旁边经过。噢，那两个亚洲面孔的女孩会是中国人吗？据说每年来自中国大陆的本科申请者中最多会有两名能被工程学院录取，不容易啊！小广场上圆形黑色花岗岩喷泉有水花在静静喷涌，而后自然垂落在花盆里，又咕咕翻涌出盆沿，自顾淋漓而下。在气势非凡的一长排西班牙式红色楼群前，在大片的碧绿草坪上，有一对新人在拍婚纱照，夕阳把红楼的尖顶染上了一层灿灿金色，一束金红的阳光穿过高大的中央门洞洒在前面的嫩草上，投射出拉伸的几片半圆形的明亮翠绿。远处两位拍婚纱照的摄影师在摆弄设备，而穿着曳地白纱的新娘一手攥着洁白的裙腰，一手遮在额头上，仰望着西边的云阳，眨动着长长的金色睫毛，被夕阳染红的脸上带着一抹醉人的微笑。我们没有停车，我们只是这美景中的匆匆过客。17点40分，我们带着别样的心情开出了校门。

下边还有节目，之前订了休斯敦火箭队（Houston Rockets）对犹他爵士队的票，很期待。

收拾思绪直奔丰田中心球馆。球馆离这里很近，天已擦黑，到丰田中心的路边有不少的露天停车场都有人在挥着小旗子往里拉客，难道这一块块的地都被私人买断了？停车场大牌子上的价格从5美元到20美元不等，离球馆越近价格越高，最高的跟球馆周边配套的几大楼式停车场价格持平。走两步就走两步吧，能省不少。6点钟放好车，打听好路，随着三三两两的人开步走，经过的路边停车场收费一路飙升，不由窃喜。临近球馆的路上有穿制服的人在指挥交通，帮助行人过马路，人多的地方也是秩序井然没有拥堵。

丰田中心球馆坐落在休斯敦中心的繁华地段，在远处高楼的映衬下显得有点拥挤，这一点比不上圣安东尼奥的AT＆T中心球馆。丰田中心始建于2002年，同年姚明以状元秀身份被NBA的休斯敦火箭队选中，并在此战斗了8年，成为中国家喻户晓的明星，这座球馆也在中国球迷心中成为无人不知篮球殿堂。丰田中心是一座圆形球馆，由日本丰田汽车公司冠名赞助，现为NBA休斯敦火箭队、WNBA球队休斯敦彗星队（Houston Comets）、AHL中的休斯敦航空队（Houston Aeros）的主场，作为篮球馆可容纳18000多个座位。球馆于2003年10月正式启用，就此取代原有的康柏中心（Compaq Center），成为休斯敦人主要的文体娱乐场所。

丰田中心比AT＆T中心球馆晚一年落成，但看起来比其略为老旧。经过同样的扫码、安检后走进球馆，里面的气氛却比AT＆T中心球馆还要火热。灯火通明的大厅里到处是休斯敦火箭队队服的红色，一队红色上衣、头上顶着圣诞帽的铜管乐队在举着火箭队牌子的人带领下，吹吹打打地巡游而过，吸引了众人的目光。有几组青年男女穿着火红的外衣在拉着观众做问卷调查，有小礼品赠送。孩子妈和我都得到了印有火箭队标志的小腰包和小手绢，不值什么价钱但绝对是真品，没地卖啊。有一个摊位前排了一队人在玩转盘游戏，原来是休斯敦一家快餐连锁店搞的活动。里边一对中国老年夫妇带着个小孩，老先生一边排队一边给太太和孩子拍照，后面还有一对中国年轻的恋人在问工作人员能不能两人都来转一次。这种事孩子妈毫不犹豫地拉我一起排在后面。结果是我的手气更好些，得到一张5折优惠券，孩子妈转到了一张指定餐品的85折优惠券，两个老外彬彬有礼、面带微笑地祝贺我们，尽管最终也没到市里去找这家店，但当时还是很高兴。

一处离一辆白色的丰田车不远的地方，立着两个真人大小的纸片人，一身火箭队的红色背心短裤，一手叉腰，另一只胳膊夹着一个篮球，脸上挖空了一块，赶紧绕到后面，登梯子把脸露出来拍两张照片。乘电梯上楼，坐着轮椅开电梯的老人的笑脸使我们心里一暖。楼上卖火箭队队服的、卖酒水饮料的摊位前都排起了队，孩子妈怂恿我去买杯酒，我的天啊，这不是要酒驾吗？孩子妈说这里不抓酒驾，醉驾才会被处罚，是不是喝高了得由警察来判断，主要看你能不能控制自己的行为。美国没有专门的交警，在美国的公路上跑了这么久也还真没见过拿个小东西让人吹的，就信她一回。酒主要是现调的鸡尾酒和各种口味的啤酒，一小杯加美国威士忌或俄罗斯伏特加的鸡尾酒，和一大杯啤酒一样都是10美元。真怕酒水不服，还是要了百威啤酒，吃着喝着看NBA，这才是美国人的调调。

外边热火朝天，里边也绝不寂寞。悬挂在场地上方的多面电子屏显现着火箭队的广告和主场信息，赛场内几个胖小伙儿应着强劲的音乐节拍身体灵活地抖动、翻滚，赢得了阵阵掌声和口哨声，主持人也穿插着进行了随机采访，火箭队的吉祥物火箭熊（Clutch the Bear）穿着红马甲骑着"地躺车"，一会儿出来一会儿进去地做着各种滑稽动作。这次我们的位置靠前了一些，也少了些心惊胆战，但转播镜头还是基本扫不到这个高度。

这次的比赛依然是爵士队客场，一不小心成了爵士的球迷，还跟着跑到了这里看他们比赛。尽管知道观众都还在外边乐呵，看着场内观众席上近半数的空座，还是有点担心比赛会冷场，但比赛开始后不知不觉就坐满了，不禁怀疑是不是比赛开始后，门票会大减价，也懒得出去考证了。

可能是这次离场地更近的缘故，也可能是主持人的大呼小叫起了作用，还可能是两个球队的实力相当比拼激烈，NBA比赛不再像是闹着玩了。再加上几大口啤酒下肚，还有了心跳的感觉。说心里话，还是电视上看比赛更专注也更紧张，毕竟是镜头画面交代得更清楚，感觉距离更近。但现场有更多比赛之外的其他东西，令人着迷。

火箭队的队员我只知道德怀特·霍华德（Dwight Howard）和詹姆斯·哈登（James Harden）。这几年霍华德已不复当年之勇，这场比赛也因伤缺阵，哈登是火箭的当家球星。

比赛进程起伏跌宕，双方比分交替领先，现排名第七的火箭打爵士远不如马刺来得轻松。大胡子哈登表现神勇，多有高难度的进球，全场33分8个篮板3次助攻，最终火箭队以103：94取得了胜利，爵士客场两连败。后排我身后两个黑小子叫了整场的"defence（防守）"，"Harden"和"MVP（最有价值球员）"，热情得要命。中场休息时有抛送纪念品的环节，当送礼品的工作人员跑到我们所在的看台下边时，也不由随着人群起身向那个提篮子的小弟招手呼叫，可能我的身材没给国人丢脸，形象在一群美国人中也算突出，他把叠成小卷的火箭队服朝我抛了过来。可惜当时站起来仓促，一手还端着半杯啤酒，轻舒猿臂，单手一抓……呃，没抓住，指尖把它碰到了前排，结果被一姑娘捡起来再不撒手，乐得那叫一个畅快。曾经有个机会在我面前，我没珍惜，如果再给一次机会，我会双手抓住。坐下狠狠喝了一大口啤酒。

晚上9点30分比赛结束，随着兴奋的人群往外走，在外厅意外地发现了有一个火箭球星的展示间，里边有大幅的照片和真人球衣，其中有姚明的照片和他的11号球衣，这得照几张。外国友人看我们忙乎，主动提出为我们来一张合影，感谢她一番美意。出侧门找不着北，只得围着球馆转圈。球馆外面依然热闹，聊天的、摆拍的、吹号的、打手鼓的、卖小玩意儿的、要小钱的，还好正门特征明显，墙上闪烁的电子大屏幕照得周边一片通亮。有家电视台正扛着摄像机采访两个穿火箭队服的球迷，穿着利落的女主持人手里拿着话筒在提问，一个黑小子在周围一圈人的注视下来了精神，对着镜头连比画带说，声音越来越高，口沫横飞像打了鸡血，这才是狂热球迷的架势。10点，找到了在西北边的伊克诺旅店（Econo lodge），前台又是印巴人，房间还不错，两张大床，整洁干净，身心俱安。

（十）

休斯敦距离新奥尔良（New Orleans）357英里，五个半小时的车程。但在这两地之间河湖密布，气候宜人，森林资源丰富，造就了众多的国家森林公园。新奥尔良是我们的方向，但这片几个公园也是我们的菜。早起有雾无霾，9点钟先去美国富国银行（Wells Fargo）把圣迭戈的停车费汇过去。美国实行寄支票，为此还得花手续费买支票，感觉还不如国内的转账方便，信封里夹寄张支票寄来寄去的也不怕弄丢了。孩子妈在自己租住的院子里的信箱里就收到过这种支票。不知道美国人是怎么想的，家家都有一个信箱，美国乡村路边的信箱有的离房子很远的，小路边立着一个半高的信箱也成了多年不变的美国特色。

给车加满油，出休斯敦向北沿45号公路58英里，乘车不到一小时就是山姆休斯敦国家森林（Sam Houston National Forest）。天有点阴，绿色的树木明显增多，在人烟稀少的大路上安静地行驶，有点儿走神。11点10分，拐进入口的游客中心，褐色的木屋不大，有几个穿土黄色制服的工作人员在里屋计算机前忙碌着。一位胖胖的女士走过来，隔着桌子问我们有什么需要帮助。大致了解了一下公园的情况和我们现在的位置，胖大婶仔细回答了我们的问题，还拿出纪念章给我们用，随后还送给我们一本林区地图。森林公园是不收费的，游客中心也没法跟国家公园相比，一般来人很少，但送我们的地图却是详细的分页图册。

根据工作人员的指点，往西开了一段，路不是很宽，两边的树木高大茂密，空气清新而潮湿，跟城市的喧嚣完全是两个世界。再往前走一段，有一座长桥横跨一片大湖，从桥上望过去，湖面宽阔而一望无际，青黛色的湖水上一层淡淡的薄雾与远处阴沉的天空浑然一体。

过了桥再向前望了几眼，舍不得身后那片水，遂不再前行。折回来把车停在桥上打起双闪，下车再欣赏一下桥的另一边。湖水清澈湖面静谧，湖边几棵叫不出名字的树，半截树干浸没在水中，光秃秃的枝条被风吹得偏转着身子把水面划出道道波纹，水面上树影婆娑，远处湖岸边几只白色的鸟儿呼扇着翅膀从一处树荫转投到另一处。停车坐爱湖桥晚，惊飞白鹭绕林间。好美的。

从入口退回来继续向北行驶，12点30分抵达了另一个国家森林公园戴维·克罗克特国家森林（Davy Crockett National Forest）。同样是先到他们的办公室拜山问路，同样是一位身材丰满的女士接待了我们。她问我们打算到这里玩多久，说附近有一个地方不错，如果晚上住在这里，可以花3美元到那里玩，可以打猎也可以钓鱼。怎么听起来有点为地方创收的意思。听说我们只有两个小时的时间，看一下就走，她告诉我们顺着前边的大路可以直接穿出去，不过北边还有一条小路也可以绕出去，那里很漂亮。末了也送了我们一张特大的黑白地图，纸张厚实，线条清晰，舍不得折叠，只能卷了个长筒放到车后座上。真是大方啊！想着她的那句话，禁不住诱惑向北行去。这个决定最终让我们耽误了很多时间，也吃了不少苦头。

10分钟后出门向北，一会儿从平坦的357号公路按那位女士的指点转上527号公路，见一条黄色的土路一直伸向森林深处，我吃了一惊。进吧，不行再出来。林子里的树不是很密，却很高大，绝对可以说遮天蔽日，枝头的树叶黄绿不一，不时有水珠从上面滴落到车顶及车窗上发出嗒嗒的响声。可能是前两天刚下过雨，树林里湿度很大，两边林地里分布着大小不一的水沟、坑洼，常有倒伏的树木横躺竖卧在水洼里，树身上生着斑驳的苔藓，深绿色的藤蔓与灰色的垂絮缠绕着挂满树干。小道只比一辆车略宽，地面上也不时有小片的积水和石头，算不上泥泞。两边高大的树木、地面起伏的杂草及林间曲折的黄色土路颜色和谐，构成了一幅天然的水粉画。如果不是开车，在这里走走会怎样？一定有种此处天地只属我一人的感觉。

事实上，路上除了我们，一辆车也没有，高高低低地跑了近一个小时，路况依然没有什么改观，由于是阴天没有太阳，中午时分感觉却像早晨，远处弥漫着雾气，辨不清方向也看不到道路的尽头。按理说车开得不慢，应该差不多了，怎么还是土路？这要是前边过不去或者干脆没了路，那可是要了命了。

在冲过一大片水洼后，孩子妈终于沉不住气了："要不咱们回去吧。"

"再看看。"

自己的导航在这里不太靠谱，打开车载的导航看了下，也强不了多少，展开大地图也看不出自己走到了什么位置，岔路过了不少，可没记得哪个是大路啊！

"怎么这儿连个人影都没有？"我嘀咕了一句。

"要真从哪儿钻出个人影来还不一定是好人坏人呢。"

孩子妈的警惕性还是很高的。前边的路越来越泥泞，车轮有点打滑，雪上加霜的是路上的积水越来越多，坡坎也越来越多。

"开慢点吧，反正也是这样了，别再掉沟里出不来了。"孩子妈越来越紧张。

"越这样越不能慢，慢了弄不好真陷到里边。"一边搭着话，一边攥紧了方向盘，两眼盯着路面，在行进中及时避开石块和横在路上的树枝，快速估计着路面积水的深浅，随时转向找出最佳的行车轨迹，这时候可来不及犹豫。车速始终保持在30英里每小时以上，心提到嗓子眼。突然前边没路了，不对，是分成了左右两股道。停下来斟酌再三，对照两个导航和地图，突然发现我们找到了，找到了自己的位置，511号公路没错，就是这里了！大喜。左转90度，开步走。

转到511号公路离着大道还有一小半的路，两边没了成片的大树，路边坡上像圈起来的私家农场，光线也亮了许多。又走了一段，渐渐又开始沉重了，怎么511号公路也是这个德行啊！总算前边看见了一个对着开来的吉普，亲人啊！尽管在狭窄的烂泥道上错车不方便，但看着从身边滑过的吉普车车窗里的金发美女冲我们微笑，心里一下又有了信心，我就不信没有她强悍，不过这妹子要去哪儿啊？

真是命运多舛，又走了一阵，前边突然出现了一个十来米长宽的大水坑，看不出水有多深，也不知道能不能过，两边是高出很多的土坡根本无法绕行。心里一咯噔，怎好？

"得，这可怎么过？"孩子妈从车上走下来看着前边，叹了口气就又缩进车里。我从边上捡了块石头扔下去，溅起一片泥水，什么也看不出来，水坑里有一个大树枝露出水面，应该不深吧，刚才那妹子准不是从这里过去的，一点儿痕迹也没有，很可能刚才是从另一条道过来的，吉普车也费劲啊！总不能蹚水下去探路吧？又从边上抓了一块木板奋力扔进水坑中心，不行，又找到一块一米长的长方形薄板也扔了进去，依旧是沉了下去。只要是不陷进去，就不怕。我给自己鼓了鼓劲，一迈腿，上了车。

"开得过去吗？车别熄了火。"孩子妈有点担心。

"过不去也得过。"说什么也不能再回去了。没再废话，挂挡，松手刹，给油，一咬牙朝着我扔板子的地方冲了下去。轮胎轧在烂泥上车直打滑，"保持匀速，匀速，不能停"，我不断提醒自己，车底磕磕绊绊像是蹭到了什么，车身猛地扭了一下，甩出的石块敲击在车后面的挡板和后盖一阵乱响，要糟，加油，过去了。

尽管判断车不应该有大问题，但心里还是直打鼓，出了水坑赶忙停车下来检查，车轱辘上粘得都是泥，两边侧门下边也糊着一层，还往下直淌水，车底下直冒白烟嘶嘶啦啦地响，还好是排气管表面的高温蒸汽。趴底下看了一眼，底盘铁梁上还挂着个塑料袋，惨啊！还好没发现什么异常。听说没事，孩子妈长出一口气，嘴里叨咕着："都是那个美国妞说的，回去我得告诉那帮人千万不能走这条路，太不好走了。"我说："她是不是故意的？这儿也没想象的那么好，不过这种经历可不是谁能赶上的。"

的确，每个人的经历都是独一无二的，是宝贵的精神财富。我就是这么想的，多少年之后，可能我还会记得它，这是在这个公园的最大收获。

喘匀了气，我们继续向前。可能是否极泰来，前边再没什么难题，路渐渐好走起来，不知不觉间，土路已到了尽头。14点40分，经过了近两小时的艰难跋涉，左冲右突，我们开上了7号公路。畅行在平坦的沥青路，心花怒放，这正是："车到山前必有路，有路必有丰田车。"尽管不情愿这么说，但此时唯有这句最应景哩。

出了林区向东，从卢夫金（Lufkin）小城外围穿城而过，16点抵达安吉丽娜国家森林（Angelina National Forest）。林中的游客服务中心相对较偏，里面几个大汉正忙着整什么材料，见我们推门进来，都略为惊讶地停下了手中的活儿。可能是来这里的人较少，尤其像我们这样的亚洲面孔，听我们说是来这里玩的，几个人都释然了。大叔问我们从哪里来。"China。""Oh，China！"扬了扬眉毛，大叔脸上露出了友善的微笑。我们问他有没有纪念图章，并掏出自己旅游小册子让他们看。大叔们和我们一边聊着一边翻箱倒柜。见他们兴师动众找了半天，心里有点不安，于是对他们说找不到也没关系。但是外边两个人并没有停下来，最终找到一个有日期的，并不是什么专门的纪念图章，问我们可不可以，看起来有阵子没用了，还拨弄了半天日期才递给我们。可以了，反正是到此一游的意思。其间一位让我们在一个本子上登记一下，我猜可能是当作他们的一个工作记录或统计资料一类的东西，孩子妈当即填上了我们的信息。灵光一现，我邀请外屋的两位在我们的旅游纪念护照上也给签个名，两人很爽快地签上了自己的名字。回到停车场，上车刚打着发动机，就见高个子的胖小伙儿推门追了出来，赶紧下车。小伙子喘着粗气递给我们一张小贴画，说刚找到，送给我们。圆形的，比图章大一圈，上面有"Angelina National Forest"的字样。雲时心里一阵感动，真心地向他道谢。小伙子退后两步挥了挥手，转身大步流星地走了回去。安吉丽娜的胖小伙儿，可能我们以后再也不会见面，但我会一直记得他的样子——高高的个子和那张胖胖的娃娃脸。

路边林区的风景大同小异，为了节省时间，我们直接从103号公路向东穿过公园，16点50分到了米拉姆（Milam）小镇。在"米粒"问了一下萨宾国家森林（Sabine National Forest）游客中心的位置，继续向前，半小时后到达了公园附近但找不到确切的位置。导航搜不到，只能盯着路边的景区标牌，好像是刚才过了一个路口，倒回去再看一下，果然路口里边有一个褐色的路牌，走近一看，牌子上的图案与景区的标志图案差不多，但是下面的字写的却是"Sabine National Forest Ranger Station（萨宾国家森林护林站）"。是森林管理处，里边拉着路障，前面有一辆小车与我们对峙了一会儿，见我们没有进一步动作后，突然启动与我们擦肩而过。看来是下班了。地图上这片绿色的区域都是林区范围，顺着6号公路向东，天阴沉得厉害，天黑之前一定要穿出这片林区，不然会很麻烦。不久，前面又出现了一片大湖，汽车开上了一座大桥，桥并不高，但令人惊讶的是非常长，湖面宽阔一眼望不到边，灰色的湖水近在咫尺而深幽无际，暮霭迷茫中宛如大海无波却暗流涌动。迎着微风奔驰在水面上，兴奋的感觉溢满心胸，也可能只有短短的几分钟，却仿佛经过了很久。"怅寥廓，问苍茫大地，谁主沉浮？"这是哪儿？我们怎么会来到了这里，又有谁知道这里？在这一刻我迷失了。"这桥可真够长的。"孩子妈的话把我从失神中拉回了现实，远远地已经能看到边缘了，湖岸上散布着一棵棵垂头的大树，在枝条下泊着几条小船，暮色中几盏灯在风中摇曳，景物光线柔和却又清晰无比。个人感觉这是今天我们看到的最美的森林公园，很幸运我们来了。

过了桥就是路易斯安那州（Louisiana）了。路州是为纪念法国国王路易十四而得名，由于曾经是法国的殖民地，州内许多地名都有法国名字的特色。路易斯安那州面积13.5万平方公里，人口467万，南临墨西哥湾路州，鹈鹕鸟很多，因此该州也被称为鹈鹕之州（State of Pelican），州标也是一个白色的大鹈鹕带着三只小的。听说过NBA的新奥尔良鹈鹕队（New Orleans Pelicans）吧。和得州一样，路州也盛产石油，旅游业发达。

赶路要紧。天慢慢黑了下来，一程又一程，晚上7点10分进入了亚历山德里亚市（Alexandria），今天就在这个城市落脚。路过商店采购了点果蔬，8点10分找到了那家M6。

一天下来转了四个国家森林公园，跑了370英里，不多但多坎坷，油箱见底。天空电闪雷鸣，雨簌簌而下。很累，很安心。

（十一）

一夜中雨，9日晴。之所以住这里是因为这里离一个森林公园很近。虽说都是森林公园，但是各具特色，转多了有点上瘾了。当然能给旅游护照盖章也是重要一环，就如同集邮、集币，我们"集印"可以的吧。

M6不管早饭，也没WiFi，屋子设施陈旧，唯一可取之处是在全美有众多连锁店，管理较为正规。起来退房收拾东西往车上搬，看着雨水把"刚参加完拉力赛"满身泥水的卡罗拉冲刷一新，一阵快意。绕到车后面却吃了一惊，车后保险杠位置银黑交界处有一道两三寸长的破口，周围还有几个石子砸出的斑痕。呀！是昨天弄的吗？怎么之前没注意过，当时提车时是晚上，好像也没注意检查，肯定没登记，仔细回想半天也不确定是昨天过水坑时弄的还是原来就有，这事还真说不清了。不过还车时他们向来不太在乎小划伤，只要不是大的剐蹭，问题不大，但愿他们不会太计较，反正在租车时有500美元押金，随他们处理吧。这可是破了相了，虽说不是自己的车却也有点心疼，心情有点沉重。

9点退房，和昨天一样先加油，标准汽油1.75美元每加仑，不愧为产油大州，便宜。向北寻找基萨奇国家森林（Kisatchie National Forest），像这种地方车上的导航一般都搜不到，只能看着地图线路找周边的城镇一站一站往前导。时间不长，感觉森林树木明显增多，只是没找到入口标志，只得继续前行。沿84号公路向东，经过纳奇兹（Natchez），不久进入Homeochitto National Forest（甲壳虫国家森林）范围，还是没找到门口，不过周六服务中心也不会上班，找不到就找不到吧。

雨后的路面湿漉漉的，阳光驱散薄雾，心情渐渐好了起来。眼前的风景如洗过一般明丽无尘，天蓝得高远，草绿得醉人，车窗前不时掠过这样的场景：在茵茵绿草间，几株浓绿的高大橡树掩映着坡顶的白色的小屋，宛如童话世界。一座座绿意盎然的山坡，一片片修剪整齐的草地，一棵棵遮阴蔽日散落其间的大树，一幢幢颜色鲜艳美轮美奂的木屋，一幅幅美得令人心悸的画卷。实在是禁不住这美色的魅惑，不时停下来看一看，想象一下这小屋中的神仙生活。目眩神驰，也几度为错过了美景没能停车细赏而遗憾良久。此段能看到这些房屋，真是不虚此行了。又一次停车在路边东张西望时，听得几声犬吠，抬头见一位高高瘦瘦的老人远远走了过来，原来是惊动了主人家。见老人走到跟前面带疑惑，我赶忙上前解释说我们是路过，并夸赞他的房子很漂亮。老人微笑着问我们从哪里来，简单交谈了几句后，他指了指我们车下面，见我没明白什么意思，他走到车门边单腿跪在地上朝车下看了看，起身告诉我们下面挂着个塑料袋。美国老人这点确实让人感动。就此结束森林公园之旅，南下巴吞鲁日

（Baton Rouge）。

巴吞鲁日是路易斯安那州首府，是该州面积仅次于新奥尔良的第二大城，面积204.9平方公里，人口23万。18世纪早期法国在此建立城镇，曾先后被英国和西班牙占领，1810年成为美国领土。世界第四、美国最大的密西西比河（Mississippi River）流经巴市，使其成为重要的港口城市。城市周边有大油田，工业发达，四季常青气候宜人风景秀丽，船上赌场和船上餐厅随处可见，还是著名的路易斯安那州立大学（Louisiana State University）所在地。路易斯安那大学州立全美排名前列，校园优美。该校体育强悍，据说光是达到奥运标准的泳池便有四个之多；篮球、橄榄球盛行，尤以橄榄球最受瞩目。

由于之前没做功课，也没有具体目标，只是在市里穿行了一下，没有留下太多印象。下午4点30分继续向东，下午6点跨州抵达密西西比州（Mississippi）的皮卡尤恩（Picayune），不再前行。"Picayune"在英语里是"不值钱"的意思。之所以住这里落脚无他，只是因为这里住宿便宜，52美元含早餐，离新奥尔良只有51英里，不到一小时的车程，多跑点道倒是所费不多。一天跑了378英里，跟昨天差不多，天早早黑了下来。旅店之前给我们的印象很好，这次也没有令人失望。

密西西比州面积12.5万平方公里，人口299万，首府及最大城市是杰克逊。密州南临墨西哥湾，西边就是美国最长河——密西西比河，大河把它与阿肯色州、路易斯安那州分隔开来，最终注入墨西哥湾，该州也因此得名。密州的历史与巴吞鲁日类似，原为印第安人聚居地，1540年西班牙探险家费尔南多·德索托（Soto Hernando de）到达密西西比河，经过与当地土著的多次战斗进入了这片土地。德索托并没有因为在这里没找到传说中的黄金而失望返回，可两年后却因染上了密西西比沼泽区热病死在了大河对岸路易斯安那州的费里迪（Ferriday）。密州十七八世纪分别被法国、英国占领，1798年划归美国，1817年加入联邦为美国第20州，南北战争时期曾一度退出，1870

年又重新加入美联邦。密州河流纵横、土地肥沃，气候温和宜人，经济在全美50个州中排第三十六位。密州是美国传统的农业州，盛产棉花、大豆、大米，有全美最大的林产品应用实验室和家禽饲养场。工业主要有炼油、冶金、木材加工、家具制造和食品加工等。陆空交通发达，旅游资源丰富。文化艺术方面以乡村音乐和蓝调音乐闻名。

10日，重点是逛新奥尔良，估计一天要耗在这里，吃完早饭又续订了一天旅馆。9点出发先加油，向南行驶不久就回到了路易斯安那州。半个多小时后经过庞恰特雷恩湖（Lake Pontchartrain）跨湖大桥，桥很宽很长，70英里时速跑了5分钟。开始还以为经过的是一个海湾，不过水的颜色有点暗，更像是淡水湖，地图上看还是有水道与墨西哥湾相通的。过桥不久就下了高速，新奥的街道并不很宽，两边间植枝繁叶茂的大树，乍看有点像中国城市的街道，平添几分亲切。绕了半天在外围找到一家露天自助停车场，3美元12小时，这在旅游城市算是相当便宜了，没想到还有更便宜的——周日路边停车位免费，旁边的自助投币杆电子屏上是这么显示的——不过一位难求，不交费总还是心里不踏实。

新奥尔良是路州最大的城市，美国第二大港口城市，陆地面积900平方公里，其中水面面积占了一半还多。城市人口最多时有80万，其中非洲后裔很多，黑人占到60%。2005年新奥市遭遇美国史上破坏力最大的飓风卡特里娜飓风，飓风从墨西哥湾增强到5级，以时速150海里袭向新奥，摧毁了用来分隔庞恰特雷恩湖和新奥市的防洪堤，湖水倒灌使该市八成地方遭洪水淹没。强风吹及内陆地区还延缓了救援工作，最终造成超过800亿美元的经济损失，致使1836人丧生，美国联邦紧急应变管理总署（Federal Emergency Management Agency）署长迈克尔·布朗（Michael Brown）也因反应缓慢管理失策而引咎辞职。灾难发生后，大量新奥人离开该市迁往内陆，造成市区人口剧减到了现在的不足40万。新奥是路州经济最发达的城市，农业以周边传统的棉花、甘蔗种植园最具特色,工业以炼油、化工、纺织、食品和木材加工等为主,是全国重要的造船和宇航工业基地,金融、交通运输和旅游业繁荣。新奥市是新奥尔良大学(The University of New Orleans)和杜兰大学(Tulane University)所在地,前者是公立,后者为私立大学。杜兰大学是全美一流大学,被誉为南方常青藤。文化艺术方面,新奥的爵士乐最为有名,城内随处可见一个黑人头戴礼帽弯曲着身子吹号的纪念图案标志。

新奥是有历史的城市。18世纪以前,新奥及周边地区还是印第安人的居住地,1718年法国人占领了密西西比河口附近的高地并在此殖民,这就是今天新奥著名的法国区。路易斯安那州的名字由波旁王朝自诩为"Sun King(太阳王)"的路易十四而来,新奥尔良(法语La Nouvelle Orleans)得名于路易十五的摄政王奥尔良公爵。据说这位奥尔良公爵以爱好涂脂抹粉反串女性出名。

新奥开埠后的第一批平民,生活相当不堪,男人多是下层苦力,而女性多是妓女。记得过去看过一组新奥妓女的黑白老照片,像是文艺复兴时期名家的绘画,主角们一脸慵懒与轻佻,令人印象深刻。与之相反的,法国宫廷和新贵族则过着穷奢极欲、夜夜笙歌的生活,新奥从一开始就奠定了狂野不羁的性格和奢靡腐化之风,为此还博得了"大快活(Big Easy)"的绰号。这从法国区波旁街(Bourbon Street)和罗伊街(Royal Street)走走便可以看出点味道。随着欧洲政教同行在这块土地上生根发芽,大批教士和修女地拥入,教堂大量兴建,也给这座城市增添了宗教色彩。

为了对抗英国在北美的殖民扩张,1762年法国当局为了获得盟友把新奥当作礼物送给了西班牙。法国大革命后随着拿破仑的崛起,1801年西班牙在统治新奥40年后不得不交还给法国。现在市区内还分为法国区和西班牙区两大主城区。两年后,法国人还没从失而复得的喜悦中走出来,急需资金的拿破仑又将包括新奥在内的整个路易斯安那殖民地廉价卖给了美国。此后,海地革命后仓皇逃离的"贵二代"们来到这里并迅速成为这里的新贵。同时,美国北方穷人也蜂拥而来,法国人瞧不起这些"未开化"的美国农民,不准他们在法国区居住,"粗鄙"的北佬们只好在城外垦荒,这就是今天下花园区直到上城的地方。

1814年12月,在被称为"美国第二次独立战争"的英美战争中,为争夺密西西比入海口,英军曾一度打到新奥尔良,当时外号"老胡桃木"(Old Hickory)的安德鲁·杰克逊(Andrew Jackson),率领着一帮临时召集的由美国平民、德国移民、法国新贵、非洲黑奴、印第安人、墨西哥湾海盗等组成的乌合之众,团结一切可以团结的力量,发挥他坚韧强硬的作风,在敌众我寡的情况下一战成功。这为他在民众中赢得了巨大声誉,1928年杰克逊当选美国第七任总统,至今在新奥的圣路易主教座堂(Saint Louis Cathedral)前的杰克逊广场(Jackson Square)上还有他骑马的雕像。20美元钞票上就是杰克逊的肖像。1861-1865年的美国南北战争也给这座城市留下了印迹,南军首领罗伯特·爱德华·李(Robert Edward Lee)的铜像孤独屹立在花园区与下城交接的圆环地带,壮志未酬却愈发凸显了这位南方贵族的高傲。不管几易其主,新奥始终"商女不知亡国恨,隔江犹唱后庭花"。往事如风,不改繁华。

(十二)

在市里走走转转十分惬意。走进中心街西边的一条小街,两边的旅馆、银行门面高大气派。

路过一家气势非凡的罗马式圆顶天主教堂,于是走进去参观一下。虽然也参观过不少教堂,但还是被里面雕塑壁画的华丽与繁复震惊了一下，耶稣及圣母绘画色彩柔和且面貌神圣。教堂内部风格与之前看过的其他教堂多有不同，高高的圆顶造型起初让我还以为是东正教堂。此时里面已坐了许多人，后面一个红领白色长袍的大胡子中年神父手持法杖一脸严肃站在中央，身后是前两个穿白袍的青年人，一个手里捧着圣经，一个端着烛台，旁边的工作人员在帮神父整理衣服，看起来马上要开始一场弥撒，才意识到今天是周日。

之前还真没见识过，有点忐忑却也找位置坐下来。一会儿里面一静，随着音乐的响起，仪式正式开始。全体起立，中间过道上，在神父带领下，一行人稳步向前面行进，走上正前面的讲坛。之后是祝词、应和、讲经、唱赞、忏悔、募捐、领圣体、拥抱感恩等各种程序，整个过程肃穆而庄重。其中有两件尤为令人印象深刻：一身黑衣身材微胖的年轻女歌手将圣歌唱得触及心灵，低音低回而饱含深情，高音甜美而激昂明亮，绝对的专业水准。女歌手圆圆的脸上表情沉静而庄严，歌声超脱了世俗的挂碍，现场效果触及心灵。二是忏悔祈祷环节需要跪下，每排长椅下都有可以收放的专门跪板，见一众全都低头熟练地放下板子屈膝合手，孩子妈偷偷抻我衣角。我等不是真信徒，行此大礼终觉不妥，只得缩脖矮身做个样子。开始还有点不安，后来一想教堂本是百姓来受教的地方，让人们来瞻仰或慢慢转变观念也是允许的吧，也就释然了。仪式前后大约持续了一个小时，最后是和周边的人相互拥抱。我俩没动，也怕别人来动我们，紧张了一下下。退场式后弥撒结束，一些人还走到神父面前去求解教义，我俩缓步退了出来。

从教堂出来接着遛，前面围着一圈人，人群中有两个黑制服白头盔的警察，头高出门框一大截，走近些才看清楚，原来是骑在马上的骑警。在城市车流中，骑在神骏的高头大马上格外威风帅气。没想到新奥会有骑警。其实在美国警察部队中，骑警虽然人数不多却是一支重要的执法队伍。现代社会有不少人质疑它存在的必要性，毕竟警用马必须兼顾形象与实用，一匹警用马价格昂贵，加上日常训练、饲养，花费不菲，养一匹马的费用相当于十几个警察的工资，如果没有足够的财力，就很难支撑骑警队的开支。而持支持态度的人认为拥有骑警恰恰说明了一个州或城市的经济实力。事实证明，骑警能够在控制暴乱和驱赶大规模人群时发挥独特的作用，400多公斤的马加上马上的人就是半吨多，奔跑起来有巨大的冲击力。据美国警方称，1名骑警可抵上10名步警，10名骑警可驱散1000名闹事的不法分子，从这个角度上说就是经济的。马上的高视角更便于观察发现情况，对违法犯罪分子有心理威慑作用，可以降低犯罪行为的发生率，而且骑在马上对骑警本人来说也会更安全。目前世界上有包括英国、美国、加拿大、澳大利亚在内的20余个国家设有专门的骑警队，其中美国拥有骑警队数量最多，许多州都有骑警。虽然没见过，中国当然也不会甘为人后。中国的骑警更多是为了地方形象，男骑警有没有不敢说，但女的肯定是有，之前忘了什么时候还看过一则报道说，某地成立了某某女子骑警队云云，可见一斑。

法国区的法国街、波旁街、皇室街三条几乎平行的街道最为著名，街道较窄，两边的店铺鳞次栉比。楼都不是很高，一栋挨着一栋，中间几乎没有间隙，颜色各异的小洋楼风格统一却各不相同。楼上有黑色的铁艺围栏，上面装点着一盆盆五颜六色的花草，绿色的枝条或攀缘缠绕或悬空垂吊，在和煦的微风中摇曳着身姿婉转承欢，引得游人纷纷驻足抬头观望或拍照。出门之前有位教建筑的访学老师拜托我们出来多拍点照片给他，有了这个理由更是几乎每楼必照,"谋杀菲林无数"。孩子妈乐着说:"不能把好的都给他,把不清楚的回头传给他,让他看了眼馋,谁让他不自己来呢。""对,就这么着,不能让他不劳而获。"我附和道。

18世纪中后期,在西班牙统治期间,法国区曾经历了两场大火。外表光鲜的花园洋房基本上都是木质结构,结果整个老城被烧个精光,最早的法兰西风情一去不返。据说今天法国区道边的楼房,大多是西班牙的建筑风格。

从北到南,法国街、波旁街、罗伊街三条街各具特色。法国街相对冷清些,这里住户较多商铺较少,高大树木后是朴素优雅的平民住房。波旁街则热闹了许多,卖T恤面具的、卖旅游纪念品的,巧克力店、香料店、餐厅、酒吧等。

街道上游人熙熙攘攘,由于主要是外地游客,也没显得黑人很多。在各小路口有街头艺人的表演:有一身涂满深色颜料的人一动不动地摆着造型的行为艺术,有穿着怪异的人在街上走来走去配合行人拍照,有街头艺人的小提琴或吉他演奏。在前边路口围着一圈人,一位一头卷曲飘逸长发的胖子在演唱意大利歌曲,上身穿着白色丝绸衬衣扎着袖口,腰间系着一条格外醒目的红色带子,下穿黄灰色的宽腿裤洒脱而随意。看起来年龄不是很大,双手捧着话筒眯着眼睛一脸陶醉地歌唱还真有点帕瓦罗蒂的范儿。旁边停一辆黑自行车,车座上有音箱,车中间挂着一块绣花的黑色三角形褡裢,上面写着"New Orleans Opera Guy(新奥尔良歌剧小伙儿)"字样,车前框上有一个三叉形图标,车把上挂着一个藤编小花篮,花篮里躺着一张小纸条,想来应该是感谢惠顾之类的话。远远地站着听了会儿,正宗美声男高音,嗓音浑厚嘹亮,一曲唱罢周围一片掌声,胖子单手抚胸躬身致谢,午后的阳光照在脸上,汗津津的红润脸庞带着羞涩的微笑。歌剧男憨厚和腼腆的外表为他赢得了更多的赞誉和认同,孩子妈动了心思要打赏,跟我要零钱,果断离开。

相对于波旁街世俗的热闹与欢愉，罗伊街则是一派典雅的艺术气息，街道两边遍布画廊、沙龙、古董店、药店和高档服装店，层次境界明显不同。来这里的金发碧眼的欧洲人很多，其中法国人占了多数。

在一家小店里吃了点炸鸡，买了几件有新奥特色的T恤。谁家店铺前一男两女在和着里面的音乐跳交谊舞，都是成年人了咋一点都不稳重。出了罗伊街再向南，沿沙特里斯街（Chartres St）朝着高高的教堂尖顶走，路过一个历史博物馆，门前回廊里摆着几尊南北战争时期的大炮，没有再进去。圣路易大教堂在杰克逊广场的南边，大教堂是一座哥特式的天主教堂，是美国最大的教堂之一。早在1718年法国人一进入这里就开始兴建，几经破坏又多次重修，这座教堂如今已成为这座城市的标志，三叉戟形尖顶直插云霄，见证着这座城市的昨天、今天和明天。照例先到里面参观一下，感觉与刚看过的另一所教堂里面还是有很大不同的，论内部装饰还是之前看过的更有特色，论外部形象则是这个更能给人视觉冲击。教堂前背靠广场有黑人爵士乐队的表演。街道上支桌摆摊的不少，很多像是印第安人，给人算命或出售一些土著风格的饰品。被铁栏围起来的广场比周边的街道要高一些，围栏上挂满了艺人的画作或怪异的面具图案。围栏里还有一个绿草茵茵的大花园，里面陈列着美国南北战争时期的大炮，中间矗立着腰挎长刀、高坐鞍桥之上的安德鲁·杰克逊的黑色雕像，战马扬蹄斗志昂扬，安德鲁·杰克逊右手执帽向他的士兵致意，目光坚毅直视前方。

/下篇/

广场前面是一条热闹的大街，几匹高头骏马拉着由鲜花装饰的观光马车招摇过市，骄阳金发雪肤白裙，马蹄嗒嗒铃声悠扬，香车美女亮瞎人眼啊！街道南面有一个露天小剧场，人群里有几个杂耍演员的表演不时引起阵阵喧闹。正是：

宝马雕车香满路。凤箫声动，玉壶光转，一夜鱼龙舞。蛾儿雪柳黄金缕，笑语盈盈暗香去。

顺着广场前的大路往东边走边看，两边店铺里售卖的多是一些有新奥特色标志的T恤、工艺品、面具和小挂饰等物品。新奥代表性的标志有三个：一是爵士乐，二是工艺面具，三是鸢尾花。鸢尾花又名蓝蝴蝶、紫蝴蝶或扁竹花，花形美丽，据说原产中国和日本。三叉的鸢尾花图案在新奥随处可见，开始还好奇它是哪个神秘教派的标志，黑色的主体圈着白边一看就让人想起宗教。了解了一下才知道，它最初来源是法国波旁家族的徽章，后来作为法国王室的象征传到了新奥，如今它甚至成为新奥的市标。的确，它也被赋予了重要的宗教意义，鸢尾花的三片花瓣象征了基督教"圣父—圣子—圣灵"三位一体的信仰体系，由于在新奥天主教徒众多，这个标志的流行也就不足为奇了。著名的新奥市美式橄榄球球队新奥尔良圣徒队（New Orleans Saints）的队标就是一枝金色黑框的鸢尾花图案。孩子妈因为看过一场美国大学的橄榄球赛，赛场上的激烈对抗给她留下了深刻印象，发现这里有一家卖圣徒队队服和纪念品商店便问起来没完，动了给孩子买上衣的心思，我一见势头不好，赶紧上前泼冷水：虽说好像在国内也见过某个仿冒服装上有这个标志，终究是太个性了，孩子哪里穿得出去；拿来收藏吧，像我们这把年纪当什么粉丝也说不出口不是。话当然没错，可孩子妈心有不甘。

经过一家城市的游客中心，铺面不大，里面有各种城市一日游二日游项目推荐，有位戴眼镜的老先生坐镇，不时有人进来询问，墙上液晶电视里滚动播放着城市各景点的宣传影片。经过一番了解，订了两张密西西比沼泽地加橡树庄园的游览票，90美元一张两个景点的套票，明天估计还要在这里住一晚，孩子妈说明天一定找家便宜旅馆，还吃什么好的。继续向前过了李将军的铜像，有个法国市场，法国市场游人很多，有点像国内旅游景点的商品大棚，几长排摊位上摆满了各种小商品，感觉熟悉又陌生，摊主竟然有说英文的亚洲面孔，也没问是不是华人。

今天基本告一段落，回去取车时找了半天停车场，累得两腿发酸，看着哪条街道边的小楼都眼熟，在刺眼的夕阳的照射下，燥热难耐。所幸我们方向感基本准确，最终找到了来时的大道。下午4点5分取车，5点40分回到了皮卡尤恩的旅馆。回来上网查了半天，没有NBA鹈鹕队的比赛，也没找到附近有什么干净又便宜的旅馆，只好又续订了一晚。孩子妈去前台办手续回来说之前多算了一项费用，一天还找回来1个多美元，又抹了点零头，明天只收了45美元。已经非常便宜了，意外之喜。美国旅馆的前台一般都有一定范围的处置权，不过走时还要记得给收拾房间的留小费。

（十三）

11日8点20分，吃完早饭后出发，9点20分再回新奥昨天来过的停车场放好车，步行去订票的服务中心。昨天最后找车那段路没有白走，今天感觉熟悉了许多，不到10点就到了地方。

昨天参加一日游只交了70美元的首付，进来又交了110美元的尾款，剩下就是等了，说是大约10点20分到门口拉人。等了会儿见没动静，耐不住想到周围走走，孩子妈懒得动地方，留在门口晒太阳望风，由她一个人更方便。穿过马路向南，转到店铺的后面，立时眼前一宽，跨过坡上几条铁轨和石子路，一条宽阔的大河横亘眼前，没想到会是它——密西西比河浩浩荡荡流过，在这儿拐了个弯。远处河面上有大型货船鸣着汽笛，黄色河水反射着上午的阳光，一片光亮。没想到美国也有泥沙含量这样高的河，与国内的黄河非常相似，可能真正的大河中下游都是如此吧。感叹了一番，回到原地车还没来，简直是浪费时间。屋里还有几个等车的老外刚被接走，看来与我们参加的不是一个项目。11点进来一个瘦高的黑人，东张西望地在屋里转了一圈又走了出去，一会儿又进来问我们是不是参观蜂蜜岛沼泽（Honey Island Swamp）和橡树胡同种植园（Oak Alley Plantation）的，终于接上头了。

接人的车是一辆很大的尖头中巴，车里很宽大。跟国内的车有所不同，控制台和按键在司机头顶，中间明显位置贴着手写花体的"Accept tips"（收取小费）"Welcome tips"（欢迎小费）字样，字母周边还画着彩色的装饰线条。美国的大货车和许多大客车基本上都是发动机前置的大鼻子车，有点像国内20世纪的绿色的解放和东风重卡。瘦高个子黑人是司机兼导游，英语发音有点怪语速还很快，听不太清楚，真怀疑英语不是他的母语。在市里边还接了几拨人，看这个样子这两个地方都不会太远。新奥市周围的沼泽地不少，沼泽地之旅在新奥西北部的凯金特（Cajun Country），只有不到一个小时的车程，据说能看到鳄鱼，很是期待。

正午12点到了地方，人们下了车在一片空地上等着，也不知道是什么情况，一会儿又来了些人，这才从办公室走出来一位络腮胡子的大叔，领着大家朝不远处的水边走去。上了一个有棚子的游船，找地方坐好，看见前边的操控台上也有"收取小费"的字条。大叔是船长兼导游，胖胖的身材，头上戴着宽檐圆帽，说话慢吞吞地喘着粗气。船一启动，一股冷风吹得人毛骨悚然，船拐进了一个河汊子，河水幽静水面无波，河道两边是红树林，树根浸泡在水中，中间杂生着各种植物，高大杉树枝条上排满一条条长短不一的垂絮，牵牵连连像灰白的干枯的乱草，增添了不少原生态的味道。这种向下垂挂的植物叫空气凤梨（Air plant），又名"老人须"，只要暴露在空气中就可以生长，在美国并不少见，这里就更是成了气候。可能是冬天的缘故，水不是很多，树上的绿叶并不茂盛，更有经年的枯木倒伏在水中，呈现几多荒凉。

船缓慢地向前行驶，不时停下来让人把思绪沉淀一下，这时间大叔拿起麦克风一句句慢慢讲他在这里的童年，他岸边简陋的小木屋，还有他经常喂食的几只小浣熊，人群中不时爆发出一阵会心的笑声。令人失望的是，没能看到传说中的短吻鳄和会游泳的野猪，看着水中一个个露头的枯树桩，眼睛都快瞪绿了，愣是一个也没有活过来。后来大叔猫腰从驾驶台下边掏出一个小家伙来，是绑着嘴的真鳄鱼，说是刚出生几天被他抓到的，让船上所有游客挨个拿着亲近了一下。温暖滑腻的皮肤，绿色无辜的眼睛，拍照是必须的。船轻轻漂荡，湖水倒映着树影、白云，远处水平面把整幅画分隔成了相同的两半，上也是蓝，下也是蓝，几只洁白的大鸟逡巡了一圈落在最高的枯枝上，安静思考鸟生过往。沼泽安静得让人忧郁。一路上大叔讲了很多，可惜没能听懂多少，冬天这片沼泽多少有点无趣。下午1点30分我们重新回到了陆上，下船时我让孩子妈给了大叔2美元小费。

橡树胡同和劳拉种植园是西边瓦切里（Vacherie）地区著名的大种植园，两个挨得很近，同在密西西比河的南岸，橡树庄园比劳拉庄园更靠西一些。要求二选其一，我们选了橡树园。一个小时后，汽车载着最后七八个人来到了橡树庄园。左侧的车窗外突然闪现出那幅熟悉的画面：在两排巨大橡树夹道的尽头，一栋白色的小楼隐藏在绿荫深处。车里的人一下子都兴奋起来，汽车并没有停留而是很快绕到了后面，后面是广阔的田野，庄园大门就在小楼的后面。司机点了一下人数后去前边买票，回来和大家约好上车时间，把票发给大家后就让我们自由行动了。

庄园里围栏圈起来的一大片范围，内有面向游客的商店、酒吧、漂亮的白色房子，也有代表过去的铁匠铺、仓库、黑奴居住的小木屋，还有大片修剪整齐的草坪、点缀其中的大橡树、一丛丛别具匠心的花坛苗圃。黑奴小屋很小，里边陈列着简单的劳作工具和一张小床，依稀可以想象十八九世纪庄园的农奴生活。最里面是庄园主的浅色法式二层楼房，走近才体会到这座宅邸的庞大。房子门廊前由28根巨大的圆形柱子撑起坡形屋顶，建筑整体造型雄伟而华贵，多角坡顶最高点有红砖砌成的烟囱，前后屋顶上有别致的老虎窗突显田园时尚，浅黄的墙壁、黑色的楼栏，色彩谐调而稳重，通体洋溢着新古典主义的建筑风格。楼后面就是那条直通密西西比河边的红砖小道，在两旁大片的绿草坪上，有28棵百年橡树，叶影错落，遮蔽了阳光，巨枝伸展搭出一个绿色的胡同。

"Alley"译作"胡同、小巷"，"Oak Alley Plantation"直译为"橡树胡同种植园"，这个大庄园即得名于此。电影《乱世佳人》和玛格丽特·米切尔（Margaret Mitchell）的原著《飘》中都提到了"十二橡树庄园"，在十二橡树庄园石碑上有一句箴言是"Don't waste time, life is time.（不要浪费光阴，生命即由时间构成）。"在一个夕阳如血的场景中，郝思嘉最后望了一眼十二橡树庄园，无言离去，她还是高高地抬着头，依然挺着胸。郝思嘉无疑是骄傲而又坚强的，但在结尾处白瑞德说了一句很坦诚很著名的话："思嘉，我从来不是那样的人，不能耐心地拾起一片碎片，把它们凑合在一起，然后对自己说这个修补好了的东西跟新的完全一样。一样东西破碎了就是破碎了——我宁愿记住它最好时的模样，而不想把它修补好，然后终生看着那些碎了的地方。"典型的完美主义者，我喜欢。客观地说，书中的十二橡树庄园只是作者虚构的，跟这里的橡树庄园没有什么关系，这里少了一种残阳的悲壮，多了一种盎然的生机。如今，以此为背景的橡木林照片成为国内外许多家庭供奉在过厅或卧室的艺术品，朝朝暮暮间引起多少对美好自然的欣赏与向往。

这座庄园建于1837–1839年。1700年，一个不知名的人在他简陋的农舍前整整齐齐种下两排28棵橡树，至今已有300多年。有着法国血统的新奥蔗糖商雅克·罗曼（Jacques Roman）后来看中这地方，在此兴建庄园，并将橡树圈进领地。他的富有和对制糖工业的兴趣为他赢得了"路易斯安那糖王"的称号，雅克的哥哥安德烈当时是路易斯安那州州长，背景深厚。建这座庄园有一种说法是为了诱使他爱好社交的年轻妻子放弃在新奥皇室街的城市生活，而甘心住在乡下的种植园里。不管怎样，雅克和新婚不久的妻子瑟琳娜·罗曼（Celina Roman）都对林后的这片家园建设投入了巨大精力和热情。据说那栋漂亮的楼房是由瑟琳娜的父亲吉尔伯特·约瑟夫·皮利（Gilbert Joseph Pilie）设计，由建筑大师乔治·斯瓦尼（George Swainy）亲自施工，历时两年完成。建成后的农庄庭院豪华，景色绝美，是新奥附近最著名的种植园豪宅，也成为庄园主及名流贵族的聚会场所。可惜好景不长，1848年雅克死于当时的不治之症肺结核，时年48岁。雅克死后，他的遗孀接管农场管理，橡树庄园起初以种植甘蔗为主要业务，但由于缺乏经验及花费无度，庄园濒临破产。后来由她唯一幸存的儿子主持庄园，由于时局动荡无力回天，庄园终于易手。那枝蔓婆娑浓绿覆地的28棵大橡树，迎来送往间始终见证着人间沧桑，在寒来暑往中不喜不悲，相伴生长。正如《飘》的英文原名——*Gone with the wind*（随风而逝）。"*Gone with the wind*"出自英国诗人欧内斯特·道森（Ernest Christopher Dowson）的诗作辛娜拉（Synara），据说

《飘》的原作者玛格丽特·米切尔很喜欢这首诗中的这句,因此把自己的作品也命名为"Gone with the wind"。我国现代作家郁达夫曾翻译过这首诗:

啊,昨宵我正吻着她的樱唇,
你的影儿来了,你口香如醴,
在芳醇和蜜吻间洒上我的灵魂;
今我又苦苦被旧情缠绕,
困倦地将头儿鞠下低低:
茜娜拉,这样我算已忠诚于你了。

终宵我心上觉得她胸前热喘微微,
终宵在我臂间,她恬恬昏睡,
虽我也知甜蜜,当我吻着她唇上的芳菲;
但我又苦苦被旧情缠绕,
当我醒来时看见了天色幽灰:
茜娜拉,这样我算已忠诚于你了。

我一切已都忘了,让它们飘散如风,
又丢了蔷薇,让它们成群儿飞荡,
我舞时想忘了你凄清如百合的花容;
但我又苦苦被旧情缠绕,
因舞蹈的时间又太悠长:
茜娜拉,这样我算已忠诚于你了。

我还须烈酒与歌舞狂欢,
但到那灯灭酒阑的时候,

你影儿来了，来占领这长夜漫漫；

今我又苦苦被旧情缠绕，

怎慰我饥唇与渴望的深愁：

茜娜拉，这样我算已忠诚于你了。

相对而言，我更喜欢下面这个版本：

辛娜拉，昨夜你的身影横在我和她的朱唇之间，

你的呼吸笼罩着我的灵魂，

不论我是在亲吻，还是在酒中留恋；

而我的心一片荒芜，以往的激情一去不复，

我垂下头：

辛娜拉，我一直用自己的方式忠诚地爱着你。

整夜，她沉浸在爱情中，

酣睡在我的怀抱里，

她的香唇红艳，热吻香甜；

而我的心一片荒芜，以往的激情一去不复，

当我醒来，我看到灰暗的黎明：

辛娜拉，我一直用自己的方式忠诚地爱着你。

很多往事我已遗失，辛娜拉，随风而逝，

我与人群狂欢，扔着玫瑰，

跳舞以忘记苍白、失落如百合般的你；

而我的心一片荒芜，以往的激情一去不复，

在这长长舞曲的每一分钟：

辛娜拉，我一直用自己的方式忠诚地爱着你。

我需要更疯狂的音乐,更浓醇的美酒,
但当宴会结束,灯火阑珊,
辛娜拉,你的身影重又到来,整个夜晚都是你的;
我的心一片荒芜,以往的激情一去不复,
我只渴望你的双唇:
辛娜拉,我一直用自己的方式忠诚地爱着你。

扯远了。总之,橡树庄园美丽而无聊。

索性走出庄园,爬上堤坡看了会儿密西西比河。大河汤汤,一扫田园的奢丽与甜蜜,使人心胸开阔。

下午4点50分,一行人乘车回转,中途经过劳拉庄园停车接人,想象着庄园高贵与没落,无法深入。我问导游两个庄园哪一个更好,他想了一下说橡树园更漂亮,劳拉园却更有趣。与橡树庄园的浪漫与辉煌的历史不同,劳拉庄园述说的是庄园主家族的商业发展史以及美国南部的黑奴日常劳作与卑微的生活。

晚上6点回到了新奥,司机挨着个送人,正好又看了一下晚上法国区的几条街道,没有想象的人多。跟司机说送我们直接去停车场,难在我们不知道那里叫什么名字,而司机的法国或西班牙音美语我们又听不太懂。庆幸的是最终说清楚听明白了,他还跟我们聊了一下没去的西班牙区。司机很爱说话，一直把我们送到停车场边上，这样的好人，当然要给小费了。回到皮卡尤恩见时间尚早，找了家沃尔玛逛了逛，买了点吃食。晚8点30分返回旅馆。

（十四）

12日，当清晨的阳光透过窗帘投射到墙上照亮整个房间，新的一天开始了。8点50分出发，向东北方向寻找布鲁克林（Brooklyn）的德·索托国家森林（De Soto National Forest）。70多英里，一个多小时的车程。较为顺利地找到了游客中心，要了地图也盖了章，周边都是林区不用特意去转了，10分钟后离开。由29号公路转15号公路南下港口城市比洛克西（Biloxi）。从比洛克西沿90号公路向东，海边风光无限。12点30分抵达湾岛国家海滨公园（Gulf Islands National Seashore），在游客中心里转了转，跟工作人员问了问情况，到后面望了望绿树和大海，没多停留。

下午1点，继续向东行驶，进入亚拉巴马州（Alabama）。这个州的州名来自印第安语，意为"我开辟的一块荒林地区"。这块地方也经历了从土著到殖民最终归于美联邦的过程，是美国传统的棉花产地，有"棉花州"之称。亚拉巴马州面积13.6万平方公里，人口486万，在全美居第二十三位，其中白人占71%，黑人占25.8%，白人有绝对的发言权，过分的是该州最高法院于2013通过法案取消黑人投票选举资格，这在当今的美国人权社会是很难想象的。亚拉巴马首府为蒙哥马利（Montgomery），州内唯一的港口城市是莫比尔（Mobile）。下午2点到了莫比尔。莫比尔南临莫比尔湾（Mobile Bay），外号杜鹃花之城，与天津是友好城市。有意思的是亚拉巴马州别称山茶花州，但是啥花也没见到。

/ 下篇 /

路过，总要近距离看一下这座城市。在导航上设定一座城市，但不知道进了城具体会导到什么位置，从以往经验来看不太像是市中心，下了大道跟着导航走，没准有小惊喜哟。这次是发现了一座气派非凡的大教堂，一看就是天主教堂，门前牌子上写着"ARCHDIOCESE OF MOBILE"（莫比尔大主教区），一定要参观一下的。在路边投币停车，进去看了一下，果然高端大气上档次，没有让人失望。取了点宣传材料继续赶路，不久进入了美国最南边的佛罗里达州，也是我们这次美国东部之行最东边的一个州。

从地图上看佛罗里达州是个手枪形的半岛，东边是大西洋，西边是墨西哥湾，面积为17万平方公里，海岸线总长13500千米，仅次于阿拉斯加州居全美第二位。人口2027万，其中65.4%是白人，总人口中很多是非裔美国人。历史上这块土地很长时间被西班牙占领，"佛罗里达"也是源于西班牙语，意为"鲜花盛开的地方"。佛州别名"阳光之州"（Sunshine State），全州大部地区是平原和湿地，平均海拔不足35米，气候温暖，河湖密布，是美国传统的农业州。目前该州的经济水平在全美可以排第四位，农业、旅游业和制造业构成该州经济的三大支柱。盛产瓜果蔬菜，柑橘产量占全国总产量的75%，蔬菜产量全国第二，畜牧业以饲养良种马著称。旅游资源丰富，自然景观有美国最大的亚热带野生动物保护地（Everglades National Park）大沼泽国家公园和有"天涯海岛"之称的基韦斯特（Key West）；人文最著名的是有全球最大的迪士尼乐园、全美第二的环球影城奥兰多环球影城、全球第二大海洋世界奥兰多海洋世界等，难得的是这三个主题公园还都在奥兰多。还值得一提的是，设在该州中东部大西洋沿岸的卡纳维拉尔角（Cape Canaveral），又名肯尼迪角的美国空军基地和肯尼迪航天发射中心，是美国首屈一指的航天港。一提这个州就让人有股探幽寻秘的兴奋。

经过彭萨科拉（Pensacola）时，看到了海军活橡树自然保护区

（Naval Live Oaks Nature Preserve）的景点标志，临时起意去看一下，今日错过恐会终身错过，看一眼少一眼吧。一旦下道，找起来还是有些难度，时间也不富裕，天气炎热，有点心急也不敢超速太多。据说在佛州超速查得紧，有一位写攻略的家伙在大沼泽自驾时，时速超了两英里竟然被隐藏的警察逮住了。上桥下桥的好在没走错，穿过一座跨海大桥，竟然又看到了湾岛国家海滨公园的标志。转到一处清静所在，路边整排的绿树，树冠都向着一个方向张牙舞爪地朝向道路的另一边，在没风的情况下看起来很奇特。找到服务管理中心，里面有点冷清，一位穿土黄色制服的瘦大妈接待了我们。大妈和蔼又有耐心，聊了会儿，她对我们此前的行程计划表示赞叹，言谈里这位也是个爱玩的人。她告诉我们从这里再往南有一条与这个半岛平行隔开的狭长的岛，两边都是海，非常漂亮。上一次她从那里回来正好是下午，阳光太强了，照坏了眼睛。她还拿出地图来指给我们看，真心感谢她的热情。

下午5点钟，时不我待，加紧赶路。根据好心大妈的指点，回头过路口，上399号公路过桥，交1美元过桥费，过了大桥就上了岛。圣塔罗萨岛（Santa Rosa Island）是一个东西方向的、长约50英里的狭长岛屿，全岛由一条公路贯穿，公路两边是一栋栋形状各异、颜色不一的楼房，真正的海景房。岛的南北很窄，透过楼房的缝隙可以看到两边的大海。长岛像是正在开发的旅游景区，主路上车不是很多，两边的楼房和道路很新，有的还正在兴建。楼房有的独立，有的连成一排，最高不过三层，一层全都用高桩柱支起来，像踩着高跷，用来防潮防湿，有的底下停着车或堆放着小艇。有的房子外形像飞碟，很酷,不知道内部空间怎样安排。房前都有自己的院落,种着绿草鲜花。外边不知谁家的两个孩子在玩滑板,楼层阳台上妈妈手扶栏杆在远远注视着,阳光洒在妈妈的脸上,洒在孩子们的身上。小岛就是一个相对独立的世外桃源,坐在小楼阳台的遮阳伞下,心情好时品一壶茶,咖啡也行,心情不好时喝一杯酒,小酌怡情,狂饮尽兴,"面朝大海,春暖花开"。神仙日子啊!

车徐徐向前,两边房屋渐少直至消失不见,路边白色的沙丘上零星有几堆深绿色的低矮灌木,路面上也开始出现白沙,在这里能再次见到白沙,令人兴奋不已。停车,脱去鞋袜,赤足在细软纯白的沙地上走一走,捏一撮细沙放在舌尖上舔一舔,幸福满满。翻过一架木栈桥,跨过几丛疯长的黄绿色野草,视线豁然开朗,眼前大片白色沙滩,沙滩尽头是无际的蓝色大海,远处海滩上有几对看海的人,夕阳照在海面上波光粼粼,照在沙丘海滩上金光灿灿。看啊:

闲在路边的椰树叶

它有一整天的时间

扬起海风吹红的脸

悄悄飞去了东南边

因为我们最浪漫的相片

我又冷落了直觉

原来冲动的情节

就是和你看海

上岸后贝角的孤单

让我快乐的不自然

离开海底的恬淡

也就懂得了心酸

害怕浪花午后的狂欢
空气忽然变的敏感
其实想法很简单
就是和你看海
……

听啊:

写信告诉我今天海是什么颜色
夜夜陪着你的海心情又如何
灰色是不想说蓝色是忧郁
而漂泊的你狂浪的心停在哪里
写信告诉我今夜你想要梦什么
梦里外的我是否都让你无从选择
我揪着一颗心整夜都闭不了眼睛
为何你明明动了情却又不靠近

听海哭的声音
叹息着谁又被伤了心却还不清醒
一定不是我至少我很冷静
可是泪水就连泪水也都不相信
听海哭的声音
这片海未免也太多情悲泣到天明
写封信给我就当最后约定
说你在离开我的时候是怎样的心情
……

也许因人烟稀少，荒芜苍凉的景象更令人心动。再往前行驶了一段便是万籁俱寂了，眼前青黛色的公路在白色的画板上画出长长的一道线，一起镶嵌在蓝灰色的大海上，左面有岸，右面无边。除了车轮轧过路面的沙沙声，就只能听到自己的心跳声，是兴奋还有对未知的一丝恐惧，仿佛我们行驶在与世隔绝的空间里。突然在右前方一片白沙上出现了一个巨大标牌，几根高高的木桩上钉着大小两块棕褐色长条牌匾，上下排分别写着："Santa Rosa Area"（圣罗沙地区）和"Gulf Islands National Seashore"（海湾岛国家海滨公园），在后面的白沙地上拉出几个长长斜斜的影子。如来佛的手指吗？难道真到了天涯海角？拍张照吧，我们来过了，迎着夕阳悄悄地睁开眼睛。再向前一段，楼房渐渐又多了起来，而且是高楼大厦的旅游居住区，我们又入世了。经过一个红绿灯路口，前边的路不再是平整的沥青路面。从地图上看，往前走还有很长一段，顺着岛应该可以回到大陆，但时近6点30分，天色已晚加上前路不明，终是不敢再深入。

　　重新回到路口，沿399号公路转而北上。又是一条长长的跨海大道，偶尔有一辆车从我们身边呼啸而过。夕阳已是降到眼睛的高度，没有了刺眼的锋芒，橘红色的圆日染红了云霞，美丽动人。咦，下边的海水是什么颜色啊？！是一种从未见过的粉色。如果说左边的大海是在深色的基底上添加了一层淡淡的粉色，那么右边的海面则呈现出更纯正的粉红色，是红与白的融合。粉红色的大海怪异而瑰丽，岸边的灯塔、树木只剩下黑色的剪影，安然耸立。我猜想大面积的粉色可能跟海底的白沙有关，近海的白沙映衬落日余晖应该就是这个效果吧。随着太阳的颜色由玫瑰变成胭脂，海水也由蔷薇变成了丁香，奇幻的

色彩浓淡不一，变化无常，让人久久伫立不忍离去，这是今天的意外收获。当太阳钻进云层，天光暗淡，世间万物刹那失去迷人的色彩，美好的一切都是如此短暂，孩子妈又在车上催了。

下面的路交给导航，向东再向北，穿城过县转上10号公路，黑灯瞎火一路向东，又跨了一个时区，晚上9点40分到达佛罗里达州首府塔拉哈西（Tallahassee）投宿。一天跑了420英里。旅馆是一栋西班牙式的建筑，外观很漂亮，内饰一般，所以有人评价它也就是外观值得称道。

（十五）

塔拉哈西面积268平方公里，人口19万，佛罗里达州西北部地区最大城市，政治和文化中心，农业、贸易发达，是佛罗里达州立大学（Florida State University）所在地。塔拉哈西源于印第安阿巴拉契人（Apalachee）的穆斯科格语（Muskogean），是"老城区"的意思，据此可以远眺"鲜花盛开"的佛罗里达。时至今日，塔市的老市区仍然是塔拉哈西人生活工作的中心，州政府办公区、州议会大厦都坐落在这里。塔市气候温暖四季分明，这点与佛州大多数城市不同，近年来曾被评为"全美最适宜居住城市"之一、"全美最佳适宜投资城市"之一、"全美最佳公共市政设施城市"之一等。佛罗里达州立大学1851年建校，历史悠久，在所有公立大学中排名四十三，目前拥有16个独立学院和110多个中心、实验室或研究机构，有来自不同国家和地区的超过40000名学生，1800多位教职员工中有5位诺贝尔奖获得者及8名美国科学院院士。该校还拥有美国国家高磁场实验室、天文馆、广播电视、美术馆、博物馆、海洋研究中心等教学资源，被卡耐基教学促进基金会（Carnegie Foundation for the Advancement of Teaching）评为高水平研究型大学。大学体育也是搞得风风火火，篮球馆、保龄球馆、游泳池馆、田径场、网球场、橄榄球场和高尔夫球场等一应俱全，体育人才辈出。

13日，晴。早晨起来围着饭店转了转，的确很漂亮。红色的外墙楼建成了一个圈，廊檐下有铁制的小桌和座椅，中心有喷泉花坛，还有一个蓄满清水的游泳池。轻风吹过花枝摇动，朝阳洒在花坛西边的地面和墙上，喷泉飒飒静静流淌，空气清新春光明媚。

今天开始要南下佛罗里达半岛，我们的规划是从半岛西缘沿海南下，然后再从东边沿海绕上去，做一个环岛旅行，重点是南端的大沼泽国家公园和美国之角基韦斯特。8点50分退了房，先到主城区找了一下州政府。政府大楼离我们住的旅馆很近，是一栋尖顶的大厦，紧挨着办公大楼，对于见惯了大阵仗的我等来说并不突出。在周边转了会儿也没找到停车位，拉倒吧。穿街过巷排队行车，也不敢停留。

很快又找到了佛罗里达州立大学，当然得见识一下。学校是典型的无围墙美式大学，从导航上看已是进入学区，实际跟周边其他市区区别不是很大，也没看到有什么突出的建筑或标志。在里边转了两圈，有点失望，怎就不像传说的那么风光，如同这座城市一样看不出更多的时尚，可能只是看了某个学院的一角吧。

9点40分，去西南边的阿巴拉契科拉国家森林（Apalachicola National Forest）。这次又上了导航的当，没多久给导到了一个前不着村后不着店的地方，不像有办公地点或服务中心的意思。顺着路继续向前吧，反正是林区里边，至于找到找不到也不重要了，原路返回不现实，估计要多绕不少路了。林中公路略显单调，好在转上65号公路向南，两边风景变化，草地、小桥、河水、湖泊、高大的椰树，只要发现合适的观察和取景角度，即时停车赏鉴拍照。

将近12点，我们终于走出了林区，插到了墨西哥沿岸的98号公路，眼前豁然开朗，我们再次看到了墨西哥湾。墨西哥湾涌动着黄色的浪潮，泥沙根块淤积在岸边，转角处一片肮脏杂乱，几只白色的水鸟在泥滩上轻盈地走来走去，在沙地上寻找可口的虾贝和沙砾，随着潮起潮落后退前进，小心地不让海水沾湿一双小脚。远处有大面积的黄色滩涂平滑地曲向延伸，几棵死掉的枯树向大海伸展着黄褐色的光秃枝干，顽强的造型平添几多苍凉与悲壮。滚滚黄流翻滚着白色的浪花，令人敬畏。与右边的颜色形成鲜明对比的，是公路左边坡地上树木枝干舒展，小草绿意盎然。98号公路东行的一段沿着海岸，大海或近或远，路边的高脚楼一会儿在左一会儿又在右。阳光透过高大的杉树枝叶缝隙从上方洒落，眼前的道路明暗交替弯转向前。海风一掠而过楼脚木桩，吹低了杂乱的荒草，穿过半开的车窗吹拂在我们的身上，吹进我们的心田。大海波光闪烁，海景洋楼颜色变换，赏心悦目。

墨西哥湾总面积约155万平方公里，通过佛罗里达半岛和古巴岛之间的佛罗里达海峡（Florida Strait）与大西洋相连，并经由墨西哥的尤卡坦半岛（Yucatán Peninsula）和古巴之间的尤卡坦海峡（Yucatan Channel），与加勒比海（Caribbean Sea）相通。海湾沿岸曲折多浅湾，沙质海岸有一系列沼泽、浅滩、沙洲、沙堤、潟湖和浅湾，海底有大陆架，密西西比河携带大量泥沙注入墨西哥湾，形成了巨大的河口三角洲。墨西哥湾独特的位置及美洲东海岸大陆轮廓，使北赤道洋流和圭亚那暖流汇聚于加勒比海和墨西哥湾，赤道附近的东北、东南信风吹来的大西洋暖水，促使大量暖流在此聚集而形成一个"蓄热水库"；加勒比海暖流还穿过尤卡坦海峡流入墨西哥湾中形成顺时针洋流，加上密西西比河水的注入最终使墨西哥湾海面抬升，水位增高并超过了大西洋增加了暖流的动能，最终成为著名的墨西哥湾暖流的发源地。温热的海水从墨西哥湾流出，经佛罗里达海峡进入大西洋，沿北美东海岸北上，在大约北纬40度，西经30度左右的地方分成两股分支，北分支跨入欧洲的海域，横贯大西洋至欧洲西北沿岸成为北大西洋暖流，最后穿过挪威海进入北冰洋的暖流系统；南分支经由西非重新回到赤道。这股来自热带的暖流对北美东岸和西欧气候产生重大影响，它使北美洲原本冰冷的地区变得温暖适合居住，也使西北欧地区的气候变得温暖湿润冬无严寒。

墨西哥湾暖流简称是世界第一大暖流。它长3700千米，表层宽100千米，深800—1200米，最大流速每小时9000米，总流量每秒3000—15000万立方米，约等于世界河流流量总和的20倍。湾流表水年均温为25℃—26℃，比同纬度大西洋的水温高2℃—3℃，佛罗里达海岸的部分，被称为佛罗里达电流。高水温也是产生飓风的温床，美国几次破坏巨大的飓风都是从墨西哥湾吹到内陆地区的。除了天灾还有人祸：2010年4月20日，英国石油公司租赁的深水地平线（Deepwater Horizon）海上石油钻井平台在路易斯安那州附近的墨西哥湾水域发生爆炸并沉没，导致11名工作人员死亡并出现大量原油泄漏。原油漂浮带长200千米，宽100千米，使墨西哥湾沿岸1000英里长的湿地和海滩被毁，渔业受损，某些沿岸地区生态环境遭遇"灭顶之灾"，奥巴马政府执政能力一度受到质疑。这场由一个甲烷气泡引发的爆炸，成为美国历史上最严重的漏油事故，并演变成美国历来最严重的原油泄漏灾难。

"深水地平线"钻井平台位于墨西哥湾的美国路易斯安那州新奥尔良东南方向的海上，说起这个钻井平台的来历可是相当复杂。它是美国开放深海采油后，2001年由韩国现代重工业公司造船厂建成，属总部位于瑞士的越洋钻探公司拥有，由英国石油公司租赁并投资开采的钻井平台。泄漏发生后，美国政府与英国石油公司先后进行

过火攻法、化学分解、围栏沙坝、人工岛、引流法、干草吸附法、虹吸法、灭顶法和"小金钟罩"等方法，均收效甚微或无果而终，不得已有关方面想出了在网上征集方法的高招。在近7800条来自全世界网民的建议中，最奇特的方法还有"核爆法"和制作长宽2英里的蜂窝水泥大盘法，也没勇气尝试一下，人们还在焦急地等待着试验结果呢。10多个国家和国际组织参与了救援，其中敌对国伊朗也提供了打减压井防止泄漏的技术，挪威的一个石油公司还提供了除油剂和设备。经过近3个月的艰苦努力，2010年7月15日，英国石油公司终于宣布新的控油装置已成功罩住水下漏油点，"再无原油流入墨西哥湾了"。这家倒霉公司前期已经投入了1亿美元，事故发生后又耗费了10亿美元补救，之后还要面临着对周边的巨额赔付。当然他也打官司指控平台拥有者瑞士的越洋钻探公司（Transocean）和负责油井加固的美国的哈利伯顿公司（Halliburton）共同承担责任及费用，不过英国石油公司也同意拿出200亿美元设立赔偿受损的民众基金。说不定跨国公司也要荣辱与共嘛。

"深水地平线"事故是历史上首次发生在超过500米以上深海的原油泄漏，与海面航行的大油轮漏油相比，其危害更大、更隐蔽。美国一家资产管理公司的投资顾问戴维·科托克（David Kotok）悲观地认为，清理泄漏的油污工作将耗费10年的时间，造成的经济损失将达数千亿美元。事实上，这个石油"最后的疯狂"所造成的环境牺牲的代价是无法用金钱来估量的。

沿98号公路环墨西哥湾向东，感觉这一片墨西哥湾更为真实，它应该就是这个样子——黄色的海水如同墨西哥人的脸、草帽、土地、玉米、土豆……在佩里（Perry），98号、19号、221号公路三线合一，顺势南下。车速不快，穿行中再见不到海，天也阴沉下来。

下午3点30分左右，在霍莫萨萨斯普林斯（Homosassa Springs）发现一处漂亮所在，路口花坛上有一组黑色的马拉洋车雕塑，周围有小湖，湖水清澈石路环绕，绿柳垂浮翠堤春晓，慢坡起伏琪花瑶草。忍不住要玩赏一番，于是把车又开回来，从小路口拐了进去。虽说到处是人工的痕迹，但也的确美丽，整洁的道路两边都是草坪绿地，在阴天里呈现着寂静和忧郁的气质。当看到有白色小车在草地上开行，才意识到这片区域原来是高尔夫球场。再往里走，路两边出现了成片的风格统一且式样各异的花园洋房，偶尔有人车出入，不禁感叹能生活在这里的人该是何等荣幸啊，估计都得是俊男靓女才行，不然都不好意思出来。

　　没时间多感慨，还是赶路要紧。今天晚间要赶到迈尔斯堡（Fort Myers），天到这般时候还没走完一半。19号公路更靠近海边，不过红绿灯路口多限速低，没办法只得向东转行大路。穿行在乡间小路，随处可能有田园、树影和小屋闯入视野，藏在乡野的浓荫小院随时可能给你惊喜。可惜没有时间细细观赏，也许从眼前匆匆闪过的景色才是最美的风景。乡下的天黑得更早些吧，转瞬间已失去了阳光下的靓丽色彩，很遗憾我们没能坚持在19号公路或更近海边的地方边走边看，遗憾我们没能在意外发现的挚爱田园中任性赏玩，就让遗憾也成为一种别样美丽的记忆吧。转上75号公路眼界大开，车速快了很多，在行驶中天不知不觉黑了下来，从坦帕（Tampa）外围绕城而过，也无法领略坦帕湾（Tampa Bay）真容。没有了风景，路途上兴味索然，只盼早到早安生。晚上8点40分，终于抵达位于迈尔斯堡的旅店。

（十六）

　　迈尔斯堡位于卡卢萨哈奇（Caloosahatchee）的河口要地，扼守西边通往大西洋水道的咽喉。它是一座只有6万多人口的旅游文化小城，而自19世纪初起，各色名人和富豪纷纷来到此及其周边地区参观或定居，其中尤为著名的是大发明家托马斯·爱迪生（Thomas Alva Edison）和汽车大王亨利·福特（Henry Ford）。爱迪生在卡卢萨哈奇运河（Caloosahatchee Canal）与麦克格雷戈大道（McGregor Blvd）之间建造了自己的住宅、实验室和植物园，在旧街两旁种上了高大的棕榈树，后来还说服了他的朋友福特搬到隔壁做他的邻居。如今爱迪生的塞米诺尔小屋（Seminole Lodge）和老福特的杧果（The Mangoes）两座宅邸合并在一起建成了一家博物馆——爱迪生—福特冬宅（Edison and Ford Winter Estates），作为文化遗迹对外开放供后人参观，卡卢萨哈奇河南岸的麦克格雷戈大道也成了小城最著名的滨江大道，而道边庄严的皇家棕榈见证了那段历史的过往。每年2月都会在这里举办爱迪生灯会节（Edison Festival of Light Pageant）庆祝他的生日（1847年2月11日），以感谢他对这座小城所做出的贡献。

  14日，阴。旅馆有免费早餐，餐厅有各种别具匠心的小装饰，图案丰富色彩艳丽，两面墙上都有大大的玻璃窗，红色的褶皱窗帘遮挡了上半边，坐在小桌前一边喝着咖啡一边透过格子窗看窗外的行人走过，充满异国情调。这里面的装饰是西班牙风格吗？回去拿相机偷拍了几张。吃的东西不少，还能自己动手做：把调好的半成品面糊倒进模子饼铛，调好开关几分钟就好，新鲜出炉的花形小饼热热地散发着鸡蛋和奶香，一定多做几锅留着路上吃。收拾东西退房，院子里已经有工人在忙着修剪树木，吊斗车升降臂举得高高的，工人藏在一棵高大的棕榈树冠的大叶子里，绿荫中不时传过嘎嘎的电锯声，让人看了忍不住发笑。

  之前没做功课，对迈尔斯堡并不是很了解，如果知道这些还真要去看看两位名人的冬宫。9点30分出发，路上车不少。

  沿41号公路南下那不勒斯（Naples），这座城市与意大利的Napoli的英文拼写相同，中文都翻译成那不勒斯，虽远没有意大利的城市名气大，但却有墨西哥湾沿岸佛罗里达天堂海岸（Paradise Coast）边的

/ 下篇 /

白色海滩。从这里折向东南,横穿半岛,天开始下起小雨。11点到大柏树国家保护地（Big Cypress National Preserve）的大柏树沼泽欢迎中心（Big Cypress Swamp Welcome Center）。中心离公路很近,前面是大片的绿草地,当然也少不了大叶子的棕榈树。办公区后面有一条木栈道,走在上面向南方瞭望,一条小河在这里转了一个弯,河道两边覆盖着茂密的水生植物。湿地河汊里生活着各类的水鸟和珍惜的小动物。因为地方不大,后边还有重头戏,简单地转了转盖了个章,也没耽搁多久就继续向东了。前行不久,经过大柏树绿洲游客中心,照例要看看。中心范围不大,屋里是一些图片及动物标本展示,外面有绿地和围栏,空气清新而湿润。

一路分不清的棕榈树、椰子树、芭蕉树,巨叶摇摆绿影浮动,热带花草繁茂。路边有不少的花草种植园,看得出这也是当地农民的主要营生,在"鲜花盛开的地方"哪儿能没有花。正午时分,上997号公路南下霍姆斯特德（Homestead）。霍姆斯特德是佛罗里达半岛最南边的一座城市,城区面积14.4平方公里,人口6万出头。据说在修建佛罗里达东海岸向南延伸的铁路时,发现这里有一片没主的宅地,施工营地当时也没有一个特定的名字,工程师们干脆把这一片就叫"霍姆斯特德",小城因此得名。"Homestead"这个词可译作"宅地、农场、家园"的意思,住在这里可谓应景。今晚我们的旅馆就订在了这里,不过时间尚早,先要穿城而过了。这座城市的座右铭就是：Gateway to Everglades & Biscayne National Parks & Discover The Opportunities（通往沼泽地和比斯坎国家公园并发现机遇的入口）。

细雨不停,下午2点40分我们抵达了大沼泽国家公园东入口。南佛州有三个国家公园,从东北到西南依次是：比斯坎国家公园、大沼泽国家公园和海龟国家公园（Dry Tortugas National Park）,它们一个比一个有特点,一个比一个水多,一个比一个好看,大沼泽是名气最大的一个。

173

大沼泽国家公园建于1947年，位于佛罗里达半岛的南端，面积约6105平方公里（151万英亩），占美国南部原始沼泽地的20%，是美国本土最大的热带野生动物保护地，被联合国教科文组织（UNESCO）宣布为国际生物圈保护区，并进入了世界遗产名录和国际重要湿地名录。这里保护了大量的珍惜或濒危物种，其中有包括佛罗里达山狮、美洲豹和西印度海牛在内的40种哺乳动物，有包括绿海龟、玳瑁、美洲鳄和响尾蛇在内的50种爬行动物，300种淡水和海水鱼。这里也是北美最重要的涉水鸟繁殖地，有苍鹭、白鹭、朱鹭、粉红琵鹭、棕鹈鹕、火烈鸟等350种鸟类。这里还有西半球最大的红树林，对保护北美洲生态系统稳定起到了重要作用。大沼泽地区是热带草原和热带季风气候，一年分干湿两季，降水充沛草木繁茂。沼泽地地表300米下蓄水层是南佛罗里达最主要的淡水资源，因此还被称为佛罗里达水库。

大沼泽有三个入口：北入口鲨鱼谷（Shark Valley）在米科苏基印第安村庄（Miccosukee Indian Village）附近，西入口海湾沿岸在半岛西海岸的大沼泽地城，东入口欧内斯特科（Ernest Coe）在沼泽地鳄鱼农场（Everglades Alligator Farm）附近的9336公路上。相对来说西入口适合乘船，北入口深入沼泽不多，东入口离大沼泽腹地最近，是主入口，也是最适合自驾的入口。霍姆斯特德离这里才10多英里，半小时的车程，如果下午时间不够，明天还可以再来，这也是我们把旅馆订在这座小城的主要原因。

从入口处领了张地图，正式进了公园。9336公路是这里唯一的一条公路，问了下工作人员说最后还要原路返回，倒也不用担心走错。这条东北—西南向的窄道长38英里，从入口一直延伸到半岛南边的大海，各主要的观景点都分布在这条路的两边。路上没有几辆车，时急时缓的雨把略为破损的路面冲刷得露出斑驳的白色，两边到处是大片高高厚厚的茂密草甸。根据资料显示，大沼泽中央是一条浅水河，河水深不及膝，但流域广阔支网密布，数不清的小岛和低塘星罗棋布。这条河发源自奥基乔比湖（Lake Okeechobee），河水以每天400米的速度缓慢汇聚到这里。黄绿色、粉红色、灰棕色的莎草交替变换着色彩，草丛下，水色深深，静静流淌。谁能想象在这寂静的滩涂和水下有多少生命在孕育生长，又有多少生命在物竞天择的自然法则下黯然逝去。一只白色的水鸟缩着头一动不动地立在莎草间，在雨中思考着生命意义的真谛。

草原上的树木时疏时密，有一片片的红树林，也有一棵棵的松柏和杉树，而最为奇特的是一种灰白色的树，树不高大，形似柏树，没有树叶只有向斜上的枝杈，全身都是灰白色。有一段路，两边这种树很多，一排排一列列的白树让人惊异。开始以为是干枯的死树，看得多了又有些怀疑。实在好奇，停下车走到跟前，折下一节细看似乎也有水分，不过下雨天也分辨不出死活来，于是想着到服务中心一定问问工作人员。可惜的是最终还是忘了请教，回来后也没查到相关的资料，说不定真是死树呢，成片地死去还保持着原有的形态，大大小小的，我的天啊！

不知道是季节不对还是天公不作美，像山猫、负鼠、浣熊、臭鼬、水獭、沼泽兔、乌龟、鳄鱼这些可爱的小动物们一概不见，更别说豺狼虎豹这种大家伙，夏天那次来也是，跑了那么多国家公园，就是没见到狗熊，真是与动物无缘。要说看得最多的动物非鸟莫属了：有远在天边的，成群结队在阴沉的高空盘旋不下，猜是美国的秃鹰；也有近在眼前的，在湖边的草丛外，时而昂头呆立时而低头沉思，对靠近的人类毫不在意，应该是白鹭；一棵高大的死树只剩下向上伸展的灰白的枝干突兀独立在一片暗绿丛中，枝杈稀疏的顶上有一个巨大的鸟巢，有两只黑色的大乌鸦停在上面休息，远远看去，枯树在铅灰色的空寂苍穹下像一束巨大的花，生与死在这里都不再重要，整个场景像一幅色调和谐的黑白寓言照片。沼泽地的蚊子超多，奋不顾身地往人身上撞，拍死了不算是破坏生态环境吧。

936号公路的终点是火烈鸟游客中心（Flamingo Visitor Center），广场前一大片人工绿地，翠绿的草坪上有成排的大橡树。停车场上停了不少车辆，有厢式房车，也有后面还拖着颜色鲜亮小艇的皮卡，美国人是很爱玩也很会玩的。服务中心里人不少，跟工作人员简单问了问情况，公园有坐船游览的项目，不过雨天船是不开的。站在二楼眺望大海，雨点零星坠落灰暗的海水，佛罗里达湾平静得更像一个大湖，红树林暗绿色的叶子遮蔽了湖岸。

歇了一下脚，我们开始往回走。时间还早，来时中途没有停留，回去时见到景点路标都进去看一下。岔路不多，里面也都不深，每一处也都值得看看，尤其是有一片红树林，钻在里边可以走半天，木栈道曲曲折折，里面是光线暗淡，横生错长的枝干密不透风，光滑裸露的根纠缠在一起浸泡在水中，这是另类的恐怖森林啊！

有步行的景点只能放弃了。掠过窗外辽阔的水上草原，不见有明显深入的路径，估计也不会允许一般游人进入，那里自然是留给科学家们的神秘宝库，凡人只能在纪录片才能有幸得见了。感觉大沼泽没有想象的神奇，想来跟它腹地深处不能为外人打扰有一定关系吧。也许它更好，可惜没见到，嘿嘿！看来明天也没必要在这里再花时间了。17点20分回到入口，18点30分找到了霍姆斯特德旅馆，雨越下越大。旅店就在路边，门面不大，前台是一个印巴妇女当家，分配给我们的是一楼一个窄长的房间，屋小还算干净，红色的内墙，头上是斜顶，前后都有门，可以穿过房间到后院，真是别致得很，今明两天都要住这里。明天就要去美国之角基韦斯特（Key West）了，"西边的钥匙"，等着我来拿啊！那啥，心跳得有点快。

（十七）

15日，雨。早起到前台倒了杯咖啡，早饭只能自己解决。雨下了一夜，早晨的大雨似乎更大了些，有点让人担心今天的行程。再来杯咖啡，增加点信心。

9点10分，出发，雨势渐停。先不忙着南下，向西边寻找佛州的另一个国家公园比斯坎国家公园。比斯坎国家公园距离很近，20多英里半个多小时的车程。根据路标的指示，沿着一条绿枝夹道的小路开进去，有点出乎预料的是公园只是以游客中心为主的一小片，公园尽头是大海，可以放眼瞭望比斯坎湾（Biscayne Bay）。公园里人不是很多，雨中的比斯坎湾像一个大湖，安静水面下暗流涌动。跟工作人员了解了一下才知道，公园绝大部分是水面，如果想进一步领略比斯坎湾需要坐船游览。美国大妈说比斯坎公园95%是水，这里是公园唯一的一段公路，再要深入就得乘船下海了，不过公园只有一艘小船，一天一班，一次只能带6个人，而且今天下雨不出海，明后天是周六周日，也停运，总之就是别指望了。不过她又推荐了一家有类似游艇的公园，看我们想去她还热心地打电话问了一下，结果同样因为下雨不行，她让我们去基拉戈（Key Largo）问问。实际上拉戈岛与基韦斯特在同一岛链上，整个东北—西南走向的岛就是一把长钥匙。临行前大妈还给我们指了一条登岛的近路。

10点10分,我们离开公园,向佛罗里达半岛的最南端前进,基韦斯特我们来了。没走好心大妈指给我们的路,因为我有1号公路情结。转上美国1号公路南下,雨中的公路、小河以及河边的绿草,河对岸上水生植物纠结缠绕成一堵密不透风的绿墙,佛州风景无处不佳。停下来,静静站一站,让雨滴沾染发丝、眉梢,让细草上的露水打湿鞋面、裤角,木然由心,呆立畅想。顺着1号公路穿过狭窄的连接陆地,经过跨海大桥,我们直登"钥匙把"。从桥上到岛上,大雨倾盆而下,这是它给闯入者的见面礼。

在暴雨中我们先向南找了一下约翰彭南坎普珊瑚礁国家公园(John Pennenkamp Coral Reef State Park)。许是对我们无可奈何了,随着时间的推移,雨势小了很多,道路逐渐清晰起来。11点30分,我们找到了这家州立公园。没有进园,只在门口的游客中心询问了一下,看看有没有出海的船,结果令人失望。我只能在心里想象一下玻璃底船上的美妙风景:阳光下清澈的水底中,一丛丛像形状各异的树一样的珊瑚礁,一缕缕水草在那轻柔地摆来摆去,成群的鱼儿步调一致地自游穿梭……广阔的大海蕴孕着无数神奇的生物。水面上湛蓝的天穹与无边的海水连成一片,蜿蜒的海岸线上一片片红树林盎然生机,此情此景光是想想就令人神往。

为了弥补此次遗憾,我们决定先沿905号公路向北行,到北拉戈岛的最北边,然后回过头,往南行,直到最南端,誓要把"大钥匙"走上一遍。不过,这个狭长的离岛只有一条主路贯穿南北,道路两边的树木又影响了视线,因而在绿树胡同里只能一心向前。905号公路尽头是基拉戈国家重点植物园（Key Largo Hammock State Botanical Site）公园及一家私人俱乐部，我们没进公园，就此打住。12点10分继续南下，查了一下导航，从这里到基韦斯特岛大概102英里，按限速45—55英里每小时算的话，大约需要两个半小时。

不过，越往南走，风景越是赏心悦目。穿过一座长桥，左岸出现了一片青绿色的海，我们停车近前细看：海水的颜色是我没有见过的一种绿松石色，不知道它叫粉绿还是玉色，总之要比碧绿偏蓝，又比湖蓝偏绿，是一种白绿蓝的完美结合。风把海水吹得波浪翻涌，鸥鸟摇动白色的翅膀在雨中翱翔，远处有彩色的帆船"随波逐流"，岸边一排白色的游船又在那跳动不止，几只褐色的大鹈鹕蹲在木桩顶上，冷眼看着周边的一切，半透明的大海散发着奇异的吸引力……令人流连忘返。

长短不一的42座桥把大大小小的32座小岛连成一体，便构成了佛州南部边缘的整座离岛，它们延绵伸向大海。这些大桥或长或短或弯折或起伏，行驶其中，两边都是茫茫大海，像在水上滑行。在马拉松附近有一座七英里大桥（Seven Mile Bridge）最为著名，长长的大桥完全凌空在海上，非常壮观，在大桥上疾驰，能体会凌空飞渡、御风而行的感觉。1993年，阿诺德·施瓦辛格（Arnold Schwarzenegger）拍摄的电影《真实的谎言》（*True Lies*）就在这里取过景。

雨时大时小，仿佛专门要与远来的游客作对，每次过桥几乎都是狂风骤雨，通过后就风轻雨疏。而等又上另一座大桥时，又天昏地暗，大雨滂沱，车窗前白蒙蒙一片，使人分不清黑与白，即使把雨刷打到最快，还是看不清车头。减速，打开车大灯，这不是为了照亮，而是给后面的司机提个醒，雨中行驶，安全为上啊！大雨猛烈地拍打着车顶、车窗，雨声响成一处。"不会下雹子了吧？"孩子妈叨了一句。

我进退两难啊，停下来不走怕被别人撞，勉强向前又怕自己跑偏。最终决定跟着感觉走，缓慢前行。大桥长得没完没了，让人心急火燎，怎么别人上桥心情愉快，风和日丽，我们却如此艰难啊！坚持才能迎来曙光,加油!忽然,前面出现了两点红光,有了这两点红光引路,视野似乎清晰了一些,外面的声音也小了,是真的雨小了。前面的天空亮了,等下了桥,只有零星的雨点飘落,孩子妈看了一眼路标后告诉我,这就是七英里大桥。

桥过得如此惊心动魄绝对"独一无二"。当然大小不一的小岛上完全是另一番景象。大一点的岛就是一个旅游小镇,商店、海洋馆、公园、旅店、游船一应俱全设施完备,小岛就更让人喜欢了,随时有观景台,供游人停车看海。大海已经变换了颜色,淡蓝色的海水泛着绿色,岸边及近岸上,布满成片的红树林,高大的跨海电缆线杆半截都浸泡在水中,长长的高架大桥蜿蜒伸向彼岸。在一个观景通道上,搭了一个绿色走廊,几棵大棕榈树迎门而立,招牌上写着"Key West Most Beautiful Park"(基韦斯特最美公园)。不管它是否有夸大的成分,这大海、绿荫、花朵、栈桥、石凳,阳光或者细雨的组合,怎么说都不会让人失望。有一首歌只看词不要想曲,还是有点感觉的:

跟着感觉走,紧抓住梦的手
脚步越来越轻越来越快活
尽情挥洒自己的笑容
爱情会在任何地方留我

跟着感觉走,紧抓住梦的手
蓝天越来越近越来越温柔
心情就像风一样自由
突然发现一个完全不同的我

跟着感觉走,让它带着我
希望就在不远处等着我

/下篇/

跟着感觉走，让它带着我
梦想的事那里都会有
……

下午3点30分，我们终于登上了美国西南端的基韦斯特岛。没想到这里会这么热闹，穿行在密集的车流中，看着街上林立的店铺和人来人往，还真有点不知所措。这里没有雨，这里风和日丽。

基韦斯特岛又名"西礁岛"，它是美国最南边的城市，占地面积19平方公里，常住人口不足3万。历史上这块地方是在克里斯托弗·哥伦布（Christopher Columbus）发现美洲后才发现的，后来它成为西班牙的殖民地，西班牙人管它叫"骨礁"，音译Key West。据说岛上原来散落着许多骨头，是土著居民的公共墓地。这里是墨西哥湾与大西洋的分界点，最南端距离古巴的首都哈瓦那（La Habana）只有86.99英里，相当于140千米。约翰·肯尼迪（John F. Kennedy）当政时在他反对菲德尔·卡斯特罗（Fidel Castro）的一次演讲中就有"距古巴90英里"的词句，如今在白头街（Whitehead Street）尽头海边上还有一个红黑黄三色的水泥浮标写着"90 miles to Cuba"（距古巴90英里），这也成为旅客拍照的一景。

西礁岛是一个充满活力的小岛，平均气温在25℃以上，热带岛屿风情十足，在这一片礁岛群中，可以看到原始的珊瑚礁和丰富的海洋生物。这里的水面上是最适合冲浪、划艇、帆船、海钓、潜水等水上运动，是海上运动爱好者的天堂。岛上有商店、酒店、咖啡馆、学校和各种博物馆，旅游服务发达，基维斯特的座右铭是"One Human Family"（一个人类的家庭）。这里的马洛里广场（Mallory Square）被誉为是佛罗里达州最好的"日落广场"，到了日落时分，人们乘坐帆船出海等待日落，参加日落庆典，大海、落日、帆船、海鸟形成了一幅幅完美的画面。这里也曾吸引许多名人在此定居，在白头街上有一座漂亮的西班牙式的庭院建筑，它就是美国作家、诺贝尔文学奖获得者欧内斯特·米勒尔·海明威（Ernest Miller Hemingway）的故居。20世纪二三十年代海明威和他的第二任妻子宝琳·费孚（Pauline Pfeiffer）在这里度过了一段幸福宁静的田园生活。此后他还时常在这里居住，并在这里诞生了《永别了，武器》（A Farewell to Arms）、《乞力马扎罗的雪》（The Snows of Kilimanjaro）、《有钱人与没钱人》（To Have and Have Not）、《丧钟为谁而鸣》（For Whom the Bell Tolls）等名著，海边灯塔的光亮为醉酒后的海明威指引着回家的路，也为他的写作提供了灵感。而如今这里已经成为对大众开放的博物馆，在院子的各个角落里还随处可见海明威所钟爱的六趾猫咪。海明威曾在遗嘱中对这些猫做了安排，它们是这里真正的"主人"，因此人们把它们称作"海明威猫"。

有人说西礁岛是一本关于疯狂与文雅的书，多样而疯狂的水上活动、慢慢沉入海中的夕阳、值得纪念的美国之角、富有文学气息的文人故居、以自由精神闻名的狂欢活动，等等，众多因素吸引着万千游客来到这里。这里总是充满惊喜，狂欢不需要借口，这里一年四季节日不断，比如：1月的年度文学研讨会，7月的美国国庆和海明威纪念日活动，8月的西礁岛龙虾盛典，9月的西礁岛啤酒节，10月的西礁岛居民裸体狂欢节，等等。

我们穿行在西礁岛的大街小巷，陌生而随意，与城市的卡通小火车擦身而过，一直走到路的尽头。冲过及膝的积水，伫立在铁栏前的大雨中，看着淡蓝色的大海翻涌着黄白色的浪花，不由想起海明威的

《老人与海》(The Old Man and the Sea)。《老人与海》是1951年他在隔海相望的古巴定居时创作的作品,作品中的老人苍老孤独而奋斗不息,只有在这里才能更深切地体会出人性中那种默默洋溢着的、闪闪发光,但瞬间即逝的精神力量。由于事先没查清楚地址,我们最终错过了海明威,也错过了其他一些重要的景点,但正因如此才能没有成见地收获一些平民的感受。我们彻底走完了美国No.1公路,路的尽头还会有路。

由于天气的原因,我们也无法领略佛州第三个国家公园海龟国家公园。海龟国家公园在西礁岛西方约70英里的大海中,248.8平方公里区域中99%以上是水面,公园陆地由7座珊瑚礁岛组成,这串美丽的珍珠啊!遗憾在所难免,期盼下次我们有缘。

下午4点30分我们离开了西礁岛,不再想着它喧闹的街道和街边的小酒馆,不再想着海明威和他的小猫,也不再想着汪洋中的那只大海龟。雨不知道什么时候停了下来,一束迟来的阳光透过云层间的缝隙投向大地。守得云开见日出,趁着天亮,我们还要再看一遍过往的山山水水,那没来得及细细赏玩的碧海青天与红树绿荫。当火红云霞布满西边的天空,大海也染上可爱的红晕,夕阳下的断桥雄伟安详。伟人曰:"……万里长江横渡,极目楚天舒。不管风吹浪打,胜似闲庭信步,今日得宽余。子在川上曰:逝者如斯夫!风樯动,龟蛇静,起宏图。一桥飞架南北,天堑变通途……"

老天只是偶展笑颜便又愁眉紧锁了,得见真容是对我等远来的客人格外关照了。不幸的是,为找到最好的拍摄角度,我下到水边的红树林时,不小心被树叶划伤了左眼,立时痛苦得泪流不止,开始以为是眼里进了什么东西,可就是出不来。当意识到这粒"砂子"不会轻易被摆脱时,我只能试着接受了。世上的东西原是有代价的,美景看多了,终是要还的,常言道:"常在河边走,哪有不湿鞋。"正所谓"人在江湖漂,哪能不挨刀"。又有云:"人在江湖混,哪能不挨棍。"

有个小调唱得好：

……

　　人在江湖漂　岂能不挨刀

　万事顺其道　所以不要太计较

　　人在江湖漂　哪能不挨刀

　繁华的世界　诱惑真是不少

　　人在江湖漂　开始我不明了

　有时我不知道　最后才知中招

　　人在江湖漂　哪能总挨刀

　行走江湖中　恶人千万别当道

　　这个世界　太过纷扰

　　许多事情　值得喧嚣

　　有的时候　感觉不到

　　直到最后　才知中招

　　　最珍贵的事情

　　　不是永不摔倒

　　　而是每次倒下

　　　都能重新起跑

　　人在江湖漂　哪能不挨刀

　开始不明了　所以不要太计较

　　人在江湖漂　哪能总挨刀

　万事顺其道　任你到天涯海角

……

又一首：

    啦啦啦啦啦啦

    心亦静身逍遥
    江湖险恶像一座岛
    我给你快乐解药
    你为我热情燃烧

    江湖是人人是鸟
    谁不想越飞越高
    你为我踏浪而来
    我却在不停地奔跑

    人在江湖漂
    寒风冷雨多逍遥
    纵有我心千层浪
    管它世事多难料

    人在江湖漂
    英雄无悔我心高
    大漠独饮辛酸泪
    叹世人情意淡薄
    ……

再一首：

    人在江湖漂　难免要挨几刀
    酒桌上的划拳道

人生道理也不少
人间的坎坷道
纵横交错千万条
虽然结局是相同的目标
可一步一步你要走好

嘿……要活着就不要怕挨刀
嘿……伤疤多了困难会更少
嘿……要攀登就不要怕摔跤
嘿……爬起来走你的光明大道
……

　　天色已晚，路边的一切就此失去了迷人的色彩，夜路不好走，何况要用一只半的眼睛看路。孩子妈见我开车辛苦，原说要整装上阵，但见天黑路况复杂，终是没敢尝试。车窗上又开始有雨点，并且有加大的趋势，这时再没了好奇只盼早点到家。晚上7点40分终于回到了旅馆，一天走了308英里，很辛苦。

（十八）

　　16日，晴。眼睛磨得难受没睡好，早起左眼像是得了红眼病，迎风流泪怕见光。孩子妈问我，要不要去医院看看，但怕误了时间，还是先走吧，等到了市区人少的地方，换她开车。9点30分出发距此仅22英里的迈阿密（Miami），天气晴好，戴上墨镜舒服些。路过一间药店，进去买了瓶眼药水，由里面一位长相像印度人的大夫推荐的。他隔着窗口远远看了一眼，说眼睛里不一定有什么东西，可能是受了刺激或过敏导致的，滴药水可以降低眼睛敏感性。顺便也给母亲买了个小药盒，母亲年岁大了，记性不好，每天吃好几种药，之前因为多吃了一种药而出了状况，导致住了半个月的医院，这次出来唯一放不下心的就是父母的身体。点上药水后，眼睛似乎好了些，到迈阿密的路都是在城市中穿行，可以不换司机了。

迈阿密东临比斯坎湾，面积143.1平方公里，人口44万，是佛州第二大城市。迈阿密是国际性的大都市，由于位置靠近中美洲和加勒比地区，与拉丁美洲交流广泛，关系密切。它深受拉美及加勒比海岛国文化的影响，是民族文化的大熔炉，因此还被称为"美洲的首都"。城市金融、商业、国际贸易、娱乐、旅游业发达，经济繁荣，艺术气息浓郁。2008年迈阿密被福布斯杂志评为"美国最干净的城市"，2009年瑞士联合银行集团（Union Bank of Switzerland）根据城市购买力把它评为"美国最富裕城市"和"全球第五富裕城市"。虽然瑞士银行的评价存在争议，但也足够说明这座城市的富庶。但谁能想到19世纪中叶，这里却是满目疮痍，因为它曾是美国历史上第二次塞米诺尔战争（Second Seminole War）的主战场，这场战争几乎使迈阿密地区的人口损失殆尽。

在这里想提一下塞米诺尔人（Seminole）和在美国历史占非常重要的塞米诺尔战争（Seminole War）。塞米诺尔人是操着穆斯科格（Muskogean）语的北美印第安部落，与切罗基人（Cherokee）、奇克索人（Chickasaw）、乔克托人（Choctaw）和克里克人（Creek）同属北美五大文明部落。18世纪后半期，塞米诺尔人最早是从佐治亚州（Georgia）迁到佛罗里达北部，与当地土著、黑人逃亡奴隶和少量白人共同居住在这里，过着渔猎、农耕的生活。19世纪美国北方白人向南扩张，1830年5月，美国国会通过《印第安人迁移法》（*Indian Removal Act*），强迫所有印第安人迁往密西西比河以西更为贫瘠的地区。塞米诺尔人为保卫家园避免西迁，对侵占其土地的白人进行了奋勇抗击，于1817～1818年、1835～1842年及1855～1858年进行了三次较大规模的战争。结果部落文明打不过工业文明，塞米诺尔人失败后被迫向北迁往今天的俄克拉荷马州（Oklahoma）印第安人聚居区，被安置在克里克人居留地的西边，只有少数塞米诺尔人留在佛罗里达。美国独立战争时期，印第安人出于对殖民地居民扩张的仇恨，得到了与英国进行贸易的机会，大部分的印第安人站在了英国一方，他们在战争中给予美国大陆军以沉重打击，极大地牵制了美国大陆军的力量。美国独立后，英国、法国、西班牙为防止美国扩张，都曾支持印第安人对美国西部边境进行攻击。塞米诺尔战争使美国获得了佛罗里达和阿拉巴马及周边一些州的土地，1907年俄克拉荷马改置为州，部落土地向白人开放。印第安人在战争中遭到了巨大损失，他们失去了家园甚至是自己的生命。美国为开拓西部土地，与印第安人苦战连年，战争结束时北美沿海地区13个州的印第安人已绝迹了。1838年10月，17000切罗基人被赶出佐治亚，后被武装押运到密西西比河以西的保留地。由于条件恶劣和疾病的影响，当时有4000人在迁移过程中失去了生命，这条西迁之路因而也被称为印第安人的"Trail of Tears"（血泪之路）。塞米诺尔战争是17世纪初至19世纪末，印第安人战争的一个重要部分，却最终验证了一句话——落后就要挨打。

战争结束后，随着贫穷的印第安人被迁出，成千上万的人，从美国北方移民到迈阿密地区。港口的繁荣及交通便利使迈阿密在第二次世界大战之前，经历了惊人的发展速度。由于当地政府允许赌博，并且在禁酒令的管制方面非常宽松，所以大量投机资本得以注入，最终使得城市面貌日新月异，以前没有人烟的地区已是高楼林立，并且往往在大楼仅仅修建十年之后又被推倒重建。

"二战"期间，由于其属于重要战略地位，美国政府在城市周边建造了许多给养存储以及通信设施基地，为战后的进一步发展打下坚实基础。1959年古巴革命，菲德尔·卡斯特罗上台，美国对古巴实行经济封锁，而古巴则开放了边界，使大量的古巴流亡者开始来到佛罗里达。仅1965年，就有10万古巴人通过每天两次的自由航班从哈瓦那来到迈阿密，许多流亡者是中产阶级和上层阶级，他们受到迈阿密当局的欢迎，于是在沿河岸地区逐渐形成了一个西班牙语占主导地位的小哈瓦那（Little Havana）。再后来的古巴和海地流亡者就是穷人居多了，穷人当然不招人待见。

为了对抗美国的禁运和制裁，1980年古巴放开对港口的控制，使15万死刑囚犯、精神病人、流氓和妓女偷渡到了迈阿密，这就是著名的马列尔偷渡事件（Mariel Boatlift），它也是历史上最大的一次非军事渡海行动。卡斯特罗通过这次偷渡事件，清除了国内大量的罪犯和社会包袱。但这给美国带来了许多社会问题，迈阿密犯罪率骤增，曾一度是全美国最高谋杀率的城市。为此美国被迫修改法律，古巴难民不再允许进入美国本土，而是被遣送至关塔那摩湾（Guantanamo Bay）的美军基地。1994年，美国与古巴就移民问题达成协议，美国通过法律将古巴难民安置在美国本土之外的避难所，古巴也承诺阻止古巴人从海上进入美国。目前，在迈阿密地区有大量合法的和非法的亚非拉移民，除了拉美移民也有大量欧洲人及后裔，从而形成了美国最大的芬兰、法国和南非移民社区，同时也是美国最大的以色列、俄罗斯、土耳其和意大利移民社区之一。

如今迈阿密充满现代化气息和异域情调，许多跨国公司在这里设立了拉丁美洲地区总部，例如：挪威邮轮公司（Norwegian Cruise Line）、美洲航空（Americana de Aviation）、美国电报电话公司、迪士尼、美孚、联邦快递、思科、索尼等。微软、甲骨文、外星人、汉堡王等。这里气候温暖湿润，1月平均气温19.5℃，是美国本土冬季最暖的城市，但夏秋之交多发飓风，有"风都"之称。温暖的气候和大量的退休公寓，是美国退休人士的最爱，因此也有人把它称为"Gods Waiting Room"（上帝的等待室）。老人们在这里沐浴着海滩上的阳光，等候上帝的召唤，人间天堂只一步之遥。迈阿密的风情每年吸引超过一千万人到此旅游，许多美国影片都在这里取景拍摄，如：《迈阿密风云》(Miami Vice)、《速度与激情2》(Fast 2 Furious)、《玩命速递2》(The Tansport 2)、《钢铁侠3》(Iron Man 3)、《绝地战警》(Bad Boys)、《深喉》(Deep Throat)等，有一款由Rockstar Vancover公司开发的电子游戏《侠盗猎车手：罪恶都市》(Grand Theft Auto Vice City)也是以这里为背景设计的。

原想到小哈瓦那转转，买点古巴雪茄，可惜导航没有找到确切位置。出了这片社区向东找到海边的主街，人来人往是都是光腿露臂的清凉装扮，阳光明媚色彩艳丽，让人感受到了这里的火热气氛。正午时分，拐进小道在路边找了个计时停车位，我们到人流密集的地方去凑凑热闹。

海滨公园和路边绿地上，立着几个巨大的黑色裸体人偶雕塑，高高胖胖的像是黄土高坡的农民风俗像，吸引了众多路人的目光，其中有不少女孩在圆滚滚的雕像下摆拍，让人忍俊不禁。隔不远有一块圈起来的区域更是人声鼎沸，会员或者买票都可以进入，里面在进行体育游艺活动。我没体力参与活动，于是向后面走，穿过一片饭馆和酒吧，来到海边，顿时被这里的景致所震撼。

从岸边的露天餐馆逐级而下，大海碧波荡漾，翻飞的海鸟累了就到岸上觅食，旁边的湾汊里密密麻麻排着白色的小艇，不远处一艘巨大的游船上，多层楼房被改造成了一个个餐厅和游乐场。比较我们曾到过的西海岸的旧金山小资，同样是海滨城市，但风格迥然不同，圣迭戈相对朴实，这里则显得华丽。走过廊阴里的一张张桌椅，店前一个个穿戴整洁的服务员拿着菜单在招徕顾客，真想在这里歇歇脚、吹吹海风，可惜没有太多时间享受。

步行到不远处参观迈阿密自由塔（Freedom Tower）。远看这座高高的尖塔非常醒目，开始还以为是教堂，进来一看才知道是一座展览馆。这座地中海复兴风格高塔实际是在迈阿密达德学院（Miami Dade College）范围内，是纪念古巴裔的美国移民的纪念碑，内部模仿的西班牙塞维利亚的回旋塔式建筑很漂亮。跟工作人员了解了一下，这座建筑属于达德学院，塔的第一层是一座公共博物馆，从墙上的图片可以追寻古巴移民的历史足迹，了解古巴人们为美国做出的贡献。在另一展厅内陈列着大量记录古巴移民以及他们在美国生活的书籍。自由塔二层被用来展示一些名家和达德学院的学生美术作品，同时在11层也可以俯瞰迈阿密的近海地区。

驱车从A1A穿过高大棕榈树荫下的大道，跨过海上大桥，我们来到了著名的迈阿密海滩。迈阿密海滩是一个有着高楼大厦和沙滩浴场的小岛，车水马龙的岛上寸土寸金，停车可是犯了难。正式的停车场要30美元或者一小时10美元，想找个便宜点的路边停车位，可是从第5大街一直走到23大街，除了本地居民预留的位置，其他全满。原本想说服孩子妈到世界情色艺术博物馆（World Erotic Art Museum）参观一下，但因为无处停车，给放弃了。迈阿密世界情色艺术博物馆坐落在12th St.和13th St.之间的一座不起眼的小楼里，但它却是美国最大的情色艺术收藏地，在世界上也很有名气。其中，雕塑、瓷器、木刻、绘画、饰品、小说和图片等超过4000件，时间跨度很大，上至公元前300年，下至当代。并且，有许多藏品是独一无二的珍品，比如古非洲生育雕像、镌刻着一幕幕印度《爱经》（Kama Sutra）场景中的硬木四柱大床、伦勃朗的蚀刻版画、日本江户时代的春宫画及中国古时候父母赠予新娘的枕边书。据说博物馆是一位银行家遗孀的私人收藏，20多年前娜奥米·威尔齐格（Naomi Wilzig）的儿子为装饰新家，请她帮忙联系古董商，想搜寻一些带有性意味的人物风俗画，老太太尽职尽责地完成了儿子交办的任务，并由此一发不可收拾，于是成就了今天这座无价之宝。如今人们抱着猎奇的心理，和浓厚的兴趣来这里静静欣赏这些另类艺术品，也别有一番风味。不过，18岁以下未成年人不得入内。

博物馆很遗憾看不了，但迈阿密南部海滩（South Beach）一定要看一下。找停车位让人绝望，孩子妈见我近"海"情切，建议说把车停在路边，她来看着。这个提议甚好。翻过一个小坡，我终于看到大海了：大片的浅黄色的沙滩上有点点白色的遮阳伞和沙滩床，也有穿着沙滩裤的俊男与穿着比基尼的美女，横躺竖卧地在晒太阳，孩子们嬉笑着踩着浪花疯跑，一望无际的大海在明灭的阳光下，或热情或忧郁地泛着浅蓝色的波浪。远处有几个运动健将，在飞驰的摩托艇牵引下潇洒地冲浪，灰色的天空中飞机拖着长长的广告标语，不时从海的上空掠过，像拖着长串的风筝。脱鞋、挽起裤管、赤足走在细软的沙滩上，下海，让温凉洁净的海水没过脚面、小腿、膝盖，前面是碧波万顷，后面是高楼大厦，左边是风景，右边也是风景。心里漾样着满满的幸福，真想大声喊叫：大西洋，我们来了！当相机存储卡告急时，我看了眼表往回走，还没走出沙岸却见孩子妈也迎了过来。原来她看到车子后边有一个收费柱，正好投币走人，她告诉我还可以再玩半小时。真开心，快乐只有与人一起分享才更值得回味。

下午4点30分，我们告别了火热的迈阿密海滩，原路返回大陆。今晚旅馆订在距奥兰多（Orlando）20多英里的基西米（Kissimmee），基西米离这里220英里，大约三个半小时车程，这里房价比奥兰多更便宜。天还不晚，想再走走美国1号公路，看看东海岸的好莱坞（Hollywood）、劳德代尔堡（Fort Lauderdale）、博卡拉顿（Boca Raton）、西棕榈滩（West Palm Beach）、圣露西港（Port St Lucie）和棕榈湾（Palm Bay）。然而因为走错了一段路，耽误了一小时，又因市里堵车又耗费了两小时，最后什么也没看到。

（十九）

17日，阴。昨晚睡得辛苦，转眼珠都要流泪，早起感觉好了些，此时阴天是我的最爱。基西米是一座安静的小城，Kissimmee不是"Kiss me"，原以为这个名字有什么故事，了解了一下，大概说这个名字来源于"卡赛马（Cacema）"，一个土生土长的美国人的名字，意思是"长水"（Long water），可能跟这里水资源多有关系吧。小城很安静，旅馆还算干净，别的没什么可说。归期近，跟孩子妈讨论了半天何去何从，看来奥兰多没法展开玩了。订好了长途路线，决定北上跨过佐治亚州（Georgia）和南卡罗来纳州（South Carolina），到北卡罗来纳州（North Carolina）的夏洛特（Charlotte），全程530英里，大约要8个小时。这应该是此次东游的最北边了，由那里我们将回头向西踏上归程。夏洛特距华盛顿约400英里，距离纽约624英里，一天能到。可真去了就不是一天的事情了，因为我还要去五大湖区（Great Lakes）看尼亚加拉瀑布（Niagara Falls）。

奥兰多实际上是一座了不得的城市。奥兰多从前的名字是杰尼根（Jernigan），第二次塞米诺战争时，它是美国基地甘霖堡（Fort Gatlin）旁边的一个简陋的小地方。战争结束后，外地人开始迁居此处。为了纪念一名在这里阵亡的士兵奥兰多·里夫斯（Orlando Reeves），便以他的名字来命名这座新兴的城市。奥兰多开始是以农业为主，柑橘种植业十分发达，后来逐渐发展为全美最大的橘子集散地，号称橘子皮城市（Orange Peel City）。一路行来看过许多汽车车牌上，印着橘子的图案，才知道是这个州的标志。柑橘业的发展带动了奥兰多的铁路和房地产的发展，20世纪50年代，奥兰多找到了另一个财源，那就是导弹和航空航天工业。

1949年，时任美国总统的杜鲁门（Harry S. Truman）决定将位于美国东海岸梅里特岛（Merritt Island）东边的卡纳维拉尔角（Cape Canaveral）作为美国导弹发射基地，此后的10多年中，这里一直由美国国防部下属的部门使用。因为这里的纬度较低，向东发射火箭，可利用地球自转的附加速度帮助卫星入轨，美国航天局便看中了这里，NASA（国家航空和航天局）的进驻使卡纳维拉尔角成为军民两用的航天发射基地。

1962年7月，几乎跟林登·约翰逊航天中心建设的同时，基地扩大到了梅里特岛，发射操作中心正式成立。卡纳维拉尔角作为美国的太空基地至今已有50多年历史。

1963年11月，为纪念刚刚被刺杀的约翰·肯尼迪总统，它被改名为肯尼迪航天中心（Kennedy Space Center）。肯尼迪航天中心整个场地长达55千米，宽10千米，面积达到了567平方公里，大约有17000人在那里工作。肯尼迪航天中心由四个部分组成，包括工业区、39号发射中心及其附属的两个发射场LC-39A和LC-39B、飞行器组装车间和参观者中心。它是NASA进行载人与不载人航天器测试、准备和实施发射的最重要场所，被人们称为"人类通向太空的大门"。

肯尼迪航天中心曾有过不少令人惊叹的成就，同时也经历过几次震惊全球的航天事故。1986年1月28日，挑战者号航天飞机（Space Shuttle Challenger）载着包括1名女教师在内的7名宇航员在39B发射台上发射升空，准备进行它的第10次太空飞行。但飞机仅仅飞行了73秒，随着一声巨响，"挑战者"号瞬间化成了一团浓烟火球，数秒钟之后爆炸成了无数碎片，坠落在大西洋上，7名宇航员全部罹难。全世界亿万观众在现场或通过电视观看了直播，"挑战者"号的爆炸是美国航天史上损失最大的一次悲剧，也是世界载人航天史上的深重灾难。17年后，2003年1月，美国的第一架航天飞机哥伦比亚号（Space

Shuttle Columbia）在完成飞行任务返航途中解体，又有7名宇航员全部遇难。

除了肯尼迪航天中心，奥兰多还有沃尔特迪士尼世界、环球影城、海洋世界。在一个城市里能集中这么多的娱乐元素，绝对是独一无二的。不过迪士尼和海洋世界是孩子们的最爱，环球影城与航天公园已有所涉足，时间有限，其他地就算了吧。独自去寻欢也对不住儿子不是，不过还是想远远地看上一眼。两人讨论到10点才出发，出了城没多久，没想到竟然发现了迪士尼世界的路标，正好先去见识一下，于是立刻调转方向折向西行。

"一切始于一只老鼠（It all started with a mouse）"。沃尔特·迪士尼（Walter Elias Disney），出生在芝加哥。小时候父亲伊利亚斯·迪士尼（Elias Disney）对孩子们管教极严，经常让他们打工挣钱，如果表现不好会遭到打骂。沃尔特成人后受哥哥影响，入过伍，退役后到小时候生活过的堪萨斯城（Kansas City）创业。他开始是在一家广告公司画画，由于公司对他的绘画能力存在质疑，因此他干了一个月就被解雇了。后来他试着开了一家广告公司，可惜挣不到钱，不到一个月也停业了。不得以他又加入了堪萨斯市广告公司，在这里他学到了拍摄电影和动画制作的基本技术。

1922年，21岁的沃尔特和别人合伙建立了欢笑动画公司（Laugh-O-Gram Films），却还是以倒闭告终。1923年7月，沃尔特到了洛杉矶的好莱坞，和他的哥哥一起成立了迪士尼兄弟制片厂（Disney Brothers Studio），由此真正开始了他的事业。由于他觉得这个名字不够响亮，两年后他把片厂更名为沃尔特迪士尼制片厂（Walt Disney Studio），1986年随着业务扩展，公司名称最终改为沃尔特迪士尼公司（The

Walt Disney Company）。

沃尔特和他的职员一起创造了许多受世人欢迎的卡通角色，包括那个被无数人喜爱的经典卡通形象——沃尔特·迪士尼的好朋友米老鼠（Mickey Mouse）。

有一天，沃尔特正在伏案画画，有一只小老鼠瑟瑟缩缩地爬到桌子上偷食面包屑，小老鼠发现沃尔特没有威胁他，就大胆地与他逗乐，甚至淘气地爬上他的书桌看他作画。之后这只小老鼠就经常光顾沃尔特的书桌，给沃尔特苦闷的生活增添了生趣，彼此之间建立起了奇妙的友谊。当欢笑卡通公司经营不善的时候，沃尔特认真考虑了小老鼠的"出路"问题，最后他把它带到了附近的树林里。

1927年沃尔特在为动画片构思新角色时，在回好莱坞的火车上，想起了这个老朋友，于是创作出了一个以老鼠为原型的卡通形象：它的鼻子、面孔、胡须、走路的姿势和表情都有沃尔特的影子，它温柔可亲又善解人意，粗心大意还喜欢恶作剧，有正义感却常常不自量力，机智勇敢身陷险境又总能化险为夷。沃尔特本来打算给小老鼠取名叫莫蒂默（Mortimer Mouse），但他的妻子兼员工莉莲·邦兹（Lillian Bounds）嫌这个名字女人味太足不够响亮，建议改名为米奇（Mickey Mouse）。

经过和伙伴们的反复推敲和持续创作，米老鼠的形象一集集展现在世人面前。最早推出的一部影片是《疯狂的飞机》（Plane Crazy），小范围地进行了试映后，又有了第二部《骑快马的高卓人》（The Gallopin' Gaucho），不过这两部虽然获得了好评，但都由于其他原因没能正式发行。

1928年11月18日，首部有声卡通电影《汽船威利》（Steamboat Willie）在纽约上映，影片取得了成功，这一天后来被定为米奇的生日。之后是一集又一集不断地出新，1935年的《乐队的演奏会》（The Band Concert）是第一部彩色的米奇片，2004年的《米奇圣诞笑哈哈》

（Mickey's Twice Upon a Christmas）是第一部3D立体米老鼠。至今以米奇为主角的长短片已超过130部，在好莱坞的星光大道上就有属于米奇的这一颗星。这只聪明快乐的小老鼠和经过卡尔·巴克斯（Carl Barks）完善的唐老鸭（Donald Fauntleroy Duck）一起成为了迪士尼最为耀眼的两个卡通动物明星，它们的图案造型也成为迪士尼的主要标志。其实那个脾气暴躁而性格直爽、面冷心热而又注重家庭、屡受打击也曾轻言放弃，却依然快乐无忌的唐老鸭形象更让我喜爱。

迪士尼公司出品了大量世界闻名的动画片，它创造出的美轮美奂的画面给孩子们的童年带来了无限美好的记忆。其实，卡通片开始只被当作电影正片放映前的余兴短片，不管一部动画片有多么受欢迎，始终是影院节目单上的配角，但沃尔特·迪士尼从根本上转变了这种局面。

1934年，公司筹拍电影史上第一部彩色动画长篇《白雪公主和七个小矮人》（Snow White and the Seven Dwarfs）。制作过程中遇到了很多困难，影片花费大大超过预算，很多人都认为没有人会花一个多小时去看一部动画片，美国媒体甚至称其为"The Disney Folly"（迪士尼的愚蠢之作）。由于沃尔特对影片精益求精，制作时间长，影片预算从最初的25万美元直线上升，为其提供贷款的银行家再也无法淡定。为了使美国银行（Bank of America）董事局安心，沃尔特很不情愿地在影片未完成的情况下，安排银行高官观看了影片片段。据说这位高官观看影片时，面无表情一言不发，临行前却转身对沃尔特说了一句话："这个东西将给你带来一大笔钱。"影片最终花费了200万。

1937年12月21日，在好莱坞剧院首映，赢得了各界名流的起立鼓掌，影片获得了巨大成功。上映仅六个月就帮助迪士尼公司还清了全部债务，首轮发行共获得800万美元的收入，这在当时每张门票售价0.27美元，儿童票仅10美分的情况下，堪称奇迹。影片全球票房纪录最终超过了1.8亿美元。1939年《白雪公主和七个小矮人》获得了奥斯卡特别奖,为长篇动画片首次捧回了小金人,沃尔特本人也因此第二次获得了奥斯卡终身成就奖。1940年2月,迪士尼推出第二部长篇动画电影《木偶奇遇记》(*Pinocchio*)。沃尔特一生获得了59次奥斯卡提名,22次获奥斯卡金像奖(Academy Awards),还有2个金球奖(Golden Globe Special Achievement Awards)和1个艾美奖(Emmy Awards),是获得奥斯卡奖最多的人。

沃尔特有几句名言说得非常恰当或有趣:

"I do not make films primarily for children. I make them for the child in all of us, whether we be six or sixty."(我并非主要给孩子拍摄电影,我拍的电影是献给我们每个人心中的孩子,不管我们是6岁还是60岁。)

"It's kind of fun to do the impossible."(做不可能的事情是一种欢乐。)

"I only hope that we never lose sight of one thing – that it was all started by a mouse."(我只希望人们不要忘记一件事,那就是一切都开始于一只老鼠。)

"I love Mickey Mouse more than any woman I've ever known."(我爱米奇胜过爱我认识的任何女人。)

(二十)

如今迪士尼乐园在全世界遍地开花,为迪士尼公司及各地经管者创造了亿万财富,据各地订票相当火爆。不过,奥兰多的迪士尼丝毫不见拥挤。清洁的道路穿行在绿地间,直接通往迪士尼世界的各个主题乐园,置身其中才知道这就是一个迪士尼小镇,迪士尼里边跑高速,不愧为世界之最。跟着导航先找到镇子的总入口,入口处米老鼠和他的女朋友米妮(Minnie Mouse)的彩色贴像位列道路两边的门墙上,旁边的蓝色圆弧造型的矮墙上贴着醒目的白色凸体大字:

"Welcome to Walter Disney World（欢迎到沃尔特·迪士尼世界）"，上面还有一行喷涂的字："Where Dreams Come True（在这里梦想成真）"。再回过头来，本想找几个主题园区，到门前看看童话般的建筑，没想到开弓没有回头箭，到了跟前就没有掉头的路，空手怎么好往门里走。踌躇了半天，只得到入口处跟工作人员说明情况，工作人员很大方地让我们进去，并指给我们从另一边绕出园区的路。跑了四五个门口，望望颜色夸张、造型奇特的卡通楼群，大致满足了一下好奇心，略有不舍地我们离开了。

11点30分，我们上了I-4E驶向奥兰多环球影城（Universal Orlando Resort），好在环球影城也在去奥兰多的路上，途中还经奥兰多海洋世界（Sea World Orlando）和奥兰多精品店（Orlando Premium Outlets）。

从路上向右转头可以看到棕榈树边，海洋世界标志性的浪花海豚雕塑，不久又看到高柱上的奥特莱斯字样。奥兰多的奥特莱斯据说规模不小，想花点时间转一下。下了道却有点傻眼，刚还看见店铺的牌子，就是绕不过去，不知怎的，还遇到了收费口，一赌气交了买路钱也不去了。环球影城倒是没走错，可惜到门口什么也看不到，吝啬得不肯一露"庐山真面目"。哈利·波特的黑色城堡啊！也算是看了一眼。

午后，天放了晴，奥兰多人不是很多，显得有点冷清，287平方公里的面积只有26万人口，可不是门前冷落车马稀嘛。漫无目的地在街道上穿行，随处可见湖水喷泉、树影绿地、美式洋楼、教堂的白色尖顶、现代大厦的玻璃幕墙。传统与现代结合，环境优美规划合理，城市干净人口适度，交通便利道路宽阔，使这座城市特色鲜明而不同于其他城市。有人说奥兰多是全美宜居城市之首，凭借外围众多的游乐项目而获得最佳旅游城市称号，不管别人信不信，我认为此言非虚。市里找了一下橘子市场，没找到，再找奥兰多魔术队（Orlando

Magic）的主场安利中心（Amway Center）球馆，找到了，还找到了一个露天体育场，不知道是不是美式足球场。

下午3点，我们离开奥兰多继续前行。走95号公路向北行驶，尽管道路宽阔平顺，也平淡得让人心有不甘，我要去海边看大海。从杰克逊维尔海滩（Jacksonville Beach）路口转202号公路向东上A1A，我们似乎又闻到了大海的味道。

杰克逊维尔（Jacksonville）是佛州最大的城市，人口超过85万，杰克逊维尔海滩是城市东边的一个风景秀丽的海滨小镇。随便从一个路口可以向右一直开到最东边的小街，在棕榈树和楼的间隙中，可以看见细软的白沙和蓝色的大海。穿过木栈道，走下灰白的沙坡，我们再次看见了大西洋。下午5点钟的阳光，已经失去了耀眼的锋芒，远处浅蓝色的天空，黄色的云朵铺满了天空和水面。水天相接处，深沉的大海反射着亮光，令人敬畏。柔和的光线洒在蓝色的海面上，波涛汹涌，浪逐浪灭。风口浪尖上，洁白的浪花翻卷起亮银和金红的波纹，海风吹起人们的衣角和发梢，把清冷包裹在身上，看海的人三三两两走在长长的海岸线上，夕阳把我的身影拉得长长的。白云苍狗瞬间变换着模样，大海奔腾着、律动着，生生不息，使人沉醉又令人迷恋。

下午5点30分，回到海滩小镇主路，不再看大海。两个全身包裹着黑皮紧身衣裤的女飞车党，驾着高把胜利摩托（Victory）从我们旁边轰鸣而过。女人彪悍而独立，男人躲在小酒馆里聊天看比赛，想起前几年听过的一位英国丈夫经常挨媳妇揍的故事，也就一点也不奇怪了。穿过落日大桥的玫瑰霞光，向西重新回到95号公路。

杰克逊维尔是佛州大西洋沿岸最北边的大城市，离开了神奇的佛罗里达，我们进入了佐治亚。佐州是美国的农业大州，面积15.4平方公里，人口1021万，首府是亚特兰大（Atlanta）。95号公路途经佐州东北角的萨凡纳（Savannah），这是我们想去又没能去的沿海港口城市。

/ 下篇 /

萨凡纳位于大西洋沿岸的萨凡纳河（Savannah River）河口，忘了是在什么地方看到过这条河的名字。

萨凡纳是佐州历史最悠久的城市，18世纪早期，在英国殖民统治时期，这里曾经是佐治亚省的省府，至今还保持着英国殖民地城市规划及街区建筑风貌特色。它也是美国最大的国家级历史地标区域之一，被美国《旅行和休闲》(Travel + Leisure)杂志评选为"美国最受欢迎的旅行目的地城市"以及"最佳生活质量及旅行体验地"。这座城市曾经是奴隶、海盗、冒险家和灵异现象信奉者的聚居地，在两百多年的历史中，它历经了美国独立战争、南北战争、瘟疫、火灾、热带风暴的袭击。天灾人祸造成了大量非正常死亡，留下了众多的墓地，这也使得许多人相信这里有超自然的力量存在，因此这里也被评定为全美国最有魔力的城市。老城、橡树、海滩、灯塔、音乐和墓园等因素形成了这座城市的独特魅力。

过了萨凡纳往北，就进入了南卡罗来纳州。南卡工农业并重，面积8.3平方公里，人口490万，州府在哥伦比亚。这里也有一个城市是我们感兴趣的，那就是《乱世佳人》里多次提到过的查尔斯顿（Charleston），那位嘴角挂着嘲讽微笑的巴特勒船长（Captain Butle）——白瑞德（Rhett Butler）的家乡。这座只有13万人口的城市是美国最古老的小镇，18世纪以前是南卡州的首府，也是那时美国南方最富有的小镇。这里有美国最早的海关和贩卖黑奴交易市场，是美国南北战争时期的重要战场和港口，现在是美国第四大国际集装箱港口，也是美国最大的军港之一，据说这里停靠着美国第七舰队的航母和多艘战舰。如今海滨小镇成了美国及世界各地富豪的聚居地，也是风光旖旎的度假胜地。海岸绿地上，在高大棕榈树的巨叶遮盖下，有一幢幢造型别致的度假小屋。

过了哥伦比亚城转到77号公路，收起所有的心思，继续摸黑赶路，一路来到了北卡罗来纳。北卡面积13.9平方公里，人口1004万，农村人口占50%以上，为美国农村人口最多的州之一，首府是罗利（Raleigh）。由于资格老，它是美国沿海最早独立的13州之一，便自称"The Old North State（老北州）"。"老北州"在教育领域还是很不错的，公立学校如北卡罗来纳大学（University of North Carolina），私立学校如杜克大学（Duke University），都是鼎鼎有名的。北卡大学是美国最古老的高等学府之一，有16所分校，规模庞大，篮球巨星迈克尔·乔丹（Michael Jordan）就毕业于北卡罗来纳大学教堂山分校（UNC-Chapel Hill）。

杜克大学更是一所享誉世界的研究型大学，在美国南部首屈一指。杜克大学的福库商学院（The Fuqua School of Business）超过哈佛大学商学院（Harvard Business School）、芝加哥大学布斯商学院（University of Chicago Booth School of Business）等，位居全美首位。出自这里的名人有总统理查德·尼克松（Richard Milhous Nixon）、苹果公司现任CEO 蒂姆·库克（Timothy Donald Cook）、比尔·盖茨（Bill Gates）的夫人梅琳达·盖茨（Melinda Gates）、杜克大学历史上的第一位国际学生——宋庆龄的父亲宋嘉澍、外号老K教练的美国"梦八""梦九""梦十"队男篮主教练迈克·沙舍夫斯基（Mike Krzyzewski），等等。

晚上11点40分，我们抵达了北卡州最大的城市夏洛特，一天跑了四个州，总行程613英里。今天要在这里休息了，旅店前台是位印巴老太太。从温暖的佛罗里达到中东部的北卡罗来纳，温度降了十几摄氏度，进房间先开暖风。

（二十一）

18日，早晨起来有点冷，外边地面结了冰，感觉一夜之间从夏天到了冬天。算算时间出来已经两个礼拜，从今天开始要向西回返了，北上是为了此行的最后一个国家公园大烟山国家公园（Great Smoky Mountains National Park）。

　　大烟山国家公园在夏洛特以西，距此大约190英里，三个半小时车程。之所以想去那里，是因为我的一张同名的美国原声音乐CD——《大烟山之声》(The Music Of The Great Smoky Mountains)，它给我的印象超过了另一张经典CD——《科罗拉多大峡谷》(The Music of The Grand Canyon)。去大烟山最初是孩子妈的主意，不知道她从哪儿看到的资料，把这个地方夸得跟朵花似的，由于久闻其名，我当然也是赞成的。打算先到市里转转，然后到西北边的切罗基国家森林（Cherokee National Forest）和毗斯迦国家森林（Pisgah National Forest）看看，最后再去大烟山。

　　旅馆不管饭，面包片、鸡蛋、西红柿加方便面是我们的最爱，吃完饭后，10点才出发。夏洛特面积771平方公里，人口81万，是一座现代化大城市，而外围却像地广人稀的乡村。城市市中心区高楼林立，下车走走，找个路边停车位都难，在几个中心街区间转了两圈，只能采取老办法：把车留在路边，让孩子妈在车上玩手机看着车，我一个人下去小转一下。

　　尽管天气还行，但出门还是让北卡的风吹得一哆嗦，空气清新而冷冽，街上行人不是很多，一个黑人穿着皮夹克，脖子里裹着围巾快步走过，国内此时也是这般的冬天呢。

　　街心花园的大树只剩下枝条随风摆动，四面路口各有一个黑色的雕塑柱，一个是壮年男子手执铁锤，一个是老年男子手捧水盆，还有一位母亲举着爱子，及一位大嫂手搭凉棚遥望远方。不知道这是城市的四个代表人物，还是代表城市的工农大众。从路口向东，朝着一栋摩天大楼走去，美国银行（Bank of America）大厦前，有一个长长的喷泉水池，清水哗哗从上一路而下，在黑色的花岗岩面上铺陈跳跃着白色的小花，在清晨的阳光下波光粼粼自由聚散。门口一男一女两个黑人保安，前凸后撅制服笔挺，见我举着相机拍照，朝我摆手还说了句什么，我回了句这座城市很美。

佛州有两支NBA球队——迈阿密热火队（Miami Heats）和奥兰多魔术队（Orlando Magics），佐治亚有亚特兰大老鹰队（Atlanta Hawks），南卡州没有，北卡州则有夏洛特黄蜂队（Charlotte Hornets）。2004-2014年该球队改名为夏洛特山猫队（Charlotte Bobcats），黄蜂队则迁到了新奥尔良，2010年乔丹成了山猫的老板，2014年又把名字改回叫"黄蜂"，新奥尔良则由鹈鹕队入主。黄蜂队的主场球馆时代华纳中心球馆（Time Warner Cable Arena），就在夏洛特，在这片高楼大厦的后面。门前广场上有几个大灯柱造型非常独特，中间是圆形且颜色各异的算盘珠，上下是圆形塔座，顶上是白色圆柱形螺旋装饰的灯罩，整体像几串彩色的大糖葫芦，估计晚上亮灯时会更好看。

11点离开夏洛特，向北上85号公路转321号公路经布恩（Boone）向切罗基（Cherokee）进发，当初预计的3个半小时到大烟山，实际上从踏上321号公路向北，就不可能了。途中经过一个小镇有家沃尔玛，进去采购了点面包水果，歇一下再往前走。路两边坡地、山包上到处都是树木枝条，无论高矮疏密都是光秃秃的，只是比南边多了黄红的暖色调，和家乡的冬天没有多少区别。前面的路越来越窄，不久还上了山，山石、树枝和路边有了细白的雪沫，风扬起雪尘不时从车窗玻璃上滑落。从沃尔玛出来，孩子妈认为路上人少，主动要求替我开会儿车，没承想错误地判断了形势，一路上开得有点惊心。在我的密切关注和指挥下，终于上到山上，转而下山，慢是慢了点，总算松了口气。感觉走了很久，看了一下才行了一半多路，眼前的树还是那个样子，随着时间推移兴趣渐失。路越来越不好走，前边似乎还要爬山，也不知道能不能走通。"要不咱们别去了。"孩子妈的话说中了我的心思，那好吧。

回程换我驾驶，速度快了许多。12点从彭冈岩（Blowing Rock），上221号公路向西奔，在山上绕了一阵，在半山腰上又被一道铁栅栏拦住了去路，告示牌上说冬天山路危险，此路关闭，游人绕行。不敢耽搁，果断返回勒努瓦（Lenoir）再向西，上64号公路倒40号公路，过阿什维尔（Asheville）上19号公路。今天净是跑山路，手机信号时断时续，导航上竟然搜不到大烟山，翻山越岭也不知道走的路对不对，行程无法确定，旅馆还没订好也让人心急。

已是下午3点多，西边的阳光照得人焦躁又昏昏欲睡，加速、超车、让车、换道，眯着眼机械地做着动作，孩子妈早在一边睡过去了。突然，"啪""啪"两声，心里一惊，赶忙看了眼，前挡玻璃，这次没有以前幸运，玻璃靠下的位置被砸出了一个花生豆大的环痕，没透也没有裂。孩子妈醒过来直问怎么了。还能怎么，车速都很快，离前边重型卡车太近，大车轮胎甩起的小石子砸在前挡玻璃上了。虽说是租来的车，但也让人心疼，没想到大江大浪都闯过来了，却在这小河沟里翻了船。

孩子妈关心赔偿的问题，仔细看玻璃上的痕迹还是很明显的，他们会仔细看吗？这个话题边走边讨论了一个小时，不知不觉间已到了山南小镇切罗基。我把它叫"切诺基"，它与我们上午想去的国家森林同名，很可能跟美国一支印第安部落——切罗基有关系。它是进入大烟山的必经之地，从南边进山前的唯一城镇。

转441号公路向北，出了城，视野逐渐开阔，大山横亘在眼前，山上都是一排排密集的树，黄色枝条层叠错落自由伸展，看不出峰顶的形状，山脚下有大片的绿草地，有黑色的山鸡与黄色的野鹿在静静地吃草。下午5点，当我们来到山下平原里的游客中心时，看到的就是这番景象。游客中心已关了门，尽管陆续还有人开车过来，但都是下来扒着大门玻璃看看，到旁边上个厕所就走人了。外边很冷，冬天山里黑得早，许多公园下午4点30分就关门落锁，反正是明天还要来，也没太多遗憾。

这时候需要做一个决定,是退回切诺基还是继续北上,穿过公园到南门的加特林堡(Gatlinburg)投宿。公园是个东西长、南北窄的带子形状,虽然从南到北不是很长,我担心的是晚上公园里会封路。也没人可问,见有车往北开,我们还是决定试试。山路两边树木茂盛,沟渠间有浅浅的水流,却怎么也看不出惊人的美景。往里走,路面开始有一层薄薄的细雪,两边岩壁上有的地方有垂挂的冰凌,山上秃枝松柏下光线暗了许多,仿佛天马上要黑下来,心也提了起来。夜晚走山路实属不智,好在不久开始下山,天又渐渐亮了,天可怜见,我们没再被截住,一个小时后我们出了公园北口。

翻过大山,我们就来到了田纳西(Tennessee)。田纳西州面积10.9平方公里,人口660万,其中有众多新教徒。田纳西州最初是印第安人的定居地,16世纪中叶开始沦为欧洲列强的殖民地,1796年成为美国第十六州,之后一度脱离美国,1866年田纳西成为南方邦联中重新加入美国的第一个州。田纳西经济水平在美国50个州中属于中上水平,首府是纳什维尔(Nashville),最大城市是孟菲斯(Memphis)。州内的田纳西大学(The University of Tennessee)诺克斯维尔(Knoxville)分校成立于1794年,是美国最古老最悠久的公立大学之一。田纳西大学校园优美学科先进,学校还是美国大学体育联盟(National Collegiate Athletic Association)东南联盟(Southeastern Conference)的成员大学之一,也是美国南部最著名的大学之一。

加特林堡是一座真正的旅游城市,从山上下来最先看到的是街边

的路灯。灯柱上装饰着白色的LED,像树枝也像花叶,"冰清玉洁"排列着伸向远方。天色渐晚正是华灯初上时,主街上火树银花,铺户林立,赤橙黄绿蓝靛紫,七彩的灯光点亮了灯箱、标牌、橱窗、廊檐、街道、桥栏、尖塔和小山,不宽的街道两边是一家挨一家的卡通造型的旅馆、服装店、纪念品店、糕点糖果店、酒馆、小剧场、游戏厅、3D影院等,其中有摇头张口吼叫的恐龙、面目狰狞的恶人,巨大的啤酒桶、敲锣打鼓的牛头马面,阁楼城堡和花街柳巷等。来不及细细端详,趁着手机刚有信号,立马订旅馆,眼前的繁华给了人信心,我们的旅馆订在了更北边的鸽子谷(Pigeon Forge),之所以订在那里是因为30美元还管早饭,简直便宜到底,评价还很高。订了住宿地,便再无牵挂,眼看车要出小镇,反正时间还早,跟孩子妈商量了一下就又回转过来,打算下车走走,再仔细看看。游人不断,停车位不好找,最后采取老办法,我自己下车转转。外面很冷,一手揣兜里,一手拿相机拍照,小跑着东瞧西看,既为节省时间又为取暖。晚上的街道是童话的世界,山间的小镇灯火通明,没有打烊的意思。街道后面依山而建的各式旅馆在树影掩映下像中世纪的城堡,有载客缆车通行于凡间与上界,山上山下闪着点点灯光,缥缈而遥远。卡通房屋塑形风格统一,偶像人物、动物表情各异,街上人不多但繁华,灯不少但不炫目,这是天上的街市吗?此间自有它的氛围与规则,我等只是外来的闯入者或偶然的匆匆过客。

远远的街灯明了,
好像是闪着无数的明星。
天上的明星现了,
好像是点着无数的街灯。

我想那缥缈的空中,

定然有美丽的街市。
街市上陈列的一些物品,
定然是世上没有的珍奇。

你看,那浅浅的天河,
定然是不甚宽广。
那隔河的牛郎织女,
定能够骑着牛儿来往。

我想他们此刻,
定然在天街闲游。
不信,请看那朵流星,
是他们提着灯笼在走。

高处不胜寒啊!穿着薄外衣跑回停车的地方,手几乎冻得握不住方向盘。明天回来一定要再看一下这里白天是个什么样子。三步一回头地出了小镇,感觉一下子冷清了许多,不知何时驶进了一片树林,里面除了车灯,没有任何光线。

鸽子谷离加特林堡大约10英里路程,路面不宽却是单行线,穿行在茂密的树林里,不时地看到从对面缝隙中漏出的车灯,一闪而逝,只闻其声不见其面。当我们驶出树林,道路宽敞了起来,两边的景物退得远远的,看不出什么名堂。不久当穿过一串串闪亮的LED装饰的"Pigeon Forge"字样的简易拱门后,我们来到了另一座梦幻小镇。

鸽子谷城区明显比加特林堡要大,同样的外向型小镇,同样的华灯闪烁,风格却有所不同。这里的街道更宽,酒店旅馆更多,规模也更大,有点拉斯维加斯的意思,人却显得很少。彩色灯带组成了松树、和平鸽、鹅妈妈梦幻之旅(Mother Goose)、皇宫、森林小屋还有巨大的摩天轮,一切都让人流连忘返。遥想夏日夜晚的繁华,那无数的灯盏在为谁点亮,如今又有谁在细细观赏?晚7点30分到了旅馆,说是酒店也不为过,套房间淡季价令人心情愉快……在室内暖风的吹拂下,一碗加料的方便面下肚,温暖,人在经历了几多艰辛与茫然无措,得到少许就很容易满足,其实幸福得来也很简单。养足精神,明天再探大烟山。

(二十二)

19日,晴。早晨起来,眼疾有点反复,尽管洋药水没什么作用,滴上总没坏处吧。9点30分吃完早饭起程,重回加特林堡。

女:清晨我们踏上小道,小道弯曲划着大问号。
男:你们去架线,还是去探宝;
你们去伐树,还是去割稻?
合:鸟儿还没叫,你们就出发了。

男:清晨我们踏上小道,小道弯曲划着大问号。
女:你们去巡逻,还是去上哨;
你们去狩猎,还是去采药?
合:太阳还没出,你们就出发了。

合:小道你早,小道你好;
小道你早啊,小道你好。
……

心情像歌声唱得一样轻快。去掉装饰的小镇多了几分陌生与稚趣，停车又拍了会儿，再次入园。大烟山又叫大雾山，建立于1934年，公园面积2114平方公里，其中有757平方公里的原始森林，既有寒冷地区生长的针叶林，也有温暖地区的阔叶林，植被繁茂，花草遍野。虽然在国内名气不是很大，但公园每年接待1000万游客，是美国游人最多的国家公园。

它位于美国东部南端的蓝色山脊（Blue Ridge）上，从大烟山国家公园可以沿着山岭上的蓝岭公路（Blue Ridge Parkway）一直开到弗吉尼亚州的雪兰多国家公园（Shenandoah National Park），这条盘旋在阿帕拉契亚山脉（Appalachian Mountains）的公路绵延469英里，有着"America's Favorite Drive（美国最喜爱的驾驶路线）"的美誉，山峦环抱幽谷叠翠，河流沼泽山川平原，风景四时不同，一路穿越四季，有人说它美到窒息。不过冬天只能在公园里的盘山小道上、枯黄的枝条间体会一下过去的秋天的色彩了。据说乡村音乐（Country Music）的一个重要的文化起源就是阿巴拉契亚地区的民谣，约翰·丹佛（John Denver）一路唱着"Take Me Home Country Road（乡村路带我回家）"，也许是这里的乡村路带他走向天涯。

大烟山大约是在更新世冰河期（Pleistocene glaciation）末形成的，距今已有数百万年的历史了。冰川令整个地区的气候变冷，寒冷的气候使得北方的常青树，以及其他植物向南延伸，后来冰川北撤，大烟山高处阴凉潮湿的气候使森林得以保存。千百年来岁月荏苒，山里的熊鸟虫鱼一代又一代，峰谷川流却容颜未改。森林植被蒸腾出的水蒸气和挥发性有机化合物形成的雾，滞留于群山之间，充斥于峡谷之中，在每天的不同时刻都变换着形态和色彩。早晨的仙山云海，中午的玉带清烟，傍晚的雾霭暮霞……不变的只是那大山和山上的云冷杉及野杜鹃。1983年联合国教科文组织将大烟山国家公园作为自然遗产，列入了世界遗产名录。

进园不久就先发现了一个入口信息中心,只有一栋不大的楼房。孩子妈利索地进去盖了两个纪念章出来。出门驱车向公园深入,不远是一个真正的游客中心。

放好车,几位美国大妈刚好下车,她们友好地朝我们点头微笑。在美国的游客景点,经常可以看到独自或结伴了的大爷大妈们,相见是缘。

地面是一层薄雪,早晨的空气清冷,树林散发着树木的清香,阳光温暖地照在身上。盖了章还要了张地图,跟工作人员聊了几句,得知大烟山一共有四个游客中心,我们只能去三个,另外一个在冬天是不开放的。没耽搁多久继续上路,再次穿过树林盘旋上山,山上的崖壁的很多地方,都有晶莹下垂的冰挂,大夏天的雾气化作冬天水珠从山石间渗出,白天滴落夜晚凝结。山上从空旷的观景台向远处瞭望,在早晨的阳光下树木层层叠叠,半明半灭却不见雾的痕迹。地面结了薄薄的一层白霜,冷冽的山风直往人衣服里钻,把身子探出崖顶让旁边的同伴拍照。

根据地图指示,我们一路向西,去找寻西边的游客中心。岔路很窄,比车宽不了多少,前后道路崎岖,经常是我们一家在安静地行驶,路边的大树后面是黄草、慢坡,远处草栏里有几只深色的白尾鹿在低头吃草,偶尔有鸟儿扇动着翅膀,鸣叫着从空中掠过,使安静的空间睁开惺忪的睡眼。真怕前边什么时候会断了路,好在转过山来,前边出现了一座白色的尖顶小教堂，旁边还停着两辆车，赶忙靠近去问路。

一位女士告诉我们再往前走一段，应该能找到，她几个月前曾去过那里。安下心来向前走，半小时后我们抵达了西边的游客中心。本是园内最热门的景点，但空场上，车辆也不是很多，这里基本到了西边的终点，再往前就只能步行了。

这里有19世纪遗留下的教堂、木屋，它们见证了阿巴拉契亚的历史和切罗基族印第安人的文化。在游客中心简单参观休整了一下，没有步行深入的打算，上车沿环形路返回。路边溪水潺潺，反射着正午的粼粼波光，温度已经升得很高，早晨的夹衣早已穿不住了。

从甘蔗地顺着昨天走过的路南下，这里有田纳西州的最高点——海拔2025米的公园的最高峰。从山上可以俯瞰公园全景，可惜山高路陡冬天封路。下午2点20分我们又回到了昨天的起点，大山围绕间是一大片平原，远处大树的枝条掩映下有几幢褐色的茅屋，几只雉鸟在绿草丛中钻来钻去，这里更像是山谷里的世外桃源。没有发现更多的野生动物，没有探寻丛林瀑布，没有看到充满大山灵气的雾笼烟绕，只有清净的山林溪草在安静的冬日阳光里静静地生长。下午2点40分，我们离开了大烟山国家公园，南下投奔世间的红尘迷雾。

从441号公路向西南，重新回到佐治亚，我们沿23号公路奔亚特兰大。亚特兰大是佐治亚首府和最大城市，面积347.1平方公里，人口46万，其中有一半是黑人，美国著名的黑人民权运动领袖马丁·路德·金（Martin Luther King, Jr.）就出生在这里。亚特兰大由于地理位置的原因，在南北战争时期曾是南方军的重要战略基地，这里曾发生过多次重要战役。但随着南方军的溃败，城市也遭到了灭顶之灾。小说《飘》里曾多次提到过这座城市，它是书的作者美国著名女作家、普利策奖得主玛格丽特·米切尔（Margaret Mitchell）的家乡。

战后，城市进行了重建，如今亚市已成为美国东南部空陆交通要地和金融中心，被誉为新南方之都（Capital of the New South）。亚特兰大哈兹菲尔德-杰克逊国际机场（Hartsfield-Jackson Atlanta International Airport）是全美乃至世界上最繁忙的机场之一，可口可乐（Coca-Cola）、达美航空（Delta Air Lines, Inc.）、联合包裹（UPS Express）、南方贝尔（Bellsouth）、家得宝（The Home Depot）、假日酒店（Holiday inn）、传媒界的美国有线电视新闻网（CNN）、特纳广播公司（TBS）、考克斯企业有限公司（Cox Enterprises）等这些世界级大公司的总部都设在此地。亚特兰大还有"花园城市"的别称，还有1996奥林匹克公园，总之一句话，亚特兰大是多元素的现代化大城市。

从大烟山出来到亚特兰大大约200英里，三个半小时车程。肚子饿了就啃口干粮，困了就再吃点，人不解带马不离鞍，中间加了次油。走得多了，加油也可以找到乐趣：一边估算着剩余的油量，一边从一个又一个油价牌前走过，总想找到最低的那一个，实在坚持不了就下道加油，看看汽油是不是含酒精，如果错过了最低的价位，会不甘地念叨几句，算算亏了多少；如果后边的价格越来越高，喜眉顺眼地算算1加仑省了几毛几分。红日西斜，不知道什么时候起南下的车辆多了起来，当夕阳转到正前方，就开始堵车了。金红的光线在长长的立交桥上刺得人睁不开眼睛，尽管大桥很宽，同向五六个车道，大小汽车一辆紧跟着一辆，一眼望不到头，走走停停上桥下桥，我们猜这就是亚特兰大了吧。果然，在天色渐暗，夕阳终于失去了炫目的光彩时，前边出现了密集的高大楼群。等挪到近前，天基本黑了下来，在车灯的映照下，高大楼宇充满了现代气息，或尖或圆或椎或柱，数不清的窗格里散发的灯光像无数的繁星点亮了城市的夜空，亚特兰大到了。

下午7点，我们来到了离飞机场不远的旅馆。旅馆有一点规模，前台终于不再是隔着厚玻璃的印巴移民，明亮规整的环境让人放心，里面房间不大但装修别致，干净整洁给人好感。吃完东西躺在床上，规划明天的行程时，孩子妈归心似箭，想着回去还有好多事情没处理清，我则力主多耽搁一天，因为查到明天有一位巨星要来亚特兰大开演唱会。这位在20世纪八九十年代就闻名全球，当年与迈克尔·杰克逊齐名的顶级巨星——麦当娜·路易丝·西科尼（Madonna Louise Ciccone）。她代表了我年轻时的一段记忆，一抹逐渐淡去的色彩。机缘巧合实在难得，错过我会后悔。孩子妈对此没有兴趣，但禁不住老粉丝的劝说，还是查了一下票价，最便宜的是40多美元，比想象的低，余票不多立马订了两张。亚特兰大有好多值得一看的地方，比如百年奥林匹克公园、可口可乐世界、CNN中心、佐治亚水族馆（Georgia Aquarium）、亚特兰大动物园（Zoo Atlanta）、佐治亚理工学院（Georgia Institute of Technology）、玛格丽特故居博物馆（Margaret Mitchell House and Museum）等等，景点都比较集中，明天白天可以转着看一看，安下心来再住一天。

（二十三）

20日，早晨起来拉开窗帘，外边在下小雨，清凉的小雨挡不住游人的热情。吃了点东西，先到前台续订了房间。8点多出门，出门时跟前台大致问了一下位置，决定先去拜访一下玛格丽特·米切尔之家，再问一下晚上演出取票的事。难以想象在这样一座城市里，有这样一片区域，清晨，清静的街道空气清新，不远处一架架巨型飞机在蒙蒙细雨中起降，说心里话我喜欢这里。上了高速，车一下子多了起来，好在没有再堵车。因为之前在基韦斯特留有遗憾，这次先去看作家的故居。纪念馆坐落在亚特兰大郊区的玛丽埃塔（Marietta），导航到了附近找不到确切的位置，问了一下正在道边工作的"路政女警"，得知原来不远了。

最先看到的是桃树街（Peachtree St.）路牌，转过小街有一片一人多高的黑色铁栏圈起的绿地，中间是一栋都铎建筑风格（Tudor Style）的三层红砖墙小楼，在高楼群里像低调的乡间别墅，普通而平静，这就是我们找的地方了。奇怪的是这么有名的地方居然没有人进出，前面的门脸不大，隔着小路在车上看了半天，窗帘后尽管有灯光，但门前的防护网一直没有拉起来，看了一眼表，不到9点30分。孩子妈说外边看看得了，别进去了，还得买票。也是这么个理儿。转到后面，小楼前是一大片修剪整齐的碧绿草坪，这里更像是正门，铁栏外几棵大树旁，一块牌子上面写着故居的简介。想象着当年一位小女孩在门前的树荫下荡秋千，坐在房前的门廊上，听着外婆讲起几十年前的那场战争的情形。

1900年11月8日，玛格丽特·米切尔出生于亚特兰大市的一个律师家庭，她的父亲曾经是亚特兰大市的历史学会主席。青年时期玛格丽特就是另一个郝思嘉（Scarlett O'hara），她最初的爱情没有结果，之后婚姻的又失败，但这却使她更加坚强与自立，并使她成长为一名知名记者。

在经历了一次失败的婚姻之后，1925年，玛格丽特与佐治亚热力公司的广告部主任约翰·马什（John Marsh）结婚，她选择的第二任丈夫正是她第一次婚礼上的伴郎，约翰一直支持及深爱着她。1926年由于腿部负伤，玛格丽特不得不辞去报社的工作，在丈夫的鼓励下，她开始致力于创作。1929年她完成了《飘》的初稿，1936年书稿正式出版，并获得了巨大的成功。有人说《飘》是仅次于《圣经》发行量最大的一

本书。根据小说改编的电影于1939年上映,也成为好莱坞影史上最卖座的电影之一,《乱世佳人》是百年影史上无可争议的经典之作。小说和电影的成功使玛格丽特获得了巨大的荣誉,但她的生活却陷入了整日回复信件与应付版权纠纷的官司之中,以至于有人说从成名之刻起,"她停止了成长,实质上她已从精神上死亡。"幸与不幸还真难说得清。1949年8月11日晚,她在车祸中不幸遇难,她的生命也"Gone With The Wind(随风而逝)"。

红砖房四周弥漫着一股特别的气氛:朴素、安静、优雅、恬淡,略显伤感,与周围的现代社会格格不入,时光流转,这种气氛沉淀得越发浓郁而厚重。

告别了玛格丽特的故居,我们去球馆。车行不远,竟先看到了CNN(美国有线电视新闻网)的标志,几人高的巨大的"CNN"三个字母就立在正门入口处,红字中间有一根白线像一道电波迅速穿出,使整个标志动感而富有现代气息。虽说知道这几个景点相对集中,但没想到几乎挨在一起。穿过立交桥转到后边,街道上找不到临时停车位,只得车上留人,让孩子妈先进去问问。

晚上的演出在飞利浦球馆(Philips Arena)举行,飞利浦中心大门紧闭,只得从旁边的CNN后门进去。等了近半个小时,孩子妈回来说你也去看看,里边挺热闹的,从这儿可以直接过去,问了一下网上订票要自己打出来。于是换孩子妈在车里等。从大楼阴影里穿过旁门左道门进入大楼内部,与外边的冷清不同,里边完全是另一番景象。像许多州的政府大楼一样,CNN大楼办公与

游览一体，大厅是天井式开阔空间，顶部是半透明的采光顶棚，一层大厅对游人开放，二层以上则是CNN的办公区域，有严格的安防措施，CNN的正式工作人员都要刷卡进入。一楼大厅面积广阔，周边是几十家餐饮铺面，大厅一面上方有巨型电视屏幕正在播放CNN制作的各档新闻节目，两边围墙外密排着五颜六色的各国国旗，对面有众多的电视屏幕墙，电视新闻主题鲜明，放眼全球意味浓郁，这里甚至有一辆浅黄色的战地吉普改装的转播车。一层向上的四周空间悬挂着众多的装饰、条幅和标志，让人眼花缭乱。一楼有直达上面的扶手电梯，是供游客参观CNN电视采编、制作、直播的直达通道，电梯的出口是一个巨大的蓝色地球模型，穿过地球屋，上面有导游接待解说。斜梯大约一个小时开放一次，当然是要购票进入的。大厅中间摆放着许多桌椅，供游人驻足歇脚，使人们可以边吃边喝边看CNN的节目。整个CNN给人感觉现代、开放、霸气而充满世界性。从大厅里面向西走，可以一直穿到飞利浦球馆入口，球馆这时候还拉着围栏，有穿着制服的工作人员值守。

时近中午，天上白云朵朵。回到车上商量了一下，决定还是先回旅馆打票，吃点东西再出来，下午再到周边转转，最后在CNN里边等到演出开始。回到旅馆天又开始下雨，孩子妈去前台沟通用计算机打印票单，我回房里烧水泡面。

再次冒着小雨出发，半个小时后，先来到了CNN东边的奥林匹克公园。孩子妈对这个不感兴趣，在路边留车待命，我一个人在雨中走马观花。1996年是现代奥运会成立100周年的时间，第二十六届夏季奥林匹克运动会就在亚特兰大举行，从园区的入口门柱或地砖上可以看到两片橄榄枝中间串起的"100"字样。至今我还记得"召唤英雄（Summon the Heroes）"的旋律，记得"拳王"穆罕默德·阿里（Muhammad Ali-Haj）用颤抖的手点燃奥运圣火的画面。这位传奇拳手不久前才刚刚去世。

在那一届奥运会，中国选手获得了16块金牌，金牌、奖牌榜均列第四位，中国涌现出了王军霞、伏明霞、李小双、邓亚萍、刘国梁等一批金牌选手。可惜没时间去找奥林匹克主体育场了。公园广场面积不大，游人也没有几个，低调地令人惊讶，与北京的奥林匹克公园相比简直是一个天上一下地下。在繁华的楼群中它更像是城市中的街心花园，东北角还正在建一个儿童乐园。广场上最醒目的是几根像火炬的高大灯柱和旗杆，中心是雕刻着奥运橄榄枝的黑色花岗岩长方形水池，台阶下有一片音乐喷泉，泉水汩汩向下汇入更大的水池，池水清清倒映着四周黑色的树枝和灰色的天空。黄色的草坪浸满水珠，脚下红砖甬路上刻满了一个个名字，不知道他们为百年奥运做了些什么，要让人永远记得。广场上有几组雕像，其中有一位老先生，他右手执礼帽健步走上台阶，即将跨过五环和平之门，我能认出他就是法国著名教育家、国际体育活动家、现代奥林匹克运动的发起人，曾经的国际奥林匹克委员会主席、被国际上誉为"奥林匹克之父"的皮埃尔·德·顾拜旦（Le baron Pierre De Coubertin）。

皮埃尔·德·顾拜旦1863年1月1日生于法国的一个贵族家庭，拥有男爵称号。顾拜旦一生对奥林匹克做出了突出贡献，他倡导的和平、友谊、进步宗旨，反对歧视、坚持平等的原则，对人类的和谐发展及奥运与文化教育相结合等理念，已永久写入奥林匹克宪章中。1937年9月2日，顾拜旦男爵因心脏病在瑞士洛桑与世长辞，终年74岁。遵照他生前的遗愿，顾拜旦的遗体安葬在洛桑，而其心脏则安葬在古希腊奥林匹克的发源地奥林匹亚。他希望即使身体长眠于地下，但他的心脏能始终与奥林匹克运动的脉搏一起跳动。1912年在斯德哥尔摩奥运会期间他发表的名篇——《体育颂》（*Ode to Sport*）是他对体育崇高精神的最好诠释，激励了一代代体育人为之奋斗，也被后世人广泛颂扬——

啊，体育，天神的欢娱，生命的动力！你猝然降临在灰蒙蒙的林间空地，受难者激动不已，你像是容光焕发的使者，向暮年人微笑致意。你像高山之巅出现的晨曦，照亮了昏暗的大地。

啊，体育，你就是美丽！你塑造的人体变得高尚还是卑鄙，要看它是被可耻的欲望引向堕落，还是由健康的力量悉心培育。没有匀称协调，便谈不上什么美丽。你的作用无与伦比，可使二者和谐统一；可使人体运动富有节律；使动作变得优美，柔中含有刚毅。

啊，体育，你就是正义！你体现了社会生活中追求不到的公平合理。任何人不可超过速度一分一秒，逾越高度一分一厘，取得成功的关键，只能是体力与精神融为一体。

啊，体育，你就是勇气！肌肉用力的全部含义是勇于搏击。若不为此，敏捷、强健有何用？肌肉发达有何益？我们所说的勇气，不是冒险家押上全部赌注似的蛮干，而是经过慎重的深思熟虑。

啊，体育，你就是荣誉！荣誉的赢得要公正无私，反之便毫无意义。有人要弄见不得人的诡计，以此达到欺骗同伴的目的。但他内心深处受着耻辱的绞缢。有朝一日被人识破，就会落得名声扫地。

啊，体育，你就是乐趣！想起你，内心充满欢喜，血液循环加剧，思路更加开阔，条理更加清晰。你可使忧伤的人散心解闷，你可使快乐的人生活更加甜蜜。

啊，体育，你就是培育人类的沃地！你通过最直接的途径，增强民族体质，矫正畸形躯体，防病患于未然，使运动员得到启迪；让后代长得茁壮有力，继往开来，夺取桂冠的荣誉。

啊，体育，你就是进步！为了人类的日新月异，身体和精神的改变要同时抓起,你规定良好的生活习惯,要求人们对过度行为引起警惕。你告诉人们遵守规则,发挥人类最大的能力而又无损健康的肌体。

啊,体育,你就是和平!你在各民族间建立愉快的联系。你在有节制、有组织、有技艺的体力较量中产生,使全世界的青年学会相互尊重和学习,使不同民族特质成为高尚而公平竞赛的动力!

我喜欢体育,从小到大,从过去到现在乃至今后,因为它健康向上,努力进取,真实无畏。愿体育精神之花常开不败,记住顾老先生这些闪光的话吧:"对人生而言,重要的绝不是凯旋,而是战斗。""重要的不是取胜,而是参与。""生活的本质不在于索取,而在于奋斗!"

(二十四)

奥林匹克公园的西边,隔着一条马路就是可口可乐馆。草地中的圆形外墙使整个展馆像一个球馆。入口对面在一个巨大红色可乐瓶盖下,有一名工作人员值守。可口可乐馆不含税票价16美元,里边除了讲述公司的历史和可乐的生产过程外,还有世界各地可口可乐公司不同口味的产品,供人免费品尝,当然还有各种与可乐相关的创意图案、标志和纪念品。一个企业能把自己的品牌产品做成主题展示馆并卖票让世人参观,可见其品牌的巨大影响力。

可口可乐最早是在1885年由美国佐治亚州的药剂师约翰·彭伯顿(John Stith Pemberton)发明的用来治疗头痛的甜药水,怪不得刚喝时有股子药味。后来经过改良,去掉了酒精,加入了苏打,成了今天的样子。由于能提神醒脑还不难喝,最重要的是可以部分戒除吗啡及酒精上瘾,在当时很受人欢迎。于是1886年成立了公司,开始生产销售这种产品，最初定价才5美分。

关于名字的由来，一种说法是，当时彭伯顿找了弗兰克·M.罗宾逊（Frank·M.Robinson）给公司起名，这位罗宾逊先生想了一夜的凉爽的意思，直到第二天天亮公鸡打鸣，突然触发了灵感，把两个单词的字母"k"和"d"，都换成"a"就成了"CocaCola"这个大名。还有一种说法是，罗宾逊就是彭伯顿的合伙人，他根据糖浆的两种主要成分：古柯（Coca）的叶子和可拉（Kola）的果实来命名，为了整齐划一，将"Kola"的"K"改成了"C"，然后在两个词中间加一横，于是Coca-Cola便诞生了。也有人说，这个名字就是彭伯顿和助手自己给起的。

1888年，彭伯顿临终前将股份及配方，以前后2300美元的价格转让给了他的伙伴阿萨·坎德勒（Asa Candler）——也是他当初用这个"魔水"治好的头痛病人。阿萨·坎德勒全身心地投入可乐事业，为产品注入了许多新的理念并把企业推向了世界。1919年，由于妻子去世的打击，阿萨也卧病不起，在生病期间，他的孩子们未经父亲的同意就把公司卖给了别人，当阿萨听到股东们出售可口可乐公司的决定时，阿萨惊呆了。1929年3月，77岁的阿萨·坎德勒在失落的痛苦中与世长辞。如果阿萨能够看到他一手建立起来的公司在别人的手上，成长壮大成了可口可乐王国，他该感到欣慰。在可口可乐馆的门口，有位大胡子端着杯子邀请四方来客畅饮的塑像就是这位就是阿萨·坎德勒，他也被誉为"可口可乐"之父。

至于它的中国名字则还有一段：1927年，可口可乐首次进入中国，在天津及上海设立装瓶厂，不知是哪位大才把它译成了"蝌蚪啃蜡"。当时的中国人可不是那么容易接受这么难喝的东西，何况这棕褐的颜色，中药味的口感，再加上还有这么一个怪名字，销量很差也是自然。认识到问题的严重性，Coca-Cola公司悬赏350英镑在报纸上公开征集译名。

民国时期的一位中西交流文化名人，姓蒋，名彝，字仲雅的，当时身在英国，听闻这一消息，经过深思熟虑最终成就了"可口可乐"这一响亮的名字，它不但保持了英文名的音译，还比英文名更富有寓意，发音还易于上口，蒋彝为此捧得了这笔奖金。谁能想到这一点点的付出会在中国创造出数十亿的回报。1979年，在中美建交之后的第三个星期，第一批可口可乐产品从香港经广州运到了北京，再次进入了中国市场。在碳酸饮料市场上，它的地位无可替代，我个人体会，在盛夏，可乐加冰块是最佳防暑解渴饮品，尤其是在美国。可口可乐在全球的成功，在于其产品的不断丰富创新、文化理念的创意发展、公司的巨额广告投入和成功的营销策略。目前，全球有200多个国家在售卖可口可乐，每天有19亿人次的消费者在畅饮可口可乐饮品，平均大约每秒钟售出20000瓶。有句广告说："富人喝香槟，穷人喝啤酒，可口可乐是他们共同的选择。"

可口可乐的配方已经保密了130年，那可是全世界保卫最森严的商业机密。起初可乐的配方只是口口相传，1919年以厄瓦斯特伍德拉夫（Ernest Woodruff）为首的几个投资商买下了可口可乐的配方，才正式记录在纸上。可口可乐中百分之九十九以上的配料是公开的，保密的成分在可口可乐中所占的比率还不到百分之一，但是少了这百分之一怎么也造不出可乐的特有风味，这个神秘的配料是被称为"7k"的玩意儿。

据说知道核心配方的不超过10个人，可口公司对外一直宣称只有两位公司的资深高层知道配方，但是公司始终没有公布这两个人的名字，或者他们身在何处，只放风说知晓配方的这两个人不允许搭乘同一架飞机旅行。在总部厚重的金属包墙内，穿过掌纹识别系统、几道密码门禁的半米厚的钢铁大门,在一个保险柜里,配方就静静躺在一个金属盒子里。可口可乐公司从未将配方注册专利,因为如果申请专利就意味着要公开配方,而且一旦专利失效,任何人都可以按照配方制造出原汁原味的世界著名饮料。对于这种保密级别及相关宣传报道,也有人对此表示怀疑:《上帝 国家 可口可乐》(*For God, Country and Coca-Cola*)一书的作者马克·彭德格拉斯特(Mark Pendergrast)认为,可口可乐公司对配方保密是为了借助神秘营销增加销量、扼杀竞争,另一方面不让消费者清楚配方,也就能隐瞒他们用的便宜原料和巨额的利润。其实真真假假都不是关键,就算是有人得到配方并生产出了这种东西,但谁会去为它而放弃正品的可口可乐呢?毕竟可口可乐已经非常好,在全世界哪儿都能买到。

事实上可口可乐世界我并没有进去,在奥林匹克公园北侧,与可口可乐馆遥遥相对的是亚特兰大另一主要景点——佐治亚水族馆。如果说奥兰多海洋世界以游乐和体验为主,佐治亚水族馆则是以参观海洋生物为主。佐治亚水族馆据说是世界最大的水族馆,不过从它的建筑外观来说,不大看得出来。

下午3点30分,在蒙蒙细雨中,我们驱车来到了佐治亚理工学院,简称GIT(Georgia Tech)。始建于1885年,是一所世界一流的综合性大学,他与麻省理工学院,简称MIT(Massachusetts Institute of Technology)和加州理工学院,简称CIT(California Institute of Technology)并称为美国三大理工学院。与其他两所名校不同的是,GIT是公立学校,而其他为私立。一般来讲,美国的大学名校,私立的普遍要强于公立的,但各个学校都有自己的强势专业,一些整体排名靠后的学院也不乏排名靠前的专业。2015年GIT被泰晤士高等教育世界大学排名(Times Higher Education World University Rankings)列为第四十一位,中国的北大为第四十二位,清华为第四十七位。由The Times曾经的合作伙伴QS世界大学排名(QS World University

Rankings）推出的2015年世界大学专业排名中，GIT的工程与信息技术列第七名。事实上，佐治亚理工学院的工业工程、机械工程、材料工程、建筑等专业在全美名列前茅，这得益于它拥有一支享誉国际的教职工队伍。全校1100名教职工中，94%拥有博士文凭，64%为终身聘任教授。学校有设施齐全的现代化教学大楼、科研实验室、学生宿舍等，酒店、餐厅、休闲娱乐中心也有，甚至还有专为1996年夏季奥运会修建的体育场馆。

校园里没有城市的喧嚣，有的是整洁的街道和灰色的石板台阶，有圆形的拱门和白色窗格的红色楼群。主街向外正对着一栋尖顶摩天大楼，在视觉上形成了传统与现代的对比。成行的树木、碧绿的草坪，或欧美或亚非或严肃或嬉笑或独立或结伴而行的青年学生。学校的外围在一片修剪整齐的草坪坡台上，有一栋西班牙式的红色的城堡非常醒目，在几株大树的灰色枝条下，中央的塔楼、灰色的屋顶和金色的塔尖，把校园衬托得优雅而富于古典艺术气息。草坪在阴柔的光线下，绿得那么纯粹、艳丽。

回CNN的途中，在稍远的地方找到一个私人停车场，黑人大哥才要5美元，便宜得令人愉快。打听好方向，向西南步行20分钟，穿过奥林匹克公园，等再次走进CNN大厅已是5点。原打算到上面参观一下CNN节目制作和直播，可卖票的窗口正在关闭。没去成有些遗憾，只得化悲痛为食欲，孩子妈要了份墨西哥盖饭和玉米脆片加西红柿辣酱，我则要一份美式汉堡加可乐。边看大屏幕上的CNN节目，边歇脚，吃完东西就四处游逛消耗时间。里边转得差不多了，就到外边拍夜景，流光溢彩的街道在夜幕衬托下更加繁华，远处的高楼大厦灯光点点，奥林匹克公园灯柱发着柔和的白光，对面有一个巨大的摩天轮在缓慢旋转着，那主体轮辐上的灯带不时变换着颜色，在傍晚的半透明的灰黑天空下色彩明灭，变化多端。

| 下篇 |

（二十五）

晚上的演出8点开始，7点多西边球馆入口已开始排队等待放行。原以为美国年轻人对麦当娜不会太追捧，毕竟是老一辈的歌星，流行对时间要求得格外严苛，如今电台或网络歌坛上的新人、热点，层出不穷，可谓：江山代有才人出，各领风骚十数年。所以真没想到排队的人会有这么多。经过安检和扫码，进到里面看台入口处换票时，女工作人员看了一下我们自己打印的票据号，从手中的一把票里挑了两张递给我们，我们原来的座位是最后几排，她却换给我们下边靠前的位置，尽管还是侧面偏角的地方，但已经是意外之喜了。不知道工作人员是根据什么而这样安排，难道是因为人少？不过美国人一向是不着急入场的，等在外边玩够了再入场，许多人等比赛或演出开始了才进来。这次也没有例外，不过最终看台上的人还是坐得很满。

飞利浦球馆1999年落成，能容纳约21000名观众，是NBA球队亚特兰大老鹰队（Atlanta Hawks）的主场，同时也是WNBA球队亚特兰大梦想（Atlanta Dream）和北美冰球职业联赛（NHL）亚特兰大鸫鸟队（Atlanta Thrashers）的主场。飞利浦中心也是世界上举行演唱会最繁忙的球馆之一，2010年曾被《潮流星报》（Pollstar）杂志评为美国第二、世界第五的音乐会和活动举办地。球馆内部跟其他地方的很相似，这次在一面搭上了巨型的背景电子屏幕，两边有射灯和音响设备，中间是一长溜的"T"形台，球场中央T台两边加满了临时座位，可以与表演者进行近距离的互动。台上巨大的红色幕布上是麦姐的巨幅画像，不时有人走到跟前与画像合影或自拍。中央电子屏滚动播放着今年在这里将要进行的演出预告，整个演出场内洋溢着欢乐的气氛，人人脸上都带着笑容。看我前边有位美女挨个让周围座位上的人帮她拍照，这次把手机又递给我，还摆了一个俏皮的姿势露出最甜的笑容。大家都在自娱自乐，原定8点开始的演出，眼看都快9点了还没动静，难道是改了时间？

　　演唱会的题目是叛逆之心之旅（2016 Rebel Heart Tour）。麦当娜做人就是叛逆与特立独行的。麦当娜·西科尼1983年正式出道，发行了首张以她名字命名的专辑《麦当娜》（*Madonna*），之后名曲无数，也获奖无数。她还主演过多部电影，1996年麦当娜因出演《贝隆夫人》（*María Eva Duarte de Perón*）获得金球奖最佳音乐剧女演员奖。电影中的插曲"阿根廷别为我哭泣（*Don't cry for me Argentina*）"那哀婉忧伤的曲调，也成为阿根廷的名片，被人广为传颂。这首歌曲的风格其实与流行音乐是不大合拍的，歌曲最初是在1976年以专辑的形式发行，主唱者是英国的朱莉·卡温顿（Julie Covington），以它为主题曲的音乐剧《艾薇塔》（*Evita*），1978年第一次在伦敦公演就获得了成功，之后美国人把音乐剧改编成了同名电影。歌曲走得是古典的路数，在麦当娜的歌曲里算是风格独特的一个了。

　　麦当娜1958年8月16日出生于美国密歇根州（Michigan）的底特律（Detroit），是意大利和法国混血，意大利裔。可笑的是前些年有报道说，一位俄罗斯大妈声称麦当娜是她的私生女，为此还认真地争吵了一阵。比较可信的说法是，麦当娜出生在一个虔诚的天主教徒家庭，家里一共七个小孩，5岁时母亲过世，小时候父亲对她们要求都很严格，希望她长大能当个律师或会计师之类的"正当职业"。可她却喜欢上了芭蕾舞，19岁时辍学离家，带着仅有的35美元和一腔热血只身跑到纽约闯天下，开始了她富有传奇色彩的人生。起初只是混迹于纽约的一家舞蹈团跳爵士舞，几年后她开始尝试做歌手，1983年起，她在歌唱及演艺事业上逐渐获得成功并一举奠定了她在歌坛的霸主地位。在私生活方面，她在外人的眼里却是混乱的，甚至是放荡不羁，这跟她的叛逆性格有很大关系。也许是童年严格规律的生活使她产生了逆反心理，20世纪80年代麦当娜发起了香烟女权运动（Cigarette Feminism Movement），这使她成为女权主义运动的偶像。她眯着一只眼，斜叼着烟卷，玩味世间的黑白照片形象成为女人的一种时尚标志。她重新发现了下半身的真理，"她的身体变成燃烧的火炬，传递在美国、欧洲和澳洲之间，四处点燃女人反叛的怒火"。面对各种批评与抨击，麦姐表现出了非凡的勇气，"她做好了容忍一切质疑或是归根究底炒作的准备，是一种不自由的极度自由"。2015年，56岁的麦当娜再次登上了《时尚》杂志的封面。至今她的两次婚姻都以失败告终，目前还在与英国导演盖·里奇（Guy Ritchie）进行争子大战。不管怎么说，麦当娜的歌依然充满流行元素，她的演出也还在精彩呈现。

晚上9点，场内的灯光灭了，舞台的射灯亮起，观众一下子安静了下来，演出开始了？一下子，巨响的鼓点直击心灵，电子音乐随之响起……呃，前边出来个小伙子。哦，明白了，是垫场演出。小伙子个儿不高，身体结实，在舞台上挥洒着无尽的能量，双手快速地按动、旋转着调音台上密密麻麻的按键和旋钮，强劲的音乐随之出现各种变化，他的身体随着音乐扭动摇摆，台上灯光爆闪气雾弥漫。场下的气氛一下子被点燃，人们都站起身来手舞足蹈，我前边的那个姑娘也扭了起来。台上的小伙子手指翻飞，像玩键盘一样地摆弄调音台，满场都是节奏强劲的电声乐与鼓点，变化多端而分不清是否有重复，反正听起来都差不多。现场的音乐非常响，在他的带动下，观众热情洋溢。等他下了台，又是冷了场。场内灯光再次打开，一会儿侧面上边的大屏幕打出了一行字：因某种不可控原因，演出被迫推迟。亚特兰大末班火车（地铁）将在21日1点20分发出，请各位做好安排。电子屏上的通知在滚动播出，人们似乎都欣然接受了这种情况，依然是聊天吃东西，跟没看见似的。

事后有报道说麦当娜一贯有演出迟到的毛病，而且不是迟到一星半点。上周六在肯塔基州（Kentucky）的路易斯维尔（Louisville）站演出时状况频出，当天她的演出迟到2个小时，有人认为麦当娜还喝了酒在舞台上醉演，不过事后她否认了自己醉酒演出。一位叫Mark Medlin的乐迷来自亚特兰大市旁边的罗斯威尔（Roswell），他花了400美元购买了门票，并且花了超过100美元请人来帮忙照看家中的孩子，却不得不在演出进行到一半时匆忙回去，对此他显得异常愤怒："这事过去了，但我还是很愤怒！这是对乐迷的极大不尊重，太粗鲁了！我的时间同样很重要！"幸好我们不用赶火车，我的时间我做主。后来还听说麦当娜在之后的亚洲巡演中，依然我行我素，之后的台北、香港和澳门演唱会照迟不误。不过也有一种持肯定态度的说法是，麦当娜对演出水准要求很高而从不妥协，舞台设计、灯光及服装道具复杂，东西托运及布置要花费大量时间，但这个说法给人感觉有点牵强。

晚上10点54分，巨星重装粉墨登场，观众起立为她鼓掌。尽管等了近三个小时，尽管连句道歉的话都没有，但当麦当娜走上舞台，演出一开场乐迷们就原谅了她。色彩变幻炫酷闪烁的舞台灯光，随时切换的巨大电子背景画面，华丽的服装、繁复的道具，震撼的音乐旋律唱响全场。57岁的麦当娜穿着紧身上衣和短裙，长可及地的火红披风，纤细的身材结实的大腿，黑腰高根皮靴，看起来更像是二八的时尚女郎，成熟妖艳但绝不苍老。随着舞台布景及光影变换，她也在不断变换着风格与造型，浑身律动着青春的活力。她的声音时而冷艳又充满魅惑，时而慵懒地透着倦意，时而哀婉感伤令人叹息，时而又激情四射狂野不羁。似曾相识

的歌曲，性感前卫的台风，上天入地的空间跨度，尽力地歌唱和表演……甚至还与观众随机互动，开些无伤大雅的玩笑。

麦当娜的演出实际上是一个团队的演出，她的伴唱及伴舞都是一流的艺人，几十人的助演团队，其中黑人占了多半，猛男加靓女，大胆而不落俗套的表演让人热血沸腾。期间，挠一挠白天的道德底线，热闹的夜晚更让人期待，它代表了衣食大众的一点小情趣。而所有的元素融合在一起，形成了一场独特的视觉盛宴。演出进行了两个半小时，紧凑而不打折扣，在这两个多小时中，包括我们在内，观众几乎都是站着看她的表演。最后结束时，她没有返场与回顾，头也不回地退场了。现场是长枪短炮齐聚焦，我的相机内存已满，手机电量告急。演出无疑是成功的。在为她喝彩的同时，我也为她的人生际遇泛起一丝同情，正是：春风得意处，红颜命多舛，岁月催人老，且行且珍惜。庆幸能亲眼所见一代巨星的表演，能亲耳聆听曾经的传奇人物的演唱。凌晨1点多，怀着有些复杂的心情，我们走出了飞利浦球馆。

（二十六）

21日凌晨2点回到旅馆。睡前先计划了一下白天的行程：从这里回家大约1500英里，要开20来个小时，孩子妈说他们学校有个小孩不眠不休地硬是花一天时间，从东边开回了学校，佩服。不过还是分两天走比较现实，路上还想再看看风景，孩子妈说23日白天要到校公干，刚好来得及。算定好两天的时间，一天得跑七八百英里，路过田纳西州可以先到田纳西的名城去看一看，今晚要到阿肯色州（Arkansas）落脚。

多睡了会儿，亚特兰大机场温德姆酒店给人印象很好。上午10点30分才退房出发，如果只是跑路时间有富余，但要进城略微看看，时间就有点晚了。穿行在这座现代化的都市,远处的政府大厦,高高的金色圆顶乍隐还现。"轻轻的我走了,正如我轻轻的来;我轻轻地招手,作别西天的云彩。"

离开亚特兰大,上75号公路再转24号公路向西北,出佐治亚入田纳西,时钟又慢了一个小时,时间由东部时间(EST)变为中部时间(CST)。三个小时后抵达了田纳西首府那什维尔(Nashville),实际上我们走了四个多小时。纳什维尔是此次美国之行的最北端了。这座城市位于田纳西州中北部坎伯兰河(Cumberland River)畔,是该州仅次于孟菲斯(Memphis)的第二大城市,面积1362.2平方公里,人口66万,它得名于美国独立战争时期的一位英雄人物。城市还是美国乡村音乐的发源地,一把吉他加上班卓琴和口琴的伴奏,述说式的歌词,可以尽情地抒发歌手心中的快乐和忧愁。

孩子妈在车上留守,我则行走在街道,在尖顶教堂与高大的建筑间,寻找乡村音乐的足迹。阴沉的天空加上寒冷的空气,尽管已是下午,但感觉却像是早晨。街道上车辆和行人不是很多,市政大楼前的广场很空旷,绿色的草坪及周围有一层薄薄的细雪。这里的高楼相对紧凑,鹤立鸡群的AT&T大厦是城市最高建筑。它的两个尖顶像竖立的牛角,被称作"蝙蝠侠"大楼,是这座城市的标志性建筑。与之遥遥相对的另一高塔前,是气势宏伟像雅典圣殿的历史纪念馆。广场上有几组城市历史雕塑,其中竟然有朝鲜战争纪念碑:两个美国大兵手里一个持长枪一个执短枪,低伏着身子像在抢滩登陆,两人中间是一幅朝鲜半岛地图,拿手枪的这位钢盔掉在了脚下,让人感觉仗打得并不顺利。街道两边的浅黄色的城堡式建筑及红色的尖顶教堂很漂亮,在现代的楼宇间散布着几个大小不一的音乐厅,街角偶尔会传出乡村音乐的曲调。回到车上忍不住带孩子妈在中心区又兜了一圈,孟子不是说"独乐乐"不如"与人乐乐"嘛。

下午3点,出城上40号公路向西继续赶路。越往西行,天阴得越厉害，不知道什么时候起，天下起了雨，时大时小。时间还早，就已渐渐黑了下来。当路边三个巨大的十字架灯柱由远及近又由近到远，田纳西最大的城市孟菲斯到了。外面雨下得很大，立交桥的路面溅起密集的水花，在车灯的照射下，一下清晰一下模糊。大城市的立交桥非常复杂，车一辆紧跟一辆，高速路的出口一晃就会错过。我自认为反应还是很快的，但天黑雨大，加上后面车跟得太紧，等看到标志已是来不及变道了，几次错过下道口，多跑了不少路。孩子妈主张别进城市了，我却还是想下去看一下，市中心的"小金字塔"看不成，"猫王"的故居还是想拜访一下。

孟菲斯得名于古埃及首都孟菲斯，公元前3100年前美尼斯（Menes）王统一上、下埃及的时候，没有把首都定在上埃及或者下埃及，而是把它放在了上、下埃及之间的孟菲斯。美国的孟菲斯也是有历史的，孟菲斯的原住民是契卡索（Chickasaw）印第安人，到南北战争之前城市靠种植棉花和奴隶交易发展起来。前文提到的马丁·路德·金，1968年4月4日在这里的一家旅馆遇刺身亡。孟菲斯人口和首府纳什维尔差不多，不到70万，其中黑人占了近一半，城市面积比纳什维尔要小一些。孟菲斯在美国南部文化的发展中扮演了极其重要的角色，被誉为摇滚的发源地，很多著名的音乐家都在孟菲斯及密西西比河周围长大，最著名的有猫王埃尔维斯·普雷斯利（Elvis Presley）、来自路易斯安那费里迪（Ferriday）的白人歌手杰瑞·李·刘易斯（Jerry Lee Lewis）、阿肯色君士兰（Kingsland）的创作歌手约翰尼·卡什（Johnny Cash）、密西西比伊塔贝纳（Itta Bena）的布鲁斯之王B.B.金

（B.B.King）和密西西比州黑泽尔赫斯特（Hazelhurst）只有27年短暂人生的蓝调歌手罗伯特约翰逊（Robert Johnson）等等，他们都曾把人生最辉煌的时期给了孟菲斯。B.B.金曾在1996年亚特兰大奥运会闭幕式上献唱，2015年5月离世。

埃尔维斯·普雷斯利，1935年1月8日出生在密西西比州的一个贫穷的农场工人家庭，童年曾在教堂唱诗班演唱，教堂里布道者和做礼拜的人们情绪激昂地摇摆晃动、欢快地载歌载舞给他留下了深刻的印象。12岁时他曾参加了一个唱歌比赛并获得了第二名。1948年普雷斯利随父母迁到了孟菲斯并开始接触摇滚乐。1954年普雷斯利录制第一张商业唱片，这开始了他的职业演艺生涯。1956年他出演电影《温柔地爱我》（*Love Me Tender*），他根据同名电影创作的单曲，至今还在经典金曲排行榜上被播放，短短几年内，他迅速成长为家喻户晓的巨星。记得20世纪80年代随着改革开放，国内很早就引入了这首歌，初闻此词，对其低沉缓慢的曲调不大有兴趣，毕竟当时国内正流行邓丽君的小清新歌曲，普雷斯利这种演唱风格当然很难入耳。而几年后，中央电视台无偿引入了一批美国电影，以早期的黑白片为主，几乎每一部都是经典。看过的其中一部就是他主演的，影片中他是又唱又跳洒脱得不行，与这首歌的曲风形成了鲜明对比，后来又听说他42岁就死了，这时却感觉他的声音深沉而又富有磁性。我还记得秀兰·邓波儿（Shirley Temple）穿着可爱的裙子和小皮鞋跟着黑叔叔跳踢踏舞的小模样。

"The hillbilly Cat（猫王）"是狂热的歌迷们为他取的昵称，据说是因为他早年在南方表演时喜欢穿着华丽的服装，夸张的喇叭裤，头上留着独特的鬓角，舞

蹈时臀部激烈地扭动，像只骄傲又可爱的猫。1977年8月16日，猫王的未婚妻金格·阿尔登（Ginger Alden）在浴室的地板上发现他已死去。关于他的死因，主流说法是心脏病，不过也有人说是死于肺炎、便秘、酗酒或吸毒过量、自杀等，还有人说他遗传基因有问题，不一而足。过去的事谁能说得清，就像今天的事，多少年后也将成为不解之谜。英年早逝也成就了一代美国影响力最大的摇滚歌手之一。他被葬在森林山公墓他母亲的墓旁，不久有三名歹徒意图盗走他的遗体，后来在埃尔维斯父亲的决定下，母子尸骨一起迁到猫王故居雅园（Graceland）内。夜幕掩盖了所有过往的传奇与故事，"舞榭歌台，风流总被雨打风吹去"。

跟着导航，路越走越偏僻，街道上车辆稀少，看不出哪里是普雷斯利故居，远远的有个路标，具体却不知道哪一幢房子才是目的地，只好放慢车速仔细寻找。周边用围栏圈起来像是在施工，在露出的两扇关着的丝网铁门上，各有一个抱吉他弹唱的乐手剪影图案，还有几个跳动的五线谱音符，铁门像一本打开的书。门后是一片草坪，远处有一栋白色的法式的楼宇亮着灯光。我猜这个清冷的所在应该就是吧，在相隔不远的一道墙上发现了花体的"3734 Elvis Presley Blvd, Memphis（3734猫王大道孟菲斯）"号牌字样，可以肯定了。里边在昏暗的灯影里是草坪、大树、别墅，寂静无声。那幢白色的房子应该是猫王博物馆了，不知道如今是否还有他的家人住在里边。身前喧嚣事，身后薄幸名，风摇树影动，雨落莎草腥。

晚上7点，我们继续赶路。今晚的宿点订在阿肯色州最西边的史密斯堡（Fort Smith），史密斯堡距这里286英里，四个多小时车程。出孟菲斯向西，跨过密西比河就进入了阿肯色州。阿肯色州位于密西西比河中下游地区，面积13.8万平方公里，人口近300万，首府小石城（Little Rock）是州里最大的城市。阿州原为印第安人聚居地，17世纪法国探险者来到这里，并将包括阿州在内的广大地区命名为路易斯安那，1803年美国购得路易斯安那领地，并将其先后划分出包括阿肯色州在内的15个州，而它被称为"机会之地"或"自由之州"。阿州矿产资源丰富，二氧化硅、铝矾土、石英、溴等储量巨大，它还是美国少数几个出产钻石的州之一。阿州是美国传统的农业州，盛产水稻、棉花和大豆，交通运输业发达。全球500强之首的连锁零售业巨头沃尔玛百货公司的总部位于该州的本顿维尔（Bentonville）。从阿州走出去的名人有：出生在阿州小石城的美国五星上将、前西点军校校长、第二次世界大战盟军太平洋战区总司令肖恩·麦克阿瑟（Douglas MacArthur），麦克阿瑟是美国陆海空三军中获得勋章最多的将军，也是美国将军中唯一一个参加过第一次世界大战、第二次世界大战和朝鲜战争的人。还有一位是出生于阿州Hope城的比尔·克林顿（William Jefferson Clinton），他曾任阿肯色州州长，是第四十二任美国总统，他的妻子希拉里·克林顿（Hillary Diane Rodham Clinton）今年正在竞选第58届美国总统，并有希望成功当选。如果登顶，她将成为美国历史上第一位女总统，也将成就首对夫妻总统。

　　进入阿肯色，雨越下越大，雨砸在车身及车窗上发出巨大的响声，黑暗中能见度也就是几十米，车灯照着前边白花花一片，不得已只能降低车速。40号公路是横贯东西的主路，同向行驶的都是运货的大型高头重卡，行驶中车轮扬起一片水雾，从旁边超车就像闯入一片盲区，什么也看不见，只能是凭着感觉走了。这个点大卡车一辆接着一辆。孩子妈见实在有点悬，说咱们就跟着大车走，别超车了。可大车有快有慢，快时时速70英里多，你不超车后边就超你。但美国的大卡车有一点值得称道，那就是车灯多，前边不说，晚上从后面看车厢上都有灯，有的还是一圈灯，从很远就能看见。晚上高速路的分道标也非常重要，美国许多好的路段都埋有黄白色的立体分道标，晚上车灯打上去能反射出醒目的光线，如同一盏盏小灯，组成金银的标记线非常漂亮。弄成这样起初我还认为是为了美观，今天才真正体会到它的实用性。雨天夜晚分道线根本就看不清楚，只有立体的反光标才最有效，可惜不是每段路都有。模模糊糊地真怕把车开到路下边去，转弯时就更得当心，标记线被雨水浸透，路面上黑乎乎一片，开远光近光都白搭。跟着跑得快的大卡车最安全，根据前边的车灯可以对前边是不是转弯提前有个预断。不过总跟着也不行，多数时间还得靠自己，这时候就只能是或左或右死盯一根斑马线了。精神紧张注意力高度集中，不时叫孩子妈查一下平板上的卫星定位，看看到底到了哪里，累不累都顾不上了。行路难兮路漫漫，时间一分分度过，真有些怀疑我们还能不能走出这片大雨。

　　时近10点，前边一片灯光璀璨，小石城到了。已经是尽量保持车速了，可到这时候，我们不过才走了一半路程，这的确让人有点灰心。光明给人温暖和希望，光明也能驱散云雾，雨似乎小了些。过了一会儿，视线竟然也清晰起来，外边的雨变得越来越细密。再过一会儿，细小的雨点已挂不住玻璃，落在车身上发出沙沙的声音，路面起了一层淡淡的白色。下雪了吗？把车窗降下一道缝，把手探出去感受了一下，没错，真的是雪！由雨夹雪变成小雪，再由小雪变成大雪，谁也不知道老天还会变换出什么花样来。不管怎么说，终于可以看清路了。不知道什么时候大卡车都销声匿迹了，连小车也难得一见，茫茫白色中，似乎只剩下我们一位闯入者。车灯照不出前边的路，斜斜下落的雪像千万道利剑迎面刺来，不由想起了李连杰在《英雄》里万箭齐发的镜头。这种感觉很奇妙，孩子妈已惊得说不出话来。过了一会儿，雪停了，前边的路面也清晰了起来。否极泰来，一边加速向前，一边感叹这一路经历的考验：基韦斯特是暴雨，这次是黑天加暴雨，还好没来个黑天加暴雪漫道。晚上11点30分，我们终于赶到了史密斯堡的旅店，还不算太晚。感谢导航，我们没走错路，一天跑了14个小时，步步惊心。

（二十七）

22日，阴。吸取昨天的教训，一早起来不敢耽搁，匆匆接了两杯咖啡就走，离开M6先给车加满油，8点30分踏着晨光我们出发了。今天不管几点也要赶回家，1100英里，16个小时的车程还得跨个时区。

出城向西一点，就进入了俄克拉荷马（Oklahoma）。俄克拉荷马州是美国中南部的一个州，面积181.3平方公里，人口391万，首府俄克拉荷马城（Oklahoma City）是该州第一大城市。俄州曾是印第安人的聚居地，也是1830~1840年东部印第安人西迁的"血泪之路"的终点。俄州农业在传统经济中占有重要地位，西部的小麦和高粱，东部的玉米、蔬菜是州内主要农产品。俄州石油、天然气、有色金属、石膏、花岗石等储量丰富，机械制造业、航空业发达。第二大城市塔尔萨市（Tulsa）不但有"世界油都"之称，还是全球最大的民用飞机维修保养基地，AA的保养中心也设在该市。这个州的牛人只提一位：沃尔玛创建人山姆·沃尔顿（Sam Walton）。

山姆·沃尔顿1918年3月29日出生在美国俄克拉荷马城西北的翠鸟（Kingfisher）镇，小时候当过报童。大学毕业后，事逢第二次世界大战爆发不久，山姆便报名参军并在美国陆军情报部门服役。战争结束后他回到故乡，1951年他向岳父借了2万美元，加上当兵时积攒的5000美元，和妻子海伦·罗伯森·沃尔顿（Helen Robson Walton）在阿肯色州本顿维尔开了一家名为"Walton's 5 & 10（沃尔顿的5和10）"的商店，开始起步。1962年沃尔顿在本顿维尔不远的罗杰斯（Rogers）创办了第一家沃尔玛折扣百货店，当年营业额就达到70万美元。1969年沃尔玛百货有限公司成立。经过50多年的发展，目前公司在全球15个国家已有近9000家门店，年营业额4821亿美元（2015年），创造了零售业的一个奇迹。沃尔玛的成功得益于它的营销策略，老沃尔顿有一个著名的"女裤理论"：女裤的进价0.8美元，售价1.2美元，如果降价到1美元，会少赚一半的钱，但却能卖出3倍的货。蓝色的沃尔玛有一句口号："Save money, Live better.（省钱，生活更美好。）"

沃尔顿家族曾多次被《福布斯》杂志列为全美富豪排行榜的首位，尽管山姆成了亿元富翁，但他的生活始终非常简朴，甚至是"抠门儿"：他一直住在本顿维尔，没购置过豪宅，每次理发都只花最低的5美元。他经常穿着一套自己商店出售的廉价服装，戴着一顶打折的棒球帽，开着一辆破旧不堪的小货运卡车上下班。但另一方面，他为慈善事业捐了数亿美元，在美国大学设立了多项奖学金。老沃尔顿的几个儿子也都继承了父亲节俭的作风：传闻现任公司总裁吉姆·沃尔顿（Jim Walton）的办公室只有20平方米，公司董事会主席罗伯森·沃尔顿（Robson Walton）的办公室则只有12平方米，办公室内的陈设也都十分简单。老沃尔顿一生都很勤奋，在他60多岁的时候，每天仍然从早上4点30分就开始工作一直到深夜，偶尔还会在某个凌晨4点访问一处配送中心，与员工一起吃早点喝咖啡。1992年山姆·沃尔顿获得总统自由勋章（Presidential Medal of freedom），但同年4月5日，他去世了。作为一名出身普通农民家庭的子弟，山姆·沃尔顿所取得的成就值得骄傲，他的精彩人生也很好地诠释了成千上万普通美国人心中的"American Dream（美国梦）"。正如老布什（George Herbert Walker Bush）总统在给他的颁奖词中对他的评价："山姆·沃尔顿，地道的美国人，具体展现了创业精神，是美国梦的缩影。"

有一点需要说明的是，总统自由勋章早在1945年由哈里·杜鲁门（Harry S. Truman）总统创立，是颁发给在科学、文化、体育和社会活动等领域做出杰出贡献的平民的最高荣誉，但受奖者可不一定是美国公民。有多位抗战时期国民党高官都榜上有名，比如：阎锡山、顾祝同、李宗仁、何应钦、冯玉祥、张治中等，当然还有海伦·凯勒

（Helen Keller）、奥黛丽·赫本（Audrey Hepburn）、斯蒂芬·威廉·霍金（Stephen William Hawking）、贝聿铭、马友友等这样的各界精英。

从40号公路向西，看到最多的颜色是黄色，黄色的草地、树枝、黄色的河流、黄色的楼房建筑……该州大部分地区位于龙卷风带，每年有50多次龙卷风发生，是世界上龙卷风最多的地区之一，因此有"Dust Basin（尘土盆）"之称。天空渐晴，灰色的云絮中露出湖蓝的底色。青黑的道路弯曲向前伸展，两边是浅黄的草地缓坡，坡上有一丛丛时疏时密的树在自由生长。田野乡村恬淡安详，清新的空气吹拂在脸上，心里似乎也透进了阳光。路况好，孩子妈自告奋勇要练车，我也乐得让贤，仰躺在副驾座位上，边吃东西边欣赏窗外掠过的风景，舒坦！11点30分我们来到俄克拉荷马城，路过，一定要进去转一下。

俄克拉荷马城面积1606.7平方公里，人口63万。1889年建市时，这个地区还被称为"Unassigned Lands（未规划的土地）"。迫于压力，当时政府决定把这片没主的土地正式开放给人开发，于是发生了"The Oklahoma Land Run（俄克拉荷马城跑马占地）"事件：4月22日随着一声令下，大批的民众跑步进入，大约11000人在当今的俄克拉荷马城跑马占地，一天之内就创造了一个"Tent City（帐篷城市）"，一个月内俄城有5家银行和6家报纸诞生。虽然说起来感觉跟开玩笑似的，不过人们通过这种方式用低廉的价格，快速获得了原住民土地的开发使用权，更大规模的"跑地运动"在1893年、1895年还进行过。目前城市建筑业发达，有大约5万人从事建筑业，占就业人数的11%。俄城也是全美主要的医疗保健中心之一，拥有20多所综合和专科医院，2个联邦医疗机构，雇员5万多人，在全美位居前列。

还有一件事值得一提：这里发生过"9·11"事件前，美国影响最大的恐怖袭击事件，那便是俄克拉荷马爆炸案（Oklahoma City Bombing）。1995年4月19日，俄克拉荷马城九层高的政府工作大楼被汽车炸弹炸毁，造成168人死亡和500多人受伤。作案元凶很快就被抓

/下篇

到，竟然是参加过1991年海湾战争（Gulf War）的老兵。6年后制造俄克拉荷马大爆炸的主犯，33岁的蒂莫西·麦克维（Timothy McVeigh）被执行注射死刑，执行过程通过闭路电视进行了转播，以便让爆炸案中受害者的亲属可以亲眼见证凶手的死亡，这是1963年来美国联邦政府首次恢复对死刑犯执行死刑。关于凶手，有一种说法是，当年麦克维是一个表现优异的好军人，是老布什发动的那场战争改变了他。2001年小布什（George Walker Bush）入主白宫（White House）才半年多就发生了"9·11"恐怖袭击事件，有2996人死亡，6291人受伤。这也直接导致了20多天后的阿富汗战争（Afghan War）和一年半后的伊拉克战争（Iraq War），后者也被称为第二次海湾战争（Second Gulf War）。两场战争造成平民伤亡近百万，有5000多名美国大兵失去生命。两场战争都持续到奥巴马（Barack Hussein Obama）任期才正式宣告结束。

进入俄城会很容易看到桥栏下，围墙上的大片彩色墙画，它展现了城市的发展历史，长长的一眼看不到头，显得稚拙有趣。俄城阴着天，时而会下一阵雨，寒冷潮湿。城市中心区高楼林立风格各异，既有哥特式的办公大厦，又有现代及后现代主义的玻璃写字楼，有黄色外墙的机关单位，又有红砖灰顶的教堂。漫无目的地走，向特色鲜明的大楼靠拢，绕过巍峨的城市广场塔（UMB City Place Tower），来到中心区域Myriad植物园（Myriad Botanical Gardens）。这是楼群间的一个幽静的小花园，枯叶、荒草、巨石、坡道，秋冬的景象似曾相识。

在另一个地方，我们找到了俄克拉荷马城国家纪念馆（Oklahoma

239

City National Memoral & Museum）。这是为了纪念1995年那场爆炸案中的受害者、幸存者、救援人员以及所有受到俄克拉荷马城爆炸案损害的人，由当时的总统克林顿授权，在市中心的联邦大厦（Alfred P. Murrah Federal Building）原址上修建的。纪念馆前的64米长的铁丝围栏上，挂满了游客留下的毛绒玩具、十字架、钥匙链、信件、彩色丝带、花圈及其他个人物品，以纪念死难者。围栏里面黄色的草坪上种植着紫荆花、茶条槭、黄连木和榆树，草坪代表着幸存者，而一株株的树代表着救援者。在纪念馆的西侧临街的一面与护栏相接处，有一扇纪念碑式的黑色大门，大门中间留着细窄的黄色门洞，门洞上方刻着9:03这一时间，与另一扇9:01遥遥相对，中间是一个长长的水池，倒影池代表着爆炸的那一刻——9:02。纪念堂最南面是一片青铜和石头造成的椅子，每张椅子都代表了一位死难者，排列的位置也与各人当时在建筑物内的楼层和位置相对应，遇难者的亲人餐桌前的空椅子有大有小，有成年人的也有儿童。街道对面有一组一组由旧圣约瑟夫大教堂（St. Joseph's Cathedral）竖立的题为"And Jesus Wept（耶稣哭泣）"的雕塑。黑色的祭坛上，白色圣洁的耶稣面向时间大门的方向，半低着头右手掩面无比沉痛，在雕像前面是一个有168个孔洞的一段围墙，代表了每个生命留下的空隙。而它的身后不远处就是红色的旧圣约瑟夫教堂，当时几乎被彻底摧毁。

离开了市中心，驱车一小时我们来到城北的44号路与35号公路交叉口附近的俄城另一景点：国家牛仔与西部遗产博物馆（National Cowboy & Western Heritage Museum）。这一段东西向的44号公路与传说中的66号公路重合。66号公路是美国人的怀旧之路，被美国人亲切地唤作"Mother Road（母亲之路）"，在这条路边找到牛仔馆一点儿都不奇怪。一帮罗宾汉式的英雄，头戴宽檐皮帽，上身穿皮夹克。下着牛仔裤，骑着高头烈马，腰挎短枪，一副桀骜不驯、玩世不恭的样子。美国西部的莽莽荒原是他们活跃的广阔天地，每天都上演着可歌可泣的传奇故事。"度尽劫波兄弟在,相逢一笑泯恩仇。青山依旧在,几度夕阳红。"展厅面积很大,没时间进馆参观,只能对着外边马上的牛仔雕像,浮想联翩。

(二十八)

下午1点继续沿35号公路南下,向得克萨斯的达拉斯(Dallas)进发。尽管夏天来美时,在这里转过两次机,但毕竟只是窥了一斑而未知全豹,这次路过还是想近距离看一看。从俄克拉荷马城到达拉斯207英里,不到三个半小时车程,没想到临近达拉斯堵了半天车,紧赶慢赶还是花了四个半小时。下午,天放了晴,回到得州,明媚的阳光刺激了食欲,在中间一个小城加油时买了大号比萨,纯拉丝奶油的。

得克萨斯州是仅次于阿拉斯加州(Alaska)的全美第二大州,面积69.6平方公里,人口2747万,别名"孤星之州",原属于墨西哥,1845年加入美联邦,成为美国的第二十八个州。得州在美国经济中占重要地位,占全美经济总量的9%,也仅次于加利福尼亚州(California)而居全美第二。达拉斯面积999.3平方公里,人口130万,是得州第三大城市,在美国可以排第九,是南方第一大都会区,世界级城市。还没进入市区,立交桥就一座跨着一座,路上还在修建新的,施工也造成了大量的压车。下午5点钟开始进入市区,我们照旧还在立交桥上,还在走走停停,但眼前已是高楼林立了。达拉斯城中心,多是现代化的造型各异的高楼大厦,这点与国内北、上、广等大城市有些相像。终于下了道,一路来到肯尼迪广场,把车停在广场边让孩子妈看着,下车小转一下。

约翰·肯尼迪纪念广场(John F. Kennedy Memorial Plaza)原名叫迪利广场(Dealey Plaza),1963年11月25日,也就是肯尼迪遇刺三天

241

后，才更名为约翰·肯尼迪广场。广场中心位置矗立着的白色纪念碑，像两幢巨大的带脚的水泥房子。纪念碑是由著名建筑设计师、肯尼迪家族的朋友菲利普·约翰逊（Philip Johnson）设计，并得到了肯尼迪的遗孀杰奎琳·肯尼迪（Jacqueline Kennedy）认可。纪念碑设计成上下悬空、四方合围的形状，内部地面只有一块黑色大理石，上面镂金雕刻着肯尼迪的名字。约翰逊称这是"一个安静的避难所，一个封闭的沉思的地方，它与周围的城市分离，但靠近天空和大地"。它象征着超然和自由。纪念碑北侧当年曾躲藏刺客的那栋楼房，已经成了肯尼迪纪念馆，房子南面的柏油马路上，用白色的油漆刷着大大的"X"的标志，记录着总统遇刺的地点，广场边上，一面美国国旗在随风飘扬。

约翰·菲茨杰拉德·肯尼迪（John Fitzgerald Kennedy）1917年5月29日出生于马萨诸塞州（Massachusetts）的布鲁克莱恩（Brookline）。他43岁当选总统，是美国历史上最年轻的一位。从1961年1月执掌美国到1963年11月遇刺身亡，仅两年多的时间。父亲老约瑟夫·肯尼迪（Joseph Patrick Kennedy Sr.）出生于爱尔兰移民家庭，是一位成功的商人，但对政治始终抱有强烈的兴趣，他娶了波士顿市长的女儿罗斯·F.肯尼迪（Rose Fitzgerald Kennedy），从那时起开始涉足当地政治的核心。夫妻育有4子5女，肯尼迪在9个子女中是次子。青年时期，他曾先后在普林斯顿大学（Princeton University）、哈佛大学（Harvard University）、斯坦福大学（Stanford University）学习，成绩优异。毕业后受哥哥影响入了伍，以海军少尉的身份到海军情报局外国情报处工作。根据个人意愿，1943年，他转到战斗部队当上了一艘鱼雷艇的艇长，从而参加了太平洋战争（Pacific War）。在一次战斗中，他的船被一艘日本驱逐舰撞沉了，但他表现得英勇顽强，最终率领11名船员获救，为此他成了新闻人物并获得紫心勋章（Purple Heart）、海军勋章、二战胜利纪念章等多种嘉奖。而他的哥哥小约瑟夫·肯尼迪（Joseph

Patrick Kennedy）在英国战场上执行任务时，不幸牺牲。

战争结束后，他继承了哥哥的遗志走上了政坛，从众议员到参议员，最终他走到了总统宝座。这一方面要归功于他的个人能力，另一方面也离不开肯尼迪家族的支持和影响力。在竞选中他先是战胜了党内的对手林登·贝恩斯·约翰逊（Lyndon Baines Johnson）成为民主党候选人。在1960年11月，又以微弱的优势战胜了共和党候选人理查德·米尔豪斯·尼克松（Richard Milhous Nixon）而当选总统。肯尼迪遇刺身亡当天，时任副总统的林登·约翰逊，旋即在达拉斯机场的空军一号总统专机上宣誓就职，成为美国第三十六任总统，而六年后的1969年，理查德·尼克松当选美国第三十七任总统。在就职演说中肯尼迪说道："Ask not what your country can do for you, ask what you can do for your country.（不要问你的国家能为你做些什么，而要问一下你能为你的国家做些什么。）"这句话成为美国总统历次就职演说中最脍炙人口的语句之一。历任的美国总统口才都是非常好的，肯尼迪的就职演说与富兰克林·德拉诺·罗斯福（Franklin Delano Roosevelt）的第一次就职演说，并称为"20世纪最令人难忘的两次美国总统就职演说"。1963年肯尼迪在访问西柏林时做了一次公开批评共产主义的演讲也非常出名，其中一句"Ich bin ein Berliner（我是柏林人）"更是家喻户晓。

1963年11月22日，肯尼迪在副总统约翰逊陪同下抵达拉斯市访问，为民主党的竞选活动做准备。肯尼迪乘坐一辆林肯大陆（Lincoln Continental）敞篷汽车游街，并与市民挥手致意。为了让民众能一睹第一夫人杰奎琳·肯尼迪（Jacqueline Lee Bouvier Kennedy Onassis）的芳容，同时也为了表示总统对达拉斯市民的信任，肯尼迪没有让工作人员给汽车安装防弹罩。12时30分，车行至榆树街（Elm Street）一个拐弯处时，遭到埋伏在旁边教科书仓库大楼（Book Depository）六楼上的枪手袭击，子弹命中了肯尼迪的颈部和头部，他倒在了妻子怀里，在送往医院后被宣布死亡。同车的得州州长约翰·康纳利（John Bowden Connally, Jr）也被子弹击中，身受重伤。

数小时后，被认为是嫌疑人的李·哈维·奥斯瓦尔德（Lee Harvey Oswald）被警方抓获。奥斯瓦尔德是美籍古巴人，1939年10月18日生人，只有初中文化，17岁入伍成为美国海军陆战（United States Marine Corps）队队员，在队中成绩优异，射击精准，据说可命中200码外标靶。退伍后他向往社会主义的苏联，为能去苏，他曾在公寓中割腕明志，到苏联后他娶了叫玛丽娜·普沙科娃（Marina Prusakova）的白俄罗斯妻子，但后来还是回到美国，并在教科书仓库大楼里找到工作。

离奇的是在案发两日后，奥斯瓦尔德在警察的严密戒备中，当众被一个夜总会老板杰克·鲁比（Jack Ruby）开枪射杀，当时枪手还大喊着"那人杀了我的总统"，美国人在电视直播中目睹了事件经过。据说奥斯瓦尔德在死前曾说过"我只是个代罪羔羊"这样的话，而鲁比最后也因癌症死于狱中，临死前称被人下毒才得癌症。连番事件使肯尼迪遇刺案，变得扑朔迷离。林登·约翰逊就任总统后，下令组成以最高法院首席大法官厄尔·沃伦（Earl Warren）为首的调查组，彻查总统遇刺案。一年后调查组提交了著名的沃伦报告（Report of the President's Commission on the Assassination of President Kennedy），报告认为整个事件全是奥斯瓦尔德一人作案："奥斯瓦尔德纯属个人行为"。报告中指出，奥斯瓦尔德本人是一名精神病患者，奥斯瓦尔德行刺仅是一个"孤立的事件"，他开枪没有纯

粹的政治动机。这个结论让美国公众难以接受，也难令人信服。有人认为肯尼迪刺杀是黑手党所为，也有人怀疑是古巴卡斯特罗政府的授意，还有人将矛头指向了副总统约翰逊，认为是他导演的一场政治阴谋。有专家指出子弹不是三发而是四发，并且肯定凶手至少有两人。还有人研究说从1963年至1993年，115名与此案相关的证人在各种离奇事件中或自杀或被谋杀，这些让整个案件蒙上一层阴影。吉姆马尔（Jim Marr）曾撰文称，在肯尼迪被刺杀后的短短三年中，18名关键证人相继死亡，其中6人被枪杀，3人死于车祸，2人自杀，1人被割喉，1人被拧断了脖子，5人"自然"死亡，这种巧合的概率仅为10万万亿分之一。约翰逊对肯尼迪遇刺资料的掩盖和销毁以及对事件的含糊调查和草草结案，更让人怀疑。而令人费解的是，肯尼迪家族事后，也对此讳莫如深，回避调查。有人猜测这是为了保护家族的其他成员。一项网络调查显示，在过去50年里，关于肯尼迪遇刺的内幕至少有36种不同的版本。

不管怎么说，美国人民失去了他们心目中年轻有为的总统，英俊潇洒的全民偶像，他的遇刺身亡举世震惊。这谜一样的事件，美国中央情报局（Central Intelligence Agency）手里还有许多秘密档案没有公开，连同其他历史谜团一起，还要等到若干年后，才能慢慢解开。1997年，美国重开肯尼迪被杀案的调查，邀请华裔神探李昌钰担任鉴识总顾问，希望能借助他的刑事专长以及最先进的技术，重新检验旧有的证据，看看到底是一个人杀了肯尼迪，还是另有一个人开枪，从而揭开肯尼迪被杀的真相。接受任务后，李昌钰调阅了机密文件室里存放着的大堆肯尼迪总统被刺当天的资料，包括从未对外公开的录像带、照片、文件、验尸报告等，但遗憾的是，许多重要物证已不知去向，当年的调查资料还没有完全向调查人员公开，关键的子弹也没有得到很好的保存，结果仍然没有新的发现。

倒霉的肯尼迪家族，20世纪如同被人施了魔咒，家庭成员一个接着一个地遭遇不测,以至于比利时的一家报纸说:"肯尼迪家族的故事就是一长串讣告,身为肯尼迪家族一员,你就不要指望躺在床上静静地死去。"尽管多有不幸,肯尼迪家族依然阵容强大,例如那位家喻户晓的演员、曾经的加州州长阿诺德·施瓦辛格,他的前妻玛丽亚·施莱弗(Maria Owings Shriver)就是约翰·肯尼迪的外甥女,知名的美国全国广播公司的记者和主持人,活动能力突出。可惜二人于2012年离婚,这段婚姻共维持了26年。

夕阳的余晖洒在巴洛克式的红色古堡的尖顶上,堡楼优雅端庄;洒在塔楼尖锥形的玻璃幕墙上,闪着时尚的瑰丽色彩;洒在一池碧水上,池水荡漾着银白的光芒。无端的,不,恍惚是一声枪响,一群小鸟腾空而起,密密麻麻地在楼宇间的天空中结着伴自由盘旋飞翔。

(二十九)

傍晚6点多,天已变黑,我们向回转,一路向西,回家的路还远。再次计算了一下到家的时间,从达拉斯到美墨边界,得州最西边的大城市埃尔帕索有640英里,大约9小时车程,从埃尔帕索再到新墨西哥州的拉斯克鲁塞斯还有46英里,要走40多分钟,到家估计要到明天凌晨三四点了。达拉斯的傍晚灯火辉煌,夜色中街灯、广告灯、霓虹灯色彩变换造型各异,远远的,一点点、一朵朵、一片片、一团团,把夜空装点得分外妖娆。星光伴我行,城市在璀璨的光亮中渐行渐远,

/下篇/

心中有个《大太阳》:

> 太阳升起的地方有我的家乡,
> 山清水秀好风光花儿朵朵放。
> 无论我快乐忧伤都会把你想,
> 在我梦中永不落火红的太阳。
>
> 嘿,天上的大太阳,
> 照到哪里哪里亮,
> 照得心里亮堂堂,
> 照着我温暖家乡。
>
> ……
> 没有转不过的弯,
> 没有过不去的坎,
> 太阳明天照常升起,
> 雨过天晴更漂亮。
>
> 所以受点伤又何妨,
> 勇敢追,放胆闯。
> 每个孩子身后都有最亲的爹娘,最守候的故乡,
> 还有那明晃晃亮堂堂的大太阳。
>
> 太阳亲过的孩子歌声多嘹亮,
> 唱过山来唱过水唱到你心上。
> 比你更远的方向闪耀着梦想,
> 追寻路上永远有一轮大太阳。

247

> 嘿，天上的大太阳，
>
> 照到哪里哪里亮，
>
> 照得心里暖洋洋，
>
> 照着我美丽家乡。
>
> ……

当一切繁华归于平淡，纷扰变得寂静，就只剩下赶路了。似乎走了很久才离开达拉斯范围，过了沃斯堡（Fort Worth）黑暗渐重。由于是大路，车始终不少，着急往回赶，说不得超速，但尽量控制时速，不超过上限5英里：限速60跑65，限速65跑70，限速70跑75，限速75跑82，限速80跑88……还可以适当再高点，孩子妈之前告诉我不超10%就没事，盯紧限速牌注意随时调整定速巡航按键。一程又一程，累了困了就吃口零食或喝口饮料，旁边孩子妈早打起瞌睡，我这里机械地重复着发现目标，跟近—变道—超越—再变道的动作，这样我有信心提前一小时到家。不过时间长了，还是有点迷糊，收音机开会儿又关上，过一会儿再打开，强睁着眼，两手下意识地把着方向盘，前边除了时多时少的车灯，周围漆黑一片，仿佛置身于一个似真亦幻的空间无声地滑行……

又超过一辆车，回到行车道，后面突然闪过一道蓝光，过了几秒，蓝光一闪一闪离得更近，我突然意识到那是警车，不知道什么时候超了一辆警车。赶紧松油门，把车速降到75英里。把车向右并道，踩刹车，降速到50英里，警车应该很容易从左边超过我们。可惜警车并没有超车只是跟得更紧了，随后还拉响了警笛。心里一惊，糟了！看了一眼倒车镜，我后边的一辆车已经打右转向灯靠边了，我心里清楚这事跟他没关系，打转向，向右靠，在行车线外路边停车。其实刚才警灯一亮就应该靠边停车，害得人家跟了一段，还拉了警报。孩子妈这时候也醒了过来，直问怎么了，我叹了口气回她：警察查超速吧。早听说过一些这方面的事情，所以停车熄火等警察。等了近一分钟，还不见有人来，莫非要我主动下车去找他？我推开车门，一脚刚放到地上，就听见后边大喊"别动，关上车门。"我回头看了一眼，警车离我们有大约20米，红蓝闪映下，一名警察缩身躲在主驾驶车门后，手里似乎端着枪。没听太清楚他说什么，一时脑子有点短路。见我没反应，后面矮着身子更大声地向我喊："关上门""砰"的一声我利索地关上了车门。我肯定是把他吓了一跳。在美国，警察检查时车上人一般不允许下车，只需要摇下车窗，把手放在明显位置即可，国内人可能更习惯下车主动找警察配合检查。在这里可不这么看，万一你下车袭警怎么办，这种事可不是没发生过。这规矩我懂是懂，也走过不少边检站，可没遇上过现在这种情况，等吧，难熬地等待。终于，警察绕到副驾驶位孩子妈那边，一手拿着手电小心地靠过来，我猜想他另一只手肯定摸着武器。往车里照了照，之后敲了敲玻璃。我赶紧关掉收音机，打开里边车灯，放下另一侧车窗，孩子妈的手在车窗边乱按着。车窗外边是一张年轻英俊的脸，看得出他个子不高，穿着土黄色的制服带着大檐帽很有型。伸头朝里查看了几眼，他开口要我们的证件，我从后边取过背包，拉开拉锁把护照及邀请函交给孩子妈递出去。他警惕地盯着我们的动作，然后接过去简单地看了一眼，接着要我们的租车手续，还问我们是哪儿人，要去哪儿。孩子妈手忙脚乱地翻包，警察这次拿过去看得仔细，之后把租车手续还回来，拿了我们的护照签证走了回去，应该是到自己车的计算机上去核对。又等了一会儿，他返身回来把护照还给我们，还夹着一张纸条，他告诉我们超速了，并警告几句。听说超速罚款挺重的，赶紧看了一眼那张机打的小条，有几个数据但没见到罚款金额。孩子妈又拿过去确认了一下，告诉我只是警告不罚款。心情一放松，我还跟小警察说了几句闲话，告诉他我们从达拉斯来，晚上要赶回新墨西哥州的拉斯克鲁塞斯，因为路太远，所以开得有点快。他礼貌地回了几个词，脸上也有了一丝笑意。

接下来，继续赶路。正好该加油了，顺势下道找了个加油站，加油站明亮的灯光让人安心，旁边的小超市更有人气，到店里买了杯咖啡压压惊，再来一袋墨西哥炸猪皮。炸猪皮是孩子妈来美后，发现的一种墨西哥特色食品，三四美元一袋大约有一磅，口感像膨化食品，味咸，油香，很脆，一咬一嘴渣子，嚼时还有点黏，第一次没吃出来是什么，国内没见有卖的，能解饱，需要时还能镇静，走的时候得买两包带回去，嘿嘿！

事后说起超速来，一位相识的访学说他被罚了两次，还都是在离拉村不远的地方，被突然冒出来的警察抓住，损失不小。据这位苦主讲，美国警察专盯外国人，尤其亚洲人好认。有报道称美国人普遍都超速，甚至说"只有土包子才认为超速是严重违法行为"。允许小超也是出于人性化考虑，有的情况超速是难以避免的，但这也助长了司机的不良心态和行为。不过据我观察，绝大多数人超速都不会太多，都掌握一个限度，毕竟超速罚款是比较重的，严重超速在有的州甚至要被判入狱。

有时候我想，美国人一般都会自觉地遵守各种规章制度，比如根据交通标志停车等待、礼让行人和其他车辆、路口先到先行等等，但在这点上却是集体违规，难道有明确的超限范围规定？据说近年来美国道路上的电子监控和抓拍越来越少，我就很少看到路口有"电子眼"，抓超速多是靠警察累死累活地打闪光灯追违法者抓现行。究其原因，有一种说法是摄影机可抓到更多违规事情，这会引发民众抨击。没被罚款总是值得庆幸，执法尺度也算人性，我对那位小警察印象还不坏。

也不知道到了哪儿，这一下耽误不少时间。近11点继续前行，再次回到主路上，格外注意红光、蓝光，看哪儿不正常闪亮，不管是不是警车就减速，降到限速以下。但很明显闪着警灯的，要么是提醒人们的，要么就是已经抓到了某个倒霉蛋，不会再对别人起意。会叫的狗不咬人，平常敛息潜行，一发现目标就开灯截人的才真可怕。意识到这个，后来看到前边的白车都分外留心了，小心接近了不忙着超车，先看看他头顶是不是有灯。当然安全起见，还是跟在快车后面跑放心。等上了10号公路，车一下子少了很多，经常是自己在山道上疾驰，再不用担心有谁藏在路边，还是西部好啊！得州的油价低，抵达埃尔帕索后又加了一次油。大城市埃尔帕索灯光点点，与南面的墨西哥竞相辉映。当地时间23日凌晨3点，我们终于进了拉村，幸好时钟又慢了一小时。深夜灯光暗淡、街道冷清，店铺霓虹静谧而温馨。看到熟悉的树木房屋，心里不禁涌起一股暖流，还有佳宴即散的一丝惆怅。多日奔波，19个日日夜夜，一切种种已成过往，我们回来了。

（三十）

早晨起来自己做了顿饭，多日辛劳今天才吃上熟悉的味道，之后开始考虑在这里的收尾工作。孩子妈的访学生活即将到期，机票改签到29日从拉斯克鲁塞斯飞国内，与我定的同一天回国，只不过她是大韩航空我是南航，不在一个航班上。租的车要服务到29日，我们打算从这里开回洛杉矶。孩子妈还要到学校跟导师和同学告个别，收拾收拾东西，家里东西能卖就卖，卖不了送人。孩子妈原来有一辆二手的车，我来之前就出了手，屋里还剩下一张双人床垫、一个长沙发、几张桌椅板凳的，再就是锅碗瓢盆的了。

孩子妈上午先去了趟学校，中午回来后一起出门到她知道的旧货市场转了一下。拉村的主街道附近有条小街，走进来一看，俨然是一个小集市。这里有各种自制的工艺品、特色食品、书画作品、民族服装等，摆满了街道两边。没想到这里还有这样一个市场，非常有特色，如果不是心里有事真该好好转转。在一个卖剪纸作品的摊位前还看到一男一女两张年轻的亚洲面孔，一问才知道是中国人。小两口见到我们很高兴，便多聊了几句。从他们这里得知，这个市场卖的都是自己产的东西，不允许倒买倒卖，市场就是周六、周日开，商品不收税，但要交点管理费。今天刚好是周六，难怪以前从这里开车经过，从没见有这么个露天市场。我问老板生意如何，她笑笑说还好，不过上午还没卖出几样。明朗的阳光下，大家生活得悠闲而写意，也可能这只是我的感觉。孩子妈显然对这个市场缺乏了解，这不是二手市场。她说还知道一家旧货店，可以去那里问一下是否收东西。等去了一问才知道，店铺是教友办的半公益性的，他们只收捐赠的东西，还要给他们送过来。结果不但没挣到钱，还花钱买了个小箱子。这下死了心，孩子妈说回去我拍照片，在网上发广告。但愿还来得及。

晚上到大学餐厅去吃自助，孩子妈有这里的饭卡，教工一个人一次只要4美元就随便吃，非常便宜，学生就要多付一倍价钱。孩子妈是这里的常客，夏天我也来过几次。孩子妈算计着卡里的钱还能在这里吃几次，再不行还可以请别人吃一次，反正不退钱，也没理由浪费。餐厅不小，美式、墨式餐饭、瓜果蔬菜、甜点、各种调味品及各种饮料都有，就是用油炒的很少。有一种是现场炒制的，大师傅手脚麻利，食材搭配花哨，柜台前总有人排队，国人来这儿爱抢，它是一种由牛肉、鸡肉、蛋、虾、小蘑菇、西蓝花、绿叶菜等弄在一起的炒面，味道不错，主要是实惠。孩子妈常吃一种蘑菇、西红柿、酸瓜、鸡肉、牛肉、辣椒、米饭还有汤汤水水的一种墨西哥汤泡饭，具体也记不清里面还有什么，总之成分很复杂。后来回国后也试着做了一次，我没敢碰。说起墨西哥的吃食，墨西哥的薄饼还行，有点咸味，超市里大张小张的一摞摞，当面食还行。炸玉米片不错，比炸薯片要硬，可以蘸着墨西哥番茄辣酱当零食吃。对了还有炸猪皮，至于其他，就马马虎虎了。孩子妈在美一年的收获是厨艺大减不说，还学会了掺和，墨西哥饭吃多了，于是学会把各种蔬菜、肉、蛋、火腿肠混在一起，简直是胡作非为。墨西哥饭并不好吃，恰当地说只是能吃，热量够，在美很受欢迎。

转过天来，我们把家里的东西都搬到外边临街的地方，上面粘上即时贴，写上价格，怕风大再用胶带固定一下，明码标价童叟无欺：双人床垫80美元赠床单，真皮沙发50美元赠茶杯，茶几木凳40美元赠编织草垫，5把椅子25美元，工艺瓷器15美元，名牌开水壶10美元，一套4件平锅10美元，刀具大小5件10美元，台灯5美元，水桶、板子、洗涤液、鞋子、球拍……再找个大比萨盒子，用果酱写上大大的"Yard Sale（庭院拍卖）"，下面留电话，把它戳在沙发上。据说这种甩卖自家东西的方式不收税，没人管，政府允许。当然一堆东西要摆布一下，要做到卖相好才会好出手。床垫较新让它披上床单立在后边，沙发放前边，上面还可以摆点小件东西，台灯放茶几上，跟桌椅一起放右首，其他乱七八糟的集中堆放不能太凌乱，对，还有夏天从国家公园带回来的那块木头，跟厨具放一起当装饰可以当赠品，万事俱备只等顾客上门。站得太近看着容易吓跑顾客，我把车顺到路边，一边看小说一边在车上坐等生意上门。孩子妈和我一起布置好卖场就进去打扫厨房，现场由我一人亲自坐镇，在国内没干过这个，有点小忐忑。街道上往来车辆不多，还真有停车下来看的，多是礼貌地问问，然后男人说回去考虑一下，女人则说回去商量一下。上午没什么斩获，有点泄气。不过中午孩子妈兴高采烈地说5把椅子卖了，手机上发的信息，下午就有人来，是住不远的学生，回头你给送一下。下午陆陆续续有周边的邻居来看。一天下来小件卖了几个，大件鲜有问津。天黑了，一边费力地把东西倒腾进屋，一边感叹花钱容易挣钱难！

咱是学经济的，转变营销策略，上手段，降价促销。第二天一早把东西折腾出去，价签重新改过，盼着能见到成效。孩子妈又去了学校，上午间的人更少。有个女孩开车过来，摸了摸沙发问了价格，说回去带室友一起过来看一下再决定，很有诚意的样子。有希望成交第一单，不由心里起了点小激动，不过最终也没见再来。中午应邀跟之前几个国内来的访学及家人吃了顿饭，有两个同期也要回国了，最后一起坐坐，孩子妈把冰箱里的东西顺便也带过去一些。大家交流了一下处理东西的经验得失。加上以前已经走的，几位出手都很快，说最简单的是直接转手给后来的人，可惜我们赶不上了。席间相谈甚欢，相约回国见，某位做东一定再聚聚。今天是个好日子，床垫和茶几方凳出了手，主要还是靠孩子妈的线上销售。

感觉宣传力度不够大，第三天孩子妈要我去广撒英雄帖。于是两人手绘好花体的庭院销售加地址电话，由我开车到附近路口去张贴。路口也有别家的售卖牌，但都是做好的牌子立在道边地上，手上没东西我只能把写好的东西用胶带粘在电线杆或路口的矮木桩上，心里直嘀咕贴小广告这种事别让人抓住，走之前一定揭下来。可两天后由于走得匆忙还是忘了揭掉它，想起来就觉得有点愧疚。最终的努力也没收到什么效果，孩子妈最看好的双人沙发没卖出去，小件倒没亏本还略有盈利。其他也打点教会或送人了，实在舍不得的电水壶还可以用一下，最后带回了国。这几天把屋子收拾了一下，不知道会不会扣押金，明天约了保洁公司的来清地毯，租房公司要求是恢复原状，并要有保洁公司的签字，不弄也行，只是相应要扣除费用。还有就是各种费用手续办一下，下午还去了一趟购物中心，给亲人和朋友选点礼物。要走了，外边的阳光是那么纯净，远处秀美的山峰、天空安详的云朵，近处质朴的街道和简洁的房屋，还有随四季变换而容颜不老的树木都成了风景，熟悉又陌生。

27日一早，保洁公司来了人，专业的车辆及设备，专业人员只一位大叔，他说干这行已有20多年。戴着护具，手脚麻利地吸尘、喷洒清洗剂，抽吸，一边清洗地毯，一边告诉我们，弄好了今天就没法进去了，因为地毯会湿。大叔勤快，人也和善，为表示感谢，走时送他一个京剧脸谱的布艺挂坠，我告诉他可以挂在车里的后视镜上，是中国人的习惯做法。大叔非常高兴，直说谢谢。

（三十一）

今天还打算到近处再转一天，也算完美收官，"直须看尽洛城花，始共春风容易别"。地点是新墨与得州交界的瓜达卢普山国家公园（Guadalupe Mountains National Park）和卡尔斯巴德洞窟国家公园（Carlsbad Caverns National Park）。一天来回，顺便约了昨天同桌吃饭的一位老师。说起来这位在美也没少跑地方，自驾+跟团，东部西部都去过，只是不像我们跑得野。纽约，我心中的痛！他也要回国了，自己的车前些天刚出手，这几天正憋得难受。带了点吃的喝的，把沙发扔外边倒也放心，有人要可以电话联系。这几天出门办事时，东西就堆外边，写着价格一般是没人拿的，这里人们素质高。

9点40分，接了人一起走，路上倒也不寂寞。南下埃尔帕索，从城外转62号公路向西。拉村距瓜达卢普152英里，约两个半小时车程，上次都到了山门外而无缘得入，这次我们又来了。远远的，瓜达卢普山峰秀美，绵延不绝的山脉、深邃的峡谷和大片的沙漠构成了这个山地国家公园。公园的西部是一望无际的奇瓦瓦（Chihuahua）沙漠，东部则是令人心旷神怡的大草原，截然不同的两种风光让人感叹大自然的神奇。这里有海拔2666.7米的得州最高峰瓜达卢普峰，有山间壮丽的麦克基特里克（McKittrick）峡谷，有掩藏在礁岩断层中的神秘洞穴。秋天，山上长满美国黄松、狐尾松和花旗松，红黄的枫树点缀其中，西边沙漠地区是龙舌兰、刺梨、仙人掌等热带植物，东边的草原则是绿草茵茵野花遍地，那是怎样一幅画卷。可惜是我想象的，地貌不假，山地依然，只是时机不到吧。

从一条不宽的小道上去不远，很容易就找到了游客中心。没想到只是这一段有路，再想深入或上山就要步行了。尽管是冬天，正午的温度还是很高，开不了车就只能转身四处望望，没有步行走路的心思。因为还有下一个目的地，于是不再耽搁，继续向西直奔卡尔斯巴德洞窟（Carlsbad Caverns）。

卡尔斯巴德洞窟离此30多英里，半个多小时就到了山脚的小镇。相对于瓜达卢普的山朗人稀，这里更像是旅游景点。小镇上有商店和旅馆，洞窟的字样和标志随处可见。走进一家门前有黑熊像的纪念品店，里边一间套一间，面积不少，货品齐全。从各种文化衫、小饰品到生活日用品，从印第安人的手工制作和特色服装到图画、岩石标本，从各种野外生活用品到打猎的刀枪等等，还有几个一人多高的黑熊坐在一间屋子中间，只是不知道是工艺品还是动物实体标本。可能是季节的原因店里人不多，随便看了看，没有花钱的欲望，于是上车进山。又绕了很长的一段山路，在一个小山包上找到了这里的旅客中心。想进洞一探究竟，发现是要买票的，好在我们手上的国家公园游览卡可以用，又省了一笔。

进去之前，工作人员告诉我们，要想全部转完大概要4个多小时，我们现在进去只能到一半，估计到里面有一部分会关闭。看一看时间是下午2点，好吧，走哪儿是哪儿，见识一下就好。从游客中心出来顺着通道又到了室外，去洞口还要走一段山路，十几分钟后，在一个扇形的观众席的中央，魔鬼张开黑洞洞的大嘴等着我们。

卡尔斯巴德洞窟国家公园，面积189平方公里，这里其实是瓜达卢普山的一部分。卡尔斯巴德的故事始于2.8亿~2.25亿年前的古生代最后的二叠纪。那时候发生了地球史上第三次，也是有史以来最严重的大灭绝事件，火山尘埃遮天蔽日，沧海变成干旱的沙漠，估计地球上有96%的物种灭绝。而新的盘古大陆（All Earth）的形成则孕育着新的生机和活力。这是蕨类植物和两栖类动物的时代，也是地质结构剧烈变动的时代。地质上把古生代（Paleozoic）二叠纪（Permian period）时期的地层，叫"Permian System（二叠系）"，国际上把它分为上、中、下三个统，中统被命名为瓜德鲁普统（Guadalupian Series），我严重怀疑跟之前到过的瓜达卢普山和同在一个山系的这里的地质结构有关系。厚层石灰岩不断沉积，雨水渗入石灰岩山体的裂缝，溶解了松软的岩石并缓慢垂落，一滴滴了亿万年。1995年联合国教科文组织将卡尔斯巴德洞窟国家公园作为自然遗产，列入了《世界遗产名录》。

　　卡尔斯巴德洞窟非常有名，是因为它巨大的规模。整个溶洞可分为3层：瓜达卢普山体地上330米处一层，山体内地上250米处一层和地下200米处一层。迄今探查到的最深的洞穴，位于地表以下305米处，整个洞窟群长达近百公里，是世界上最长的山洞群之一。公园包含超过119个大小洞穴，庞大的地下迷宫迄今为止尚未被完全探索清楚。现有的地图上只包括约31英里（大约50公里）的通道，其中有3处洞穴对游客开放，即称为国王的宫殿（King's Palace）、皇后室（Queen's Chamber）和绿湖房间（Green Lake Room）三个最漂亮的景点，洞穴中的钟乳石形态各异、绚丽多姿，鬼斧神工又妙趣天成。可惜其他如气球舞场（Balloon Ballroom）、铃索房（Bell Cord Room）、彩虹桥（Bifrost Room）、巨人大厅（Big Room）、蝙蝠洞（Bat Cave）、巧克力高（Chocolate High）、瓜达卢普房间（Guadalupe Room）、白色巨厅（Hall of the White Giant）、万圣节大厅（Halloween Hall）、云之湖（Lake of the Clouds）、左手隧道（Left Hand Tunnel）、梅布尔房

（Mabel's Room）、神秘屋（Mystery Room）、新墨西哥屋（New Mexico Room）、新的部分（New Section）、婴儿室（Papoose Room）、精神世界（Spirit World）、滑石通道（Talcum Passage）、群居地（The Rookery）、地下餐厅（Underground Lunchroom）等等这些有名有姓的地方就无缘得见了。拿"大房间"来说，这是一个长1220米，宽191米，高78米的巨大空间，难怪有人把它称为"带屋顶的大峡谷"。"蝙蝠洞"里则是生活着包括大量的墨西哥无尾蝙蝠在内的17种蝙蝠，每逢夏季日落时分，在瓜达卢普山脉一角，一团黑云从巨大的洞口飘出并盘旋着从地面升起，蝠群遮天蔽日呼啸而过，形成宽度达99.4英里（约160公里）的巨网，所过之处宛如末日降临。

我们顺着狭窄的通道曲折向下，在昏暗的灯光下，下面巨大的空间黑暗、阴冷、空旷而孤寂，与外边的明艳与亮丽形成了鲜明的对比。洞中牙柱林立变化万千，大小不一、形状怪异的钟乳石突兀地占据着各处空间，使整个地下世界变得神秘莫测，仿佛异度空间，是不属于人类的存在。我们在幽暗的山腹中行走，幽深的空间放大了彼此的呼吸声，我们放轻脚步，不敢高声语，恐惊地底仙。探险之旅在中途被工作人员打断了，他礼貌地告诉我们，前边要关闭了，明天再来吧。我问他前边大吗，他回答比前边还要大。禁不住诱惑，我请求到前边去看一眼，没等他点头就跑了进去。转过一个前行的狭窄通道，眼前豁然开朗，来到了另一个巨大空间。在半明半暗的光线下，远处大小不一的钟乳石像密集的冰挂，上下呼应，石柱聚散无据，大厅向下无限扩展延伸，不知道是哪位大神的洞府，大自然的伟力果然神秘莫测。

回来时顺道到埃尔帕索的奥莱看了一眼，跟它也告个别，估计孩子妈对这儿一定最有感情。到家已是晚上8点，沙发还在外边扔着，只得麻烦邻居小伙用车把它拉到另一个从国内来的老师家，让他给照看一下，卖不了就送人吧。邻居小伙挺给力，平时没怎么说过话，这会儿二话不说帮忙抬东西，还在一边等着我们跟人交代事情，拉村的夜晚冷得可以结冰，他就穿着短裤T恤，脚上踩着拖鞋，在路边瑟缩着踮着脚。我心里过意不去，便敲门送了两把工艺扇子，一把京剧脸谱的绢扇给他，另一把彩绘团花小扇给他女朋友，也算留个纪念。小伙是新墨西哥州立大学的学生，看得出有点感动，还问我叫什么名字。在他的人生中，我们只是匆匆过客，希望他能记得我，也希望对我们的国家有个好印象。今晚只能在空空的屋子墙角席地而卧了，还好我们有睡袋。房间里一股化学香料味，寒冷、潮湿、洁净。

（三十二）

28日，晴。一早我们要起程了，最后翻了翻墙上的报箱，看一眼还有没有什么重要的信件。相识的两位访学一早来送行，孩子妈还拜托他们些事。把大包小包装上车，9点起程了，挥手自兹去，萧萧喇叭鸣。孩子妈上车很平静，在这里生活了近一年，就此离开，我想她内心一定不会平静。出了城不久，路上车明显少了许多，西部光秃秃的红色原野都含着深情与我们作别，听着阿黛尔·阿德金斯（Adele Adkins）的歌，忧伤的曲调仿佛隔了几个世纪：

喂　是我啊
我也问自己　经年逝去　你是否愿意　再次相遇
重温往事　细数从前

> 世人皆说 时间是疗伤利器
> 而我却难以忘记
>
> 喂 你能听到吗
> 我沉沦于加州大梦 梦你我那时的亲密
> 你我那时年少 年少的自由不羁
> 快要忘记 世界在我们脚底 那是怎样的记忆
> 如今你我 太多相异 有如相隔 百万米距离
> ……

从拉村到洛杉矶761英里，要跑11个多小时，从山地时间（MST）到太平洋时间（PST）还要跨一个时区，时间倒可以再拨慢1小时。沿10号公路向西，第一次加油时，孩子妈自告奋勇要开车。想是昨天受了那位同车老师的影响，要最后体会一下在美国自驾的感觉，说要"开个大的"。那位也是车迷，从自己的车出手就没摸过车，昨天回程时想让我歇歇，是他替我开了两个多小时。孩子妈这次胆儿也大了，一口气开了五个小时。过凤凰城时，同向并排的十几个车道都是车，而且还有点堵，竟然也坚持下来了，当然得有教练在一边盯着，再有就是开慢点，多牺牲点时间罢了。下午又加了一次油，车也换了舵手。中途还经过了一个农业检查站，跟边检站似的，这个是头一次遇到。女工作人员问车上有没有苹果、橘子什么的，回说没有，也没检查就放行了，难道亚利桑那的橘子不让带进加利福尼亚？令人困惑。

晚上8点，汽车进了洛杉矶，洛杉矶灯火闪亮。似曾相识的街道，本来以为订的是之前住过的旅馆，到了跟前一看才知道不是，看起来比当初的那家要大些，也无所谓了。8点40分，到达预订旅馆，房间在一楼，方便装卸车。要带的东西不少，还有好多是东跑西颠搜集来的国家公园的地图、各种资料和消费单据，没舍得扔，想带回去，今晚还要把东西打包称重，带不走的只能扔掉了。

当一切归于平静，不由得回想过往的日日夜夜，从西到东11个州，从东到西9个州，全部过境14个州，行程10010英里，这一个月平均每天跑534千米，真够疯狂的。值得庆幸的是，我们还都健康，除了跑路，我们还看了许多我们想看到的东西。抛开一切羁绊，天天在路上，这是我渴望的一种生活方式，如果可以这样，如果就要这样，人生又会怎样？

1月29日，晴。早早起来收拾东西，消灭食物，8点退房，出门给车加满油，9点到离机场不远的苏立夫还车。把车开进停车场还在担心车损的问题，接车员手里拿着平板到车里点火看了一下里程及油表，出来记录了一下，根本没看车的外观，就OK了。纠结了一路的玻璃砸痕及后保险杠裂口，都不知道她们是没看到，还是认为没必要。孩子妈拿着收车单去办手续，我往下搬行李时，恨不得趁没被发现快跑，还没忘看一眼里程表。回头想想也大可不必：以美国人对车的态度，只要不是发生车祸等严重碰撞，其他都不是事，退一步说出租公司应该自己有保险，我们的银行卡信息也留在他们手里，如果想追究也不是不可能。公司的往返大巴几分钟一趟，到机场只用15分钟。这次只把我们一家人送到了机场，司机大叔还帮忙给搬行李，当然最后是要收点小费的。

中午12点，飞机挣脱了大地，轰鸣着腾空而起，这一刻我将离开这片土地。

（三十三）

历时15个小时的飞行，飞机到达广州白云机场。从广州入关后经过短暂停留，21点转机飞往北京。1月31日凌晨，飞机抵达首都机场。

在这里我要等到明天中午,孩子妈将从仁川转机回北京。

躺在北京机场大厅的长椅上,耳边不时传来熟悉的声音,一会儿远一会儿近,时间过得真慢,原来今天是星期天啊。没在意什么时候,来了一批北京腔的男男女女,坐在一边高谈阔论,说起来没完,也没有要走的意思。再也睡不着,索性起来洗了把脸,看看卧榻之旁都是些什么人。大约20多个,基本都是年轻人,时间长了能听出了个大概。这帮都是北京人,抽年前假期组团到东南亚哪个地方去旅游,乘坐的马航的班机,结果不知道是因为改了航线还是天气原因而无法降落,在空中耗得没了油,差点儿闹个机毁人亡。由于出了这种状况,到了那儿,玩都没玩就直接安排返航了,回来在这儿等着旅行社给说法。随团有两个女导游在安排登记姓名并张罗早餐。一直等到上午9点多,公司来了个瘦高的年轻负责人。后来又听说旅游公司出了两个方案:一是再安排一次出国游,并给予若干优惠及赠品,二是全部退款。两种方案皆不如人意,大家纷纷嚷嚷高一声低一声地闹个不休,旅行社小经理经过跟高层电话沟通,觉得在这里闹下去影响不太好,于是劝着这帮人到旅馆去解决问题。等三三两两的人拖着行李起了身,周围终于安静了下来。

由此总结出两点:一、人多力量大,人多是非多,到底人多好还是人少好?反正是国内人多,国外人少;二、旅行有风险,出门需谨慎。

2016年2月8日,是农历猴年春节。几天后的某天晚上,三位归国访学及家人坐在一家餐馆的雅间里,共同的一段经历让大家都有几分亲切,也有了共同的话题,彼此聊得很愉快。

后记

2015年暑假在美国待了一个多月，从一开始对美国游的茫然无知和焦虑，到后来可以侃侃而谈地对他人诉说旅途过往，其间走过的每一段路、每一片风景都历历在目，酷热的日子总让人记忆深刻。回来后感觉到有一种使命——把自己所知道的一些东西告诉别人，让对美国还不了解、又希望了解、或必须了解的人，少走弯路，不管怎么说也是对自己有所交代吧。这就是我要写下这篇东西的初衷。开始本想写个攻略之类的供国人参考，但没想到记忆的闸门一打开，那些日日夜夜走过的路，以及丢在路上的情感，跌宕起伏的心情，收也收不住。于是乎想起来的东西越来越多，到后边还会为补全信息到处查找资料，文章越拉越长，有点收不住手，最终写成了似游记类的东西。

从夏季到秋天，工作繁忙，整理记忆，那年回国后的日子就是在这种节奏中匆匆度过的。日之所思总会萦绕些遗憾和期待。怀着这种情绪，冬天岁尾，终于摆脱所有的羁绊，只身第二次踏上了那片土地。故地重游，不是老马，心已识途，是还愿，更渴望探索未知。冬天的感觉清冷明净，有助于多些理性的思考。

重温往昔，也主动了解许多亲身体验不到的文化层面的知识，不无收获。行万里路，更应读万卷书。感谢朋友、妻子、儿子，感谢照片、地图、发票，使我串起了记忆的点点滴滴，心中有了一份魂牵梦萦的记忆。

2016年夏